池内紀

記憶の海辺

一つの同時代史

青土社

記憶の海辺　一つの同時代史

はじめに――「糞石」のこと

糞石というのだそうだ。年をとると、そういうのが体にできる。腹部でしだいに膨脹して、それで体が重くなる。下剤をのんでもダメ。イキんでも出てこない。ときおり糞づまりを起こしたりする――。

ほんとうかどうかわからない。詩人の那珂《なか》太郎が「糞石」という詩のなかで述べていた。フンセキとよむのだろうが、クソイシともよめる。ルビがないからわからない。詩人のいうことだから、たぶんデタラメだろう。しかし詩人はデタラメを通して真実を語るものだから、ほんとうのことかもしれない。少なくとも記憶をさぐると、いつもこの石にもどっていく。

糞石は腹のなかで、しだいに瑪瑙《めのう》のように光ってくるそうだ。反対に、当の人間はだんだん気分が重くなる。外国語をならったり、哲学をベンキョウしても、どうにもならない。散歩しても体操しても、やはりダメ。

「最近の学説によりますと三十才を過ぎた人は平気でヘラヘラ笑ったりしてゐるが、みんな糞石が詰ってゐて、そのため人間は古くなってくたびれて、寿命がちぢんでゐるのに笑ってゐる……」

いつこの詩を知ったのかは思い出せないが、糞石を意識したときは、はっきりと覚えている。四〇代の半ばである。体が重いのを実感した。体ばかりでなく気分も重い。あとは詩人が述べているとおりである。人間が古びて、くたびれて、寿命がちぢんでいるのに平気でヘラヘラ笑っていた。

ことさら外国語をならってもダメ、哲学にはげんでもムダ。散歩しても体操しても体は重いまま で、気分は晴れない。いったい自分に何が起きているのか？　それははっきりしなかったが、一つのことは、はっきりわかっていた。体の重さは、つまり死の重さでもあるということ。いまさに生のさなかにいるかのようだが、実のところ、ぶざまに膨脹をはじめた下腹部が如実につたえてくるとおり、死をかかえこんでいる。死それ自体は当然のなり行きだが、なろうことなら身軽なかたちで迎えたい。糞詰まりであの世へいくなど、うれしいことではないのである。となれば、手遅れにならないうちに糞石の始末をせねばなるまい。

生まれは日本列島の西かた、瀬戸内海に面した城下町である。そこで一八歳のトシまで過ごした。

旧名を播磨《はりま》といった。播州《ばんしゅう》であって、地元では「播州人」などと称している。お国言葉は播州弁。関西言葉の一つだが、温暖な気候のせいか、やわらかい調子の関西弁を、さらにやわらかく丸くしたぐあいで、全体にノンビリしており、どうかすると、まのびして聞こえる。

生きやすく、暮らしいいところなのだ。瀬戸内の海の幸、播州平野の米、背後の山あいからの山の幸、それに川の幸が加わる。過分なまでに恵まれている。かてて加えて「天下の名城」と呼ばれる城をもつ。豊臣秀吉が中国筋への監視塔として築いたのにはじまる。足軽からたたきあげた出世男は、自然に恵まれた土地が保守的な人間を生み出すことをよく知っていたのだろう。

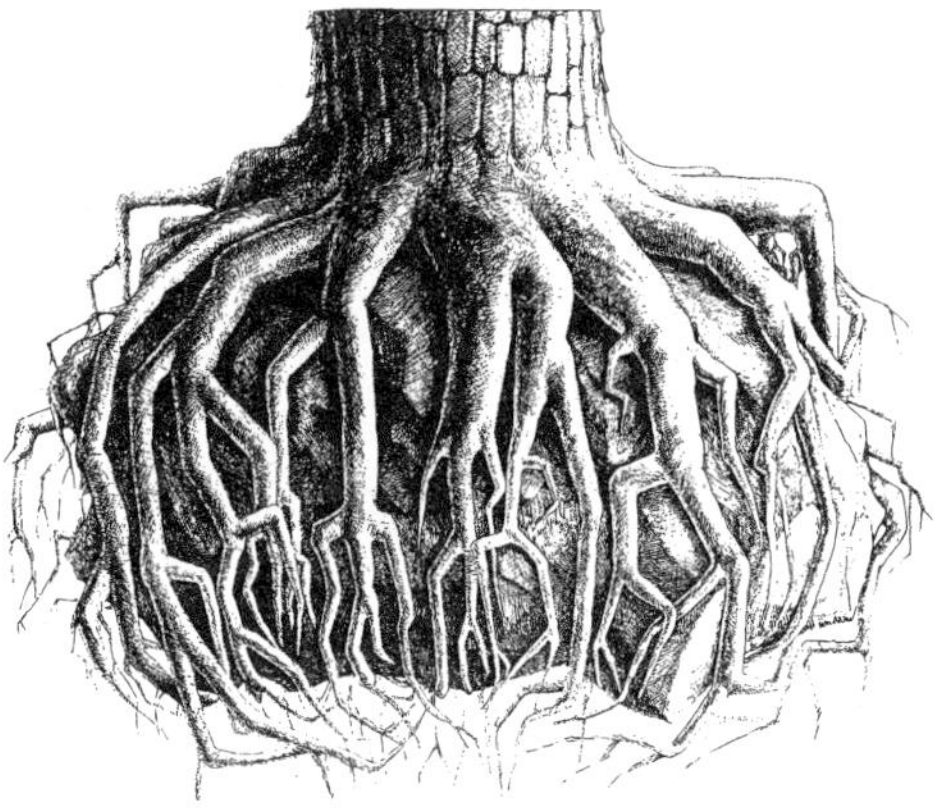

地震に強いとされていたのが、いくぶんかあずかっていたかもしれない。旧国名播磨の「磨」の字には、下に「石」が入っている。だから地震にビクともしないと、人々はなぜか頭から信じていた。同郷人の思い出だが、奥丹後に大地震が見舞ったとき、播磨の里も激しく揺れた。夕食の最中で、おもわず表へとび出したが、祖父は悠々と酒を飲んでいたそうだ。

「播磨は石でべっちょない」

そんなふうに孫に教えたという。「べっちょない」は典型的な播州弁で、「別条《べつじょう》ない」が崩れたかたちとされている。べつじょうない、心配ない、安全だ、大丈夫。べっちょうの「う」がとれて「べっちょない」がふだんの使い方である。幼いころ、暗い納戸へいくときなど、こわごわ戸を開けて呪文をとなえた。「べっちょない、べっちょない、べっちょない」。奥は昼間でも闇に沈んでいて、何やらえたいのしれぬものがうずくまっているような気がする。「べっちょない、べっちょない、べっちょない」。幼い者は呪文をお守りにして用をすませた。

もの心ついたとき、戦争は終わっていた。産声をあげたばかりの戦後民主主義のなかで育った。小学校の担任は名簿をひろげて名前を呼んだ。腹にひびくような太い声だった。礼の仕方が独特で、背筋をピンとのばし、首だけチョンと下げる。ずっとのちのことだが、それが軍隊の下士官におなじみの礼の仕方だと知った。

週一日が、まるごと「自由学習」にあてられていた。グループで課題を出して、みんなで調査・報告をする。戦後民主主義があみ出した「自由」だった。担任の教師はつっかえつっかえしながら労働基準法や、リンカーンの話をした。たまにどうかするとセレベス島のジャングルや連合艦隊の話をした。このときはつっかえたりせず、目がキラキラして顔がまっ赤になった。船の名前などを言いまちがうと、急に背筋をのばし、自分で自分に「モトへ」と号令をかけた。

戦後教育史のなかで、もっとも混乱していた時期にあたるのではなかろうか。古い革袋に新しい酒を盛ろうとして、大半がこぼれ落ちた。新しい理念を伝えるべき人のおおかたが古い人だった。いかにもそのとおり。しかし、「モトヘ」の先生が、いまや誰はばかることなく連合艦隊の最後について話ができる。その点はあきらかに新しかった。教え方は下手くそだったが、とほうもない体験をしてきた人たちであって、セレベス島のジャングルは幼い者たちの夢をかき立てた。「自由学習」はまもなく廃止されたが、確実に自由を知ったし、自由に学ぶことのたのしさを知った。

学級名簿には保護者の欄があって、両親の名前がしるされていた。「父」のところが点々と空白になっている。自分もその空欄組にいたが、とりたててそれをどうとは思わなかった。父や母がいなくてはならないわけのものでもない。それが証拠に父がいなくても、現に自分はここにいる。学級名簿が世の「見方」を教えてくれた。

そんなことよりも、刷り立ての名簿が発散する匂いである。むずがゆいようなインクの匂い！「ガリ版《ばん》刷《ず》り」だとおそわった。手で書いた一枚が何枚にも、何十枚にもなる。なんと不思議なことではないか。「ガリバン」という言葉自体がまたフシギだった。ガリガリという音とともに、指先から書いたものがバンバン出てくる。そんな魔法のキカイを考えた。

ラジオから「トンガリ帽子」が流れてきた。連続放送劇『鐘の鳴る丘』の主題歌で、そこにテンポよく歌われていた。「父さん母さんいないけど――」、仲間がいるから口笛吹いていればいい。

昨日にまさる今日よりも
あしたはもっとしあわせに

子どもの歌声が、もっとも簡明に時代の思いを要約していた。

二五歳のときにサラリーマンになった。それから二〇年で四五歳。糞石ができて当然である。いまさらイキんでどうあろう。とっくに糞詰まりがはじまっている。プックリふくらんだ腹部を撫でながら考えた。もう一〇年、自分に猶予を与えることにしよう。執行猶予のあのユーヨである。わざとお目こぼしをする。その間に、できるだけいろいろやってみよう。教師でサラリーをもらっていた。教師をやめればメシが食えない。教師をやめても食っていける生活力を身につければいいわけだ。

この点、生まれた時期が幸運だった。昭和一五（一九四〇）年である。五年して敗戦国ニッポンにおっぽり出され、とりわけもののないときに少年期をすごした。ひもじさになれていたし、父の空白組は貧乏に鍛えられている。コンロや七輪で煮たきをした。学生時代はオンボロのアパートの三畳間にいた。三畳に勉強部屋と居間と寝室を兼ねさせることもできる。電気コンロとアルミの鍋とアルマイトのやかんで、ちゃんと食事がつくれた。オムレツがとびきりのご馳走であれば、ムニエルやコキールなど口にしたことがない。だからのちのちまで、少しも食べたいとは思わなかった。

ズック靴にはきかえてアンポ反対のデモに行った。女友だちの白いブラウスと胸のふくらみが眩しかった。やがて「所得倍増」が時代の合言葉になった。戦後最初のバブル期だろう。大学が拡充されて教師が払底していた。そのおこぼれで地方大学の語学教師の口にありつき、ちゃんとしたサラリーというものをはじめて手にした。うれしかったので一〇日ばかりで使いはたして、あとの二〇日間は電気コンロとアルミ鍋に逆もどりした。

三〇代になって東京に出てきた。妻がいて、二人の子どもがいた。アパート暮らしをきりあげて中古の住宅を買った。土地がみるまに二倍、三倍に値上がりしていく。三〇代は、まだ体が重いなんてことはない。愛や憧れや夢や野心や、そのほか名づけようのない多くのものがいっしょくたになって、ある日、気がつくと自分のなかに糞石ができていた。瑪瑙のように光ったりしなかったが、お目こぼしの一〇年のうちに、ドンドン成長したことはたしかである。ヘラヘラ笑うより先に腹部がゴロついた音を立てた。

猶予期間の終わりを待ちかねてサラリーに別れを告げた。たしかに身軽になり、気分もせいせいした。もう朝日のさす明るい朝に、満員電車に揺られていなくてもいい。縁側に寝そべって、朝の雲をながめていられる。もう窮屈な革靴でなくてもいいし、思い立ったら、その日にも旅行に出かけられる。横目づかいに同僚を見る必要がなく、めんどうなら目は閉じていていいのである。知らずしらずのうちに、何かに従うのが習い性になっていたのではあるまいか。捨てるべきはモロモロのことにもまして、自分のなかの屈従性ではなかろうか。強欲に願わなくては何ごともはじまらない。そして三〇年もつとめたからには、多少は強欲になっていいのである。「糞石」の詩人の同僚が、「——花ひらく」と添え書きをつけて報告している。

三十年。

永年勤続表彰式の席上。

雇主の長々しい讃辞を受けていた　従業員の中の一人が　蒼白な顔で　突然　叫んだ。

——諸君

魂のはなしをしましょう

魂のはなしを！

なんという長い間

ぼくらは　魂のはなしをしなかったんだろう——

（吉野弘「burst」より）

詩人というヤカラは、こんなに意地悪く、こんなにデタラメに、こんなに真実を語るものなのだ。幼いとき、通信簿をしまうために仏壇の引き出しをあけると、スエたような匂いといっしょにヘンな紙があらわれた。紋章入りのおごそかなつくりで「二十圓」「五十圓」などと印刷してあった。センジコーサイといって、大切なお金が紙くずになってしまった。

「国は何もしてくれない」

母の口癖だった。国というのは平然として、このような紙くずをつくって売りつけるところなのだ。

昔から同窓会というものが嫌いで、何十度となく案内をもらったが、とうとう一度も出なかった。たまたま同じ年に同じ学校にいたというだけで、改めて旧交をあたためるのはヘンテコなことだし、何の必然もないのに集まってワイワイ騒ぐのはコッケイなことだからだ。同じ生年だから同時代に生きたとはかぎらない。それを同窓の縁でむつみ合うのは、ぬくろみの残ったトイレに腰を下ろすような不快感がある。

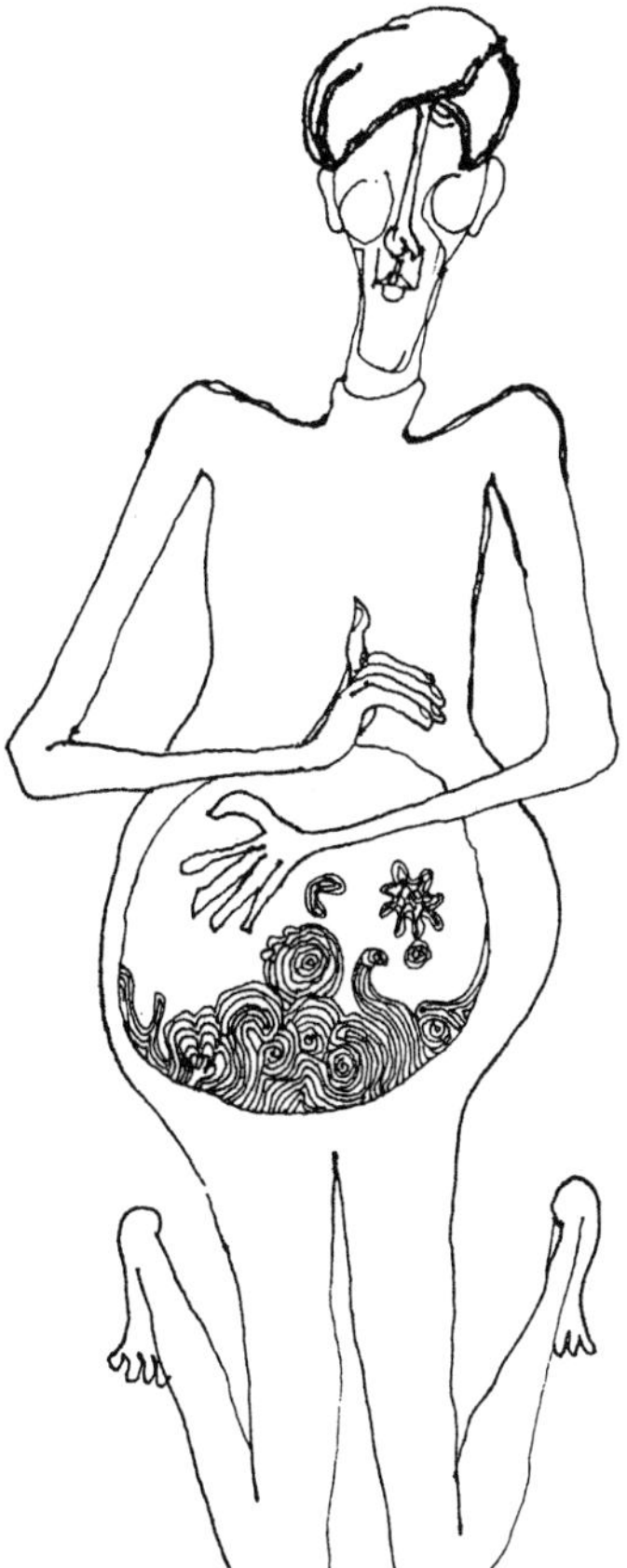

あるいはそれとも、気が弱いだけなのか。白いブラウスの少女がデクデクのおばさんになっているのを見たくない。学年対抗リレーでさっそうと先頭きっていたイガグリ頭が、肩で息をつきながら階段を上がってくるのを迎えたくない。鉄管ビールをゴクゴク飲んで、まっ白な歯をみせて笑っていたのが、しさいらしく本場コニャックの講釈をするのを聞きたくない。

過去はこだわらない。それはもう過ぎてしまっているのだから。未来にこだわらない。それはまだ来ていないのだから。さしあたりは自分の虫干しをしよう。歳月の湿気がたまっている。

毎日が日曜日であって、同時に労働の週日でもある。毎朝、ほぼ定時に起きて、決めておいた仕事をする。昼間の住宅地はもの静かで、ときおり車が通りすぎるだけ。近所の幼稚園から拡声器の声が流れてくる。幼い歓声がして、それが静まると急にスズメの鳴き声が聞こえてくる。

外出の用があっても昼間の電車はすいており、ラッシュ時のように、ななめによっかかっていなくてもいい。二本足で、まっすぐ立っていられる。電車は立っているほうがおもしろいのだ。内と外が同時に見られる。

以前は肩書が助けてくれた。見せかけのレッテルが当の人物のあと押しをする。それは重荷でもあって、見かけの人物に当の自分を合わせなくてはならない。一つのところを堂々巡りしているみたいで、それはむろん、健全な自分ではないのである。わけ知らず固定観念を身につけ、こんどは当人が固定観念に動かされる。あいかわらずの堂々巡りではないか。せいぜいアルコールで調整をはかってきた。いまひとたび、そんな自分を跳びこすとしよう。体操の時間にあった、跳び箱と同じで、助走をつけ、跳び板でハズミをつける。直前にリキんだり、肩に力が入ると、体が上がらない。中途でだらしなく尻から落ちる。それだけは気をつけて目論見に取りかかるとしよう。

糞石のほうは、どうなったのか？　いちど腹のなかにできると、ぜったいに外へは出ないそうだから、かわらずいまもあるのだろう。おりおり潤滑油をそそいでいるから、気にならないだけかもしれない。詩人によると、そいつは死ぬまで誰にも見られない暗いところで、真珠貝のなかで光る真珠のように、ピカピカ光っているそうだ。

［この章の挿絵］

阿部幸夫（一九四六―七〇年）のイラストによる。大阪府生まれ。大阪府立清水谷高校のころ、劇団「貘《ばく》」に参加。上京してお茶の水美術研究所で学ぶ。二一歳のとき、ＮＨＫ大阪放送局のタイトルデザイナーの職につく。一九六九年、当時、神戸にいた私は、若い仲間と関西の文化的な催しのガイド誌『月刊プレイガイド』を始めた。阿部幸夫はそのメンバーの一人だったが、翌年、ひとりでさっさと自死をとげた。のこされたイラスト帳から借りたが、阿部幸夫はどうしてこんなに早く、糞石のことを知っていたのだろう？

イラスト　池内 紀
装丁　細野綾子

記憶の海辺　目次

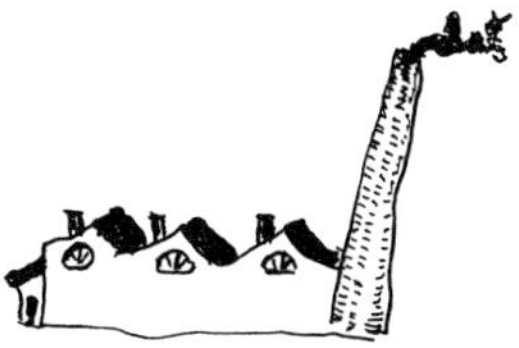

I

38度線 ——戦争は儲かる

一九五〇（昭和二五）年のこの年――

年頭声明で、GHQ（連合軍総司令部）司令官マッカーサー元帥が日本の自衛権を強調、ついで沖縄に恒久的基地建設を発表した。聖徳太子がデザインの一〇〇〇円札発行。池田勇人《はやと》蔵相が「中小企業の一部が倒産してもやむをえない」と発言して問題化した。アメリカでマッカーシー上院議員が「赤色分子」追放を要求、「マッカーシー旋風」の口火を切った。山本富士子がミス日本に選ばれた。六月、朝鮮戦争が始まった。マッカーサー元帥が共産党中央委員二四人の追放を指令。警察予備隊（自衛隊の前身）設置令が公布された。文部省はガリオア資金によるパン給食の実施を発表。プロ野球第一回日本選手権試合（のちの日本シリーズ）で毎日オリオンズが優勝。この年、平均寿命がはじめて六〇歳をこえた（男：五八・〇歳、女：六一・四歳）。

里の山を八丈岩山《はちじょうがんざん》といった。多少ともいかめしい名前だが、標高二〇〇メートルにみたない。西国の山におなじみのお椀を伏せたような丸いかたちをしている。山頂に大きな岩がとび出していて、それでこんなたいそうな名前がついたのだろう。ごく小さな山だが、それなりに由緒があって、日本最古の風土記の一つである『播磨《はりま》風土記』に語られている。そのころは「神山《かみやま》」といったらしいが、さまよいの大人神《オオヒトガミ》が舟でこの山に着き、丘の一つに定めて国づくりを始めた。

山腹に小さな出っぱりがあって、麓にかけて、ゆるやかな傾斜をとっている。そこに五〇戸あまりの集落がへばりついていた。社会的な分類では農村にあたるのだろうが、住人にとっては半ばがた山村だった。それほど生活を山に負うていた。「おくどさん」で煮炊きをする。そのための燃料を山から伐り出した。雑木や柴で風呂をたてる。春は山菜やタケノコ、秋には栗やマツタケがとれた。何よりも水脈を山にさずかっていた。高台の奥に大小四つの池があって「四つ池」と呼ばれ、米づくりに欠かせない水源だった。三角状にひろがる谷の先端に「清水《しみず》」と呼ばれる共同井戸があった。清水の水はけっして枯れない。そんな言いつたえがあった。日照りがつづき、みるまに家々の井戸の水位が下がっても、清水は少しも変わらなかった。重厚な四角の石組みのなかに澄んだ水が光っていた。湧水の勢いで、まん中がやや盛り上がっていた。八丈岩山には山の神がいて、清水には水の神がいる。戦後のある時期まで、幼い者たちはそんなことを信じて成長した。

山道を上がっていくと、コブを巻くようにして見晴らしのいい一角に出る。そこに神社が祀られ、日露戦勝記念の大きな石碑が立っていた。ある日、アメリカ兵のジープがやってきて山道を走り上がり、神社の境内におどりこんだ。学校から帰ってくると、その噂でもちきりだった、私たちはカバンを放り出して山道を駆け上がった。ジープはもうなかったが、タイヤのあとがあった。チューインガムの包み紙が落ちていた。拾い上げて鼻にあてると、甘ずっぱい匂いがして耳のあたりがかゆくなった。それを順ぐりにまわして匂いを吸いこみ、それから「カム・カム・エブリボディ」を歌いながら、意気揚々と引き上げた。

「四つ池」は下から順に、大池、二の池、三の池、奥の池といった。灌漑用に使うのは大池一つで、あとは万一のための溜め池だった。二の池まで使うことはめったにない。三の池と奥の池は、水面がびっしり水草で覆われていた。秋の穫《と》り入れが終わると、大池の水を落としてコイやフナをとった。ウナギもいた。小魚は水にもどして、大きいのを家ごとに配分した。それからしばらく、住人は毎日コイを食べた。池の魚は泥くさいのだ。「おかぐらや」がコイの泥の吐かせ方をよく知っている。家ごとにまわってコイの扱い方を指南した。

へんてこな「昭和の子」である。戦争が終わったとき、まだほんのハナたらしであって、戦中の記憶はない。育ったのは戦後民主主義の時代だが、地域社会は色こく戦前をのこしていた。隣《りん》保《ぽ》や垣内《かいち》といった共同体が生きており、一年を通じてお定まりの行事があった。小正月には「トンド」と呼ばれていた火祭り。餅や豆を焼いた。そのときの焼けこげの匂いを、いつまでも鼻の奥にとどめていた。三月のひなの節供には、蔵から内裏《だいり》さまや官女たちが現われた。誰もいないとき、人形の白い頬を指先でそっと撫でてみた。

五月の柏《かしわ》もち、夏の虫送り、七夕、お盆の終わりの精霊流し。それぞれの行事につきものの小道具が取り出され、用がすむと、また姿を消した。片づけられたあと、ある特有のさびしさがあった。世の終わりに立ち会ったようなセツなさを覚えた。ずっとのちのことだが、柳田國男が年中行事について書いているのを知った。子どもには子どもだけの「もののあわれ」があるというのだ。「……年中行事は子どもたちが、初めて人生のペソスというものを、味わい知らされる機会であった」

現在はすっかり寂《さ》びれてしまったが、城下町の古い商店街に母方の親戚が呉服屋を営んでいた。三代目かの老夫婦に若夫婦に男の子がひとり。若夫婦に店をゆずって老夫婦は隠居の身分のはずが、息子を召集でとられ、戦争が終わっても帰ってこない。シベリアへ送られたとかで、帰還船が着くたびに嫁が舞鶴へ出迎えに行ったが、夫は降りてこなかった。

年末・年始になると呉服屋からカルタの誘いがあって、小学生の私が出かけていった。わが家が父のいない家であるのを憫《あわ》れんでのことだったかもしれないが、「カルタは勉強になる」が誘いの理由だった。店は左前になったと聞かされていたが、老舗の商家は懐深いのだ。戦後の貧しい時代にも、夜の明かりの下に立派な家具調度が光っていた。鴨居の額や、棚の日本人形が眩しかった。大型のカルタは金パクつきで、華やかな絵がついていた。それは幼い私たちの宝物だったメンコとは、まるきりべつの札だった。

　あしひきの山鳥の尾のしだり尾のながながし夜を独りかも寝む

おばあさんが鈴を振るような声で詠みあげる。頬がふっくらした、品のいい人だった。ながながし・ひとり・かも・ねむ。私は長い尾をもったカモ（鴨）が一羽、寝ている姿を考えた。

　わたの原八十島かけて漕ぎ出ぬと他人には告げよ海人の釣舟

いちめんに白いワタ（綿）が原っぱのようにひろがっていて、そこをアマ（尼）さんが分けていく。

　みちのくのしのぶもぢずり誰ゆゑに乱れそめにし我ならなくに

若夫婦のひとり息子は私より五歳年長で、すでに大人びた顔をしていた。父がいつまでたっても帰ってこない。誰もが気がもみ、沈んでいた。隠居夫婦だけが気丈に振るまっているのが、子どもにもわかった。「我ならナ（泣）くに」がピッタリだと思った。

難波潟短き葦の節の間も逢はでこの世を過ぐしてよとや

近所のみんなはシベリアでの死を噂していて、商家の没落を予測していた。あはで・このよを・すぐしてよ・とや。カルタがちゃんと真相を告げている。逢えっこないのだ。それにしても、「とや」とは何か？　どうしてお尻に「とや」がくっついているのだろう？

今来むと言ひしばかりに長月の有明の月を待ち出でつるかな

店のみんなは帰還を信じていた。いまにきっと帰ってくる。「今来むと言ひしばかりに」のおばあさんの鈴の声のとおりなのだ。まち・いで・つる・かな。幼い私はうつむいて、一心にカルタを見つめているあいだ、首の長いツル（鶴）を思った。奥さんは船着き場で鶴のように首を長くして帰還船の入港を待っている。シベリアの鶴が季節ごとにもどってくるように、シベリアに送られた夫もまた必ず日本に帰ってくる。

月見れば千々にものこそ悲しけれ我身一つの秋にはあらねど

少年の私には「千々」がチチ（父）に聞こえた。わが家にも父はいない。ちち・かなし・わがみ・ひとつ。ところでかなしけれの「けれ」とは何か？

逢ひ見ての後の心に比ぶれば昔はものを思はざりけり

意味はまるでわからなかったが、「ざりけり」にザリガニを連想した。仲間とドジョウ取りで小川をせきとめると、横歩きに出てくるやつだ。カルタができたころにも、ザリガニが田を歩きまわっていたのだろう。

かくとだにえやはいぶきのさしも草さしも知らじな燃ゆる思ひを

いたずらをモグサ（も草）でこらしめるのを、大人たちは「ヤイト」といった。「ヤイトをすえる」が警告の言葉だった。伊吹山でモグサがとれることは子どもの身で知っていた。いぶき・もぐさ・もゆる。モクモクと燃やして、昔の人もヤイトをすえていたのだろう。

忘れじの行く末まではかたければ今日を限りの命ともがな

シベリアへ送られた人のことを、私はうっすら覚えていた。いや、居間に飾ってある軍帽に軍服の写真で知っていただけなのか。ズボンにスカートの時代になって呉服屋ははやらない。親たちは店の行く末を見通していた。いくすえ・かたければ・きょう・かぎりの・いのち。それで隠居さんは陽気にふるまっているのだろうか。幼い私は命ともがなを、「いのちの友」と思ってカルタを探した。いのちの友がシベリアにいる。では、おしりの「がな」は何のことだ？

呉服屋のカルタ会には、三年つづけて行った。四年目も誘われたが、母が断わりを入れた。店がもう立ちいかなくなっているのを知っていたせいだろう。それに中学に入り私は遊び仲間と野球ゲームやトランプに熱中していた。もはや金パクのカルタは老人の遊びごととしか思えなかった。同じ年の春、呉服屋は破産して、一家は町を立ちのいた。店が取り壊されたのにも、なぜか裏庭の蔵だけは、かなりあとまでも残っていた。自転車で前を通るたびに、もしかして蔵のなかに、あのカルタがしまわれているのではないかと私はボンヤリと考えていた。

ある日、遊び仲間と八丈岩山へ「冒険」をした。峠道の途中の石段が登り口で、小さなお堂があった。大人たちは「うばがみさま」あるいは「おんばさま」と称していた。幼い者たちは「ばば」だった。「鬼ばば」ともいって、気味悪く、怖ろしかった。格子の奥に汚れた幕がめぐらしてあって、石の半身が見えた。片膝を立て、そこに手を置き、口をあけて笑っている。薄暗がり、それも怖いもの見たさのへっぴり腰で、かわるがわるのぞきこんだ。像の頭に毛糸の帽子がかぶせてあった。着物の前をはだけたかたちで、あばら骨が浮き立っている。

ずっとのちになって私は、幼い者たちを脅かした鬼ばばは、仏教にいう「奪衣婆《だつえば》」の変じたものであることを知った。閻魔大王の配下の一人で、三途の川のほとりにいる。亡者《もうじゃ》の罪の大きさをしらべるために衣服を剥ぎ取るところから奪衣婆の名がついた。川のほとりの番人役から、民間信仰では橋守また境界守りとなり、さらに転じて安産の神になったらしい。大人たちの「うばがみさま」「おんばさま」は、産婆役にあてた呼び名だったにちがいない。

お堂のわきから尾根にとりつき、笹を分けながらのぼっていくと、やにわに山頂に出た。頂き全体が一つの大岩でできていて、一方が削りとったように尖っている。あちこちにまっ黒な穴があった。古代人がそこで火を焚いたといわれていた。大人神はオオナムチノミコトといった。オオクニヌシノミコトの別名だそうだ。ホアカリノミコトという乱暴者に手をやいて、山頂にのこしたまま舟出した。「ホアカリ」は火の明かりのことで、山頂で火を焚く習わしは、ここから生まれたという。

目の下に古い集落が黒ずんだシミのようにひろがっていた。目を上げると市街地が海に向かってのびている。城下町におなじみだが、城の前面が繁華街で、新しいビルがチラホラまじっていた。それよりも何よりもお城が偉容を誇っていた。瀬戸内海が銀箔を貼りつけたように光っていた。海沿いの大きな製鉄所の煙突がモクモクと黒煙を吐いている。幼い冒険家たちは町に向かって、ひとしきりどなったり呼んだりしてから、一目散に山道を走り下った。

学校へ行く道の途中に鉄工所があった。大人たちが「カジヤ」と呼んでいたのは、昔からの鍛冶屋の息子が新しくひらいたからだった。しかし私たちは、鉄工所は鍛冶屋とはまるきりべつのものだと考えていた。鍛冶屋ではハゲ頭のオヤジがいつものように、カマドの赤い火で鉄を焼いて鎌《かま》や鍬《くわ》をつくっていた。荷車の鉄輪の修理もする。

ところが息子の鉄工所にはカマドなどないのである。天井から鉄の鎖が下がっていて、下でモーターが廻っていた。鎖がギリギリと鉄のかたまりをもち上げる。鉄仮面のような面をつけた人が厚い手袋をつけてしゃがみこみ、足元でバーナーの青白い炎がとびちっていた。

鉄工所が集落の東の境界とすると、西の境界は結核専門の病院だった。山裾をまわったはずれにあって、コンクリートの二階建て。正面にポーチがテラスのように突き出していた。人家のとだえる郊外で、近づくと消毒液をまいたような匂い、それに何やら人間くさい臭気がただよっていた。

山裾の傾斜がつきる南の入口には米つき場があった。実際は古ぼけた木造の建物があるだけで使われていなかったが、「米つき場」の名前だけがのこっていた。いっぽう、谷あいの北のはしに「サンマイ」があった、死者を焼くところで、山に接して石を敷きつめたなかに四本柱に小屋根をのせた棺台があって、奥まったところに赤黒いレンガ造りの煙突がそびえていた。草の生いしげった裏手に何十もの墓石が並んでいる。集落の墓地はべつにあって、サンマイの墓所は「別のモン」と呼ばれていた。なぜ「別のモン」なのか、いつも草に覆われていて参る人がいないのはどうしてか、幼い者には無気味なヒミツだった。触れてはならないことには触れないでおく。赤黒い煙突から煙が立ち昇る日は、なおのこと気味悪く、ひとりでいるのが恐ろしかった。

鉄工所と米つき場と結核病院とサンマイ、この東西南北の境界のなかの五〇戸あまりの集落が、さしあたり自分たちの世界だった。集落のほぼ中央に大歳神社があって、これを境にカイチ（垣内）が分かれていた。北は北ガイチ、南は南ガイチ、西は西ガイチで、東ガイチはなかった。古い米つき場と寺のある南がまずひらけたのだろう。南には大きなつくりの庭つきの家が多く、北と西の地区は概して小ぶりで、庭のかわりに猫の額のような畑をそなえていた。戸数がふえるにつれて西にひろがり、そのあと、サンマイのある北にものびていったと思われる。南・北・西のカイチに微妙な区別があって、もちまわりの行事であれ何であれ、まず南から始まった。

大歳神社の秋祭りには獅子舞いが演じられた。子役の演目があって、地区の子どもに割りあてられる。いい役はおおかたが南ガイチに配分されていて、適任者がいない場合、まず西に、ついで北にまわされた。トリの大役は旧家の子どもにかぎられた。学校では民主主義をおそわったが、まわりの社会では戦前からの制度と習わしがゆるぎなく支配していた。

入口の米つき場と北のどんづまりのサンマイは固定しており、だからこそカジヤの息子は東に鉄工所をつくり、結核病院は西の外れに建てられたのだろう。数年ののちに鉄工所は建て増しされ、病院は結核専門から一般病院に拡張された。まわりに一つ、また一つと人家が建ち始める。南ガイチの旧家にかわり、鉄工所の若社長や、鼻ヒゲを生やした病院長が集落の名士になってきた。南北の道は昔ながらで、狭くて曲がっており、車一台がやっと通れるだけだったが、東西の道は拡張され、いつのまにか東と西に駐車場ができて、黒塗りの自家用車や荷台の大きなトラックがとまっていた。

しかし、それは少し先のことである。車はまだ少数だった。ふつうクルマというとき、それは荷車であって、鉄の輪のはまったのを「車力《しゃりき》」といった。馬や牛が引く。あるいは人間が引く。荷が重いとか急坂を上がるとき、引き手は肩から胸に太い帯をかけ、地面に這いつくばるように体を倒して引いた。通りかかった人が見かねてあと押しをしたりする。

同じ荷車でも大型で、馬が引くのを「馬力《ばりき》」といった。山のように木材を積んだ馬力が定期的に通っていく。こちらは馬が肩から腹にかけて太い帯をつけていた。全身に汗をたぎらせ、湯気を立てながら通っていく。そっとあとを追いかけ、馬力のうしろにぶら下がるのが少年の冒険の一つだった。見つかると前から罵声がとんできた。

北の山裾から流れ出る水が、何本かの用水を兼ねた小川になっていた。釣るほどの深みはなく、網ですくった。夏になると「かいぼり」をした。魚の寄ってくるところに目星をつけ、その上と下に堰をつくる。小石を並べて土台をつくり、川の泥を両手で掻きあげ、小石の上にぬりつける。夏の陽差しを受け、みるみる泥が乾いて黒い土堤《どて》になった。

そのあとバケツや両手で水をかい出す。だから「かいぼり」だと考えていた。水が少なくなると、フナやドジョウがはねた。泥にもぐるのをつかみとる。小エビはお目こぼしで追わない。私たちは「テンコチ」と呼んでいたが、小型のナマズのような魚がいた。動きが鈍いやつで、つかまえるのはぞうさもない。道ばたに放り投げると、しばらくは跳ねているが、そのうち大口をあけ、目玉をギョロつかせ、あきらめたように空を見ている。テンコチは収穫の数に入らない。ドジョウの口元にはウナギのようなヒゲがあり、ノドから腹にかけて白いスジが走っていた。つかまると苦しがって口をパクパクさせ、喉元がせわしなく波打った。

「かいぼり」が終わると仲間で配分した。大物はとらえた当人のもの、小魚は仲間の数に応じて分けた。ときにはジャンケンで取る順の調整をした。帰る前に堰をこわして元どおりにしておくのがキマリだった。堰が切れて再び水が流れ出すと、大仕事が終わったような、何かものさびしい気分になり、黙りこくって家に帰った。

「おかぐらや」をどうしておかぐらやと呼んでいたのだろう？　べつに神楽を舞う人ではなかったし、神楽の世話人でもなかった。もの心ついたときから「おかぐらや」で通っていた。ひとり者で、「サンマイ」に近いあばら屋に住んでいた。いつもよその家の手伝いをする。酒好きで、仕事にアブれると、昼間から赤い顔をして米つき場の裏手で寝ていたりした。そんな困り者だが、祭礼には欠かせない。笛も太鼓も上手で、「ヒュー・トロロ・トテ・チン・トテ・チン・トテ・チンチン……」口三味線のように声で拍手をとって若い者に手ほどきをする。ふだんはだらしないのが、祭りが近づくと見ちがえるようにいきいきして、寄付集めから獅子舞いの準備までとりしきった。祭礼の日には羽織はかまで威儀を正して、奥の詰め所に控えていた。半紙に筆で供え物と供えた人の名を書いていく。流れるような達筆で、まわりから感嘆の声の上がるなか、神妙な顔つきで筆をとっていた。祭りが終わると、またもやいつもの困り者になった。

昭和二五（一九五〇）年六月、朝鮮戦争が勃発した。新聞には「北朝鮮軍」の大活字が踊っていた。38度線を越えて進撃してくる。韓国軍を蹴ちらして一路南下。

私たちは毎朝、新聞の大見出しを食い入るように見つめていた。学校へ行く道みち、てんでに感想を述べあった。「38度線」がまず不可解で、それをはさんで北と南に国が分かれているというが、運動会のときのように、地面に白い線が引いてあるのだろうか。あるいは白線ではなく深い溝か何かなのか。跳びこせないほど幅があって、北朝鮮軍はそこに橋をかけて戦車をわたらせたのか。鉄条網があっただけだという者もいた。見張りをしていた韓国軍の兵士は殺されたらしい……。

京城陥落、光州占拠、韓国政府、釜山へ退去。半島の南端近くまで攻めこまれた。もしかすると北朝鮮軍は海を渡って日本に上陸するのではあるまいか。

本気で心配するのもいたが、私たちはそれは弱虫の考えだと一笑に付した。こちらにはGHQ司令官マッカーサー元帥がついているのだ。トルーマン大統領はマッカーサーを国連軍総司令官に任命した。きっとマッカーサーが北朝鮮軍を追い返すだろう。そしてたしかにそのように形勢が変わった。夏休みが終わり、新学期が始まったころだったが、国連軍が反撃を開始した。京城奪回。こんどは逆に国連軍が38度線を突破した。私たちは毎朝、胸おどらせてインクの匂いのする新聞を見つめていた。「マッカーサ元帥、北朝鮮軍司令官に即時降伏を勧告」。大人の戦争もまた子どもの喧嘩のように「降参《こうさん》」したほうが負けになる。もうこれで「きまった」と思ったころに、予期しない伏兵が現われた。中国軍である。中国人民義勇軍が鴨緑河《おうりょくこう》をこえて朝鮮半島になだれこんだ。

なぜ中国が出てくるのか、子どもの頭には理解不能で、「人民義勇軍」とくると、なおさらだった。ただ「中国軍50万、38度線を突破」のニュースに暗然として、ヒソヒソ声で予測を語り合った。父親が繁華街で「ヤナギ屋」という靴店を開いているカッちゃんは、たいそう物知りだった。店にやってくる人のおしゃべりを聞いているからだろう。その「ヤナギ屋のカッちゃん」によると、トルーマンは原子爆弾を使うつもりらしい。ピカドン一発でケリをつける。早耳のカッちゃんの最新ニュースは、私たちの気持を暗くした。そんなことをすると、とんでもないことになるのではあるまいか。結局、原爆は登場しなかったが、新兵器4・5インチロケット砲は威力を発揮した。どんどん攻めこんでマッカーサー元帥が中国本土の爆撃を言い出したとき、突如罷免されてリッジウェー中将があと釜になった。天下のマッカーサーをクビにする人がいるのが、私たちには大いなる驚きだった。カッちゃんによると、マッカーサーが「言うことをきかなかった」からだというが、誰の言うことをきかなかったというのだろう？

新聞の上の出来事が身近な変化を通して、それとなくつたわってきた。鉄工所の前の空地に、つぎつぎと大量の鉄材が運ばれてきた。鉄仮面が何人にもなり、青白いバーナーの炎が重なり合ってとびかっていた。開け放しの作業所には夜っぴいて明かりがついていて、遠くからだと大きな赤い玉が燃えているように見えた。

「エデンの守り」
那須良輔『吉田から岸へ　政治漫画十年』（毎日新聞社、1959年）より

「特需《とくじゅ》景気」というのだそうだった。アメリカが気前よく注文して買い上げてくれるので、日本は儲かる。戦争のおかげで大きな稼ぎになる。海沿いの大製鉄所は、戦後、「保全管理工場」といわれて生産を停止していた。それが急に工場再開を許された。高炉に火が入りゃ大製鉄所がよみがえった。操業再開を祝って町の大通りに屋台や山車《だし》がくり出した。カジヤの倅は海辺に第二工場をつくり、そのうちそちらが本社になった。

駅前通りに鉄筋コンクリート六階建てのデパートができた。「ヤマトヤシキ」というへンな名前がついていた。戦艦大和のヤマトだが、戦艦ではなく大きな「和」をつくって集まるヤシキの意味だという。そんな命名にも、古風な城下町の商人精神と、新しい時代センスとが混在していた。

新しいデパートは定価制をとっていた。値引きをしない。一銭も「まから」ない。それは少年には驚きだった。当時、どの小売店も正札《しょうふだ》ではなく符帖をつけているだけで、値段は店主に問わないとわからなかった。主人は客しだいで売り値をかえた。かけ値、値引きの掛け引きが商売のコツにあたり、そんな商才が利益をもたらす。ところがデパートはビタ一文まけないという。かけ値、値引き一切なし。それが商品の品質を保証する。そんなイメージを打ち出し登場した。ときたま母親につれられて駅前へ行くと、裏通りでは闇市が健在で、にぎやかな売り声がとびかっていた。洋服のたたき売りでは値段がたちまち半分、あるいは三分の一になる。

「安かろう悪かろうとお思いの方に、はっきりと申し上げる」

ダミ声の男がやにわに居丈高《いたけだか》になって、商品を突き出した。デパートの品といささかのちがいもないが、値は半分ときた、いや、三分の一。商品にお疑いの向きは、手にとってたしかめてみるがよかろう。

一つ辻をすすむと昔ながらの商店街で、腰の低い店主が応待する。客と小声でやりとりがくり返され、店主が客に「買物上手」ともち上げたり、値引きをいわれるとベソをかくしぐさをした。値段が折りあわず、商品がケースにもどされ、客が帰りかけることもあったが、それ自体がやりとりのうちで、次の手順のためのお芝居らしかった。

そんな裏手から大通りに出ると、ピカピカのデパートがそびえていた。ショーケースに収まったどの商品も値札をもち、たとえたたき売りや小売店の「つるし」と寸分ちがわないようでも、やはり何かがちがっていた。そのはずである。並外れて大きな建物と、優雅な飾りつけと、シャレた制服の売り子たちが、目に見えない「何か」の新しさ、新しい価値の時代の到来を信じさせる空気をただよわせていた。

朝鮮半島で激しいシーソーゲームのような戦争がつづくなかで、戦後日本経済が息を吹き返し、特需景気にうるおった。瀬戸内沿いの城下町が、どれほどそのうるおいの配分にあずかったのかは不明だが、山裾の集落にも、おこぼれがあったのだろう。旧小作人の一人は農地解放で得た農地を、どんなふうに言いつくろってのことか、まんまと工場用地に転用して売り払った。そこにあわただしく部品工場ができて、「おかぐらや」が専務になった。顔がひろいのを見込まれて、農地の買い上げの口ききをする。

米つき場のオンボロ建物が取り壊されて、跡地が小ぎれいな住宅地になった。一般病院に衣更えした西のはずれの病院は、入院病棟を建て増しした。火葬は市の火葬場で行うようになり、陰気なサンマイの処分が人の口にのぼりだした。道路がひろげられ、南北の境界がなくなるとともに「カイチ」の区分が曖昧になってきた。

その一方で住人の生活には、昔ながらの日常がつづいていた。もの静かな日曜日の昼さがり、門口に鈴の音がチーンと鳴った。西国の町の昼間によく見かける風景だったが、御詠歌、あるいは和讃をとなえて門付《かどづ》けをしていく人がいた。しばらく呪文のようなひとふしが口にされ、またチーンとなって終了。足音が遠ざかり、またもとの静けさにもどる。

「いかけー、ンー、いかけー」

「げんまいパンのほやほやー」

ある時刻になると、通りにおなじみの声がした。アイスキャンデー屋は「エー、アイス、エー、アイス」と唱えていく。声の調子なり張りぐあいで、その人の商売の年季がわかるのだった。

夜になるとラジオという声の玉手箱があった。スイッチをひねるだけで、さまざまな声が湧くように流れてきた。なかでも少年は「川田晴久とダイナブラザーズ」がごひいきだった。にぎやかなギターの前奏ののち、張りのある透き通った美声が高らかに歌いあげた。

「地球の上に朝がくる
その裏側は夜だろう
西の国ならヨーロッパ
東の国は東洋の……」

川田晴久が田舎の少年を魅了したのは、そこに古さと新しさが見本帖のように揃っていたからだろう。当り狂言の一つが「浪曲セントルイス・ブルース」といったように、浪曲とジャズが同居していた。藤原義江のテノールと歌舞伎のセリフが結びつき、やにわに時代の人気者のモノマネがわって入る。

「川のかなたはバージニア
川のこなたはケンタッキーで
いかだに散るやミシシッピー
セントルイスかブルースか」

地名をよみこんだ言葉遊びを、まるまるそっくり憶えこんだ。ひとりのときに声に出すと、みるまに夢がふくらんでいく。広大なミシシッピー河が目の前に浮かんできた。地球の上に朝がくると、地球には裏側があり、そこはヨーロッパだとわかってきた。それはぴったりたたき売りの口上と同じなのだ。

「さあサ、これはイギリス製の高級服だョ、

「彼女は文句いわんよ」
那須良輔『吉田から岸へ　政治漫画十年』
（毎日新聞社、1959年）より

海のかなたのイギリスだ、エーコク（英国）ともいうナ、ヘーコク（屁こく）じゃない」

手にもった板で売り台をバンとたたき、やおら大声で唱えるのだった。「サー、どうだ、イギリスにキリギリス、原っぱにヨーロッパときた……」

もしあのとき少年がもう少し年長だったら、川田晴久よりも三木トリロー（鶏郎）をごひいきにしていたのではあるまいか。おりしも一代の才人三木トリローが目ざましく活躍していた。そこには川田晴久にはない、ホンモノの新しさがあった。新しいメロディがあった。新しい時代感情が正確に表現されていた。批評性とユーモアの鋏で、世界が小気味よく切り取られていた。作詞・作曲家三木トリローは日本人の好きな泣きブシを一切使わず、辛辣なギャグやナンセンス、パロディで、にわか景気で浮き足立った世相を批判するすべをこころえていた。NHKラジオの人気番組『日曜娯楽版』では、時事ネタをとりこんだコントがテンポよくくり出された。朝鮮戦争の前年、造船疑獄が発覚して国会議員がつぎつぎに逮捕された。逮捕許諾《きょだく》請求が自民党の前身、自由党幹事長佐藤栄作に及びかけたとき、時の法務大臣が指揮権を発動。トリローは童謡「ヒライタ、ヒライタ」の替え歌で皮肉くった。

〽とらえた　とらえた　何の罪で　とーらえた　汚職の罪で　とーらえた　とーらえたと思ったら　いつのまにか　ウーヤムヤ

郵政大臣がのり出し、NHKが申請中の聴取料値上げ認可をチラつかせて番組の取りやめを迫ったらしい。NHKはいつもながら「自発的変更」を申し出て、トリロー番組を打ち切りにした。

だが、それは少年には、やや「高級」すぎた。彼が三木トリローに開眼するのは、ずっとあとのことである。さしあたりはいぜんとして川田晴久とダイナブラザーズだった。「地球の上に朝がくる」のテーマソングをお守りのように抱いていた。父のいない家は貧しく、家のなかは暗かったが、外は明るかった。昭和二〇年代半ばのそのころ、道は広かった。車はめったに通らない。夜が明けると、まさしく地球の上に朝がきた。みるまに澄んだ青空がひろがっていく。

[この章の挿絵]

戦後二〇年ばかり、「政治漫画」と呼ばれるジャンルが盛んだった。三大全国紙はそれぞれ専属の漫画家を擁していた。

朝日　清水崑《こん》

毎日　那須良輔

読売　近藤日出造

幼い者たちは新聞一面の漫画を見つめ、よくわからないなりに戯画化と時代批判のおもしろさを知った。吉田茂から岸信介まで、歴代の権力者たちは政治漫画家の鋭いペンの餌食になった。みずからも小新聞に政治漫画をかいていた辻まことが述べている。

「マンガが必要とするエスプリの根元的な力は冷静ということであろう。その哲学は無政府主義的で最も個人的自由を土台にしていないと、プロパガンダになってしまう。熱情的な固定観念、盲目的な信仰、確固不動の意志などからマンガは生まれない。それらはただマンガの対象にされるだけだ」（『辻まこと全集』［みすず書房］より）

［参考］

朝鮮戦争一九五〇（昭和二五）年

6／25●午前4時、38度線で戦闘勃発。北朝鮮、韓国に宣戦布告、38度線を11カ所で越境、進撃開始↓6／25●国連安保理、ソ連欠席のまま北朝鮮の武力攻撃を侵略と断定、即時中止・撤退を要請する米案採択↓6／27●トルーマン、米海空軍に韓国軍援助の出撃命令↓6／28●京城（ソウル）陥落、北朝鮮軍水原に迫る↓6／30●トルーマン、地上部隊に韓国出動命令↓7／7●北朝鮮軍、寧越、堤川、安城を占領した――と平壌放送。米国、徴兵法を発動、兵力を30万増強↓7／7●安保理、米の国連軍指揮決定↓7／8●マ元帥国連軍（16カ国参加）最高司令官に↓7／16●米軍大田飛行場を放棄↓7／19●トルーマン、議会に特別教書を送り、緊急軍備費に１００億ドルと兵力定員の制限撤廃を勧告、さらにラジオ、テレビジョンを通じて全国民に援韓措置に対する協力方を要請↓7／24●北朝鮮軍、光州占領↓8／18●韓国政府、釜山へ臨時に遷都↓8／20●韓国海兵隊、馬山西南の長坪に敵前上陸↓9／15●国連軍仁川、群山、浦項、盈徳に上陸、金浦飛行場を占領して京城に向け進撃↓9／29●京城で国連軍の勝利記念行進↓10／1●韓国軍38度線を突破、マッカーサー元帥、北朝鮮軍司令官に即時降伏を勧告↓10／3●北朝鮮拒否↓韓国軍38度線越え北進↓10／8●前日の国連総会、朝鮮全土仮占有可決に基づき国連軍北進↓10／10●中国外交部、国連軍38度線突破に、軍事介入辞さずと抗議↓10／13●中共政治局はソ連空軍の支援がなくとも中国参戦を決定↓10／15●トルーマン、マッカーサー、ウェーク島で初会談。マ元帥は中国軍参戦はまずなし、仮にあっても大したことはできまい、クリスマスまでに兵士を帰還させる、と楽観↓10／19●中国人民義勇軍、鴨緑江を越えて朝鮮戦線に出動（〜10／28）↓10／20●国連軍、平壌に入城↓11／2●国連軍、清川江南岸に後退↓11／4●中国政府が参戦を声明。この月から1953年7月までソ連空軍も極秘参戦↓11／25●中国・北朝鮮軍反撃開始↓11／30●トルーマン、朝鮮に原爆使用を考慮と言明↓12／2●中国軍50万朝鮮動乱に介入「いまや国連軍との間に宣戦布告なき戦争状態に在り」とマ元帥声明↓12／4●英アトリー首相原爆使用反対を表明↓12／14●国連総会で朝鮮戦争停戦決議案採択↓12／16●トルーマン、国家非常事態宣言発令↓12／26●中国軍、38度線を突破、京城へ38㎞の地点に迫る↓1951／1／1●北朝鮮・中国軍、38度線越え南下↓2／2●米掃海艇乗組員として日本人2人が触雷で戦死（1950／10月の元山沖爆沈事故で海上保安庁掃海艇の2人死亡に次ぐ）↓3／7●北・中国軍京城奪回↓3／19●韓国の旧首都京城、人口わずか4、5万に。4回にわたる血の争奪戦を経て、今や全く廃墟↓3／24●マ司令官、中国本土爆撃許可をト大統領に要請↓4／11●マ司令官罷免、後任にリッジウェー中将↓7／1●北京放送は共産軍が休戦交渉を受諾し会見を希望している旨発表→7／2●朝鮮の戦闘は事実上停止→7／10●休戦会談→9／15●韓国政府は昨年6月以来戦乱15カ月の戦災状況を死者100万、避難民550万と発表→1953／7／27●板門店で朝鮮戦争休戦協定調印。

（『戦後50年』毎日新聞社、一九九五年）

ネヴァーランド ──「もはや〝戦後〟ではない」

一九五六（昭和三一）年のこの年──

日本住宅公団が初の入居者を募集した。売春防止法が公布された。富士写真フイルムが国産の本格的電子計算機を完成。ロック歌手エルヴィス・プレスリーが全米を熱狂させた。『週刊新潮』創刊で出版社系週刊誌ブームに火がついた。経済企画庁が経済白書を発表、「もはや〝戦後〟ではない」が流行語になった。日本登山隊（隊長・槇有恒）がマナスルに初登頂。第二次砂川闘争で反対派と警官隊が衝突、約一〇〇〇人の負傷者が出た。ハンガリー動乱が起きた。スエズで戦争が始まった。日本が国連に加盟した。石原慎太郎の『太陽の季節』が芥川賞、深沢七郎の『楢山節考』が中央公論新人賞を受賞した。共和党のアイゼンハワーがアメリカ大統領に再選され、リチャード・ニクソンが副大統領になった。テレビ受信契約、三〇〇万を突破。

愛知県の岡崎から安城にかけての地方を「日本のデンマーク」などと言ったのは、いつごろまでのことだろう。少なくとも私は中学でそう習った。園芸や養鶏がさかんで、米をつくらなくても豊かな生活ができる。社会科の教師は町では農業指導者として知られており、つづいてデンマークの話をした。あるべき農業の将来を、ツバをとばして力説した。

学校は米どころ播州平野のはずれにあった。まわりには青い稲田がひろがっていた。そんななかで育った中学生には園芸や養鶏の風景など、さっぱり想像できなかった。デンマークが遠い国であるように、「日本のデンマーク」もまた遠かった。まかりまちがっても、自分がそんなところへ行く気づかいはないのだった。

高校に進んだ年に、大手建設会社の名古屋支店に勤めていた兄が現場の事故で死んだ。夜中に電報がきた。配達に手ちがいがあったのか、「死ス」が先にきて、「キトク」があとからきた。即死だったが儀礼的に危篤電報を打ったのだろう。もう夜行がなく、朝いちばんで名古屋に向かった。

黒い腕章をつけた人が名古屋駅の改札口に、氏名を書いた紙をひろげて立っていた。それからハイヤーに乗せられた。私たちはボンヤリしていた。夜中に電報が舞いこんだばかりに、わが家の希望の星があっけなくいなくなった。悪い夢としか思えない。これこそバカバカしい手ちがいというものではないか。

市街地を抜けてからも、ずいぶん走った。そのうち窓の外に見慣れない風景があらわれた。とりとめのない高低をもつ赤っぽい地肌が、どこまでもつづいている。ときおり平屋建ての大きな納屋のようなものがあるばかりで、どこにも稲田がなく、畦《あぜ》もない。前の席の黒い腕章の人が振り向いた。

「日本のデンマークと呼ばれていましてね」

得意そうに言いかけて、あわてて口をつぐんだ。母がトンチンカンな返事をした。

帰りの夜行列車のつごうで、早めに骨揚げに行った。だだっぴろい平地の一角に粗末な焼き場があった。ごま塩頭の男が、「まだ少し生焼《なまや》けで」といった意味のことを言いながら、鉤《かぎ》を引っかけて窯《かま》の鉄蓋をあけた。まっ赤に焼けた台の上にボクシングのグローブのような心臓がころがっていて、もうもうと炎をあげて燃えていた。男はいそいで蓋を閉じた。

焼き場の横に積んであった古材木に腰をかけて、はたして高校生は何を考えていたのだろう。目のとどくかぎり、たよりなげな丘陵がつづいていた。中学のときの期末テストで、「日本のデンマーク」と何かを線でむすんだ気がするが、いったい何とむすんだのか。まるきりどうでもいいことが、なぜか気になった。まわりの風景を含めて、何もかもが夢のなかのことのような気がしてならない。思ってもみなかったところに来ている自分と同じく、事柄のいっさいが、いかなる現実感も持たなかった。そのときうすうすわかった気がしたが、死とはそもそも、そんなしろものらしいのだ。

帰りの列車で、かわるがわる骨箱を持ち合った。私は風呂敷につつんだ木箱を膝にのせたままボンヤリと考えていた。高校を出たら、どこか遠くへ行こう。デンマークは気がすすまないが、デンマークのように遠いところがいい。なるたけいろんな体験をして、日本のことなど忘れてしまおう。

一九五六年のことである。駅売りの新聞には「もはや戦後ではない」の見出しがおどっていた。ハンガリー動乱があった年だ。スエズ戦争が勃発した。砂川でデモ隊と警官隊が衝突した――うたた寝をしていたらしく、足元に骨箱がころがっていた。母も姉も弟も眠りこけていた。これ一つは、はっきりわかった。眠りはいかなる悲しみよりも強いのである。

最初の実力テストで愕然とした。206人中168番。ビリから数えたほうが早いのだ。168の数字が信じられず、しばらくまじまじと成績表を見つめていた。

中学のときは、わりとよくできたのだ。悪くても学年20番以内で、クラスではいつも2、3番に入っていた。それが一挙に三ケタに落ち、しかもビリっかすにグンと近い三ケタなのだ。しかし、よく考えると当然の結果であって、中学のときはスポーツ少年だった。野球はキャッチャー、またはセカンド、水泳は平泳ぎ、運動会では学年対抗のリレーに出た。スポーツでは勝負どころを見きわめる「カンばたらき」が重要で、知らず知らずのうちにスポーツで身につけ、試験にも「ヤマカン」を応用していたらしいのだ。受験で知られた高校にきて、ニセ優等生の実態が露見した。

しばらくのあいだ途方にくれた。スポーツをつづける気はほとんどなかった。中二ぐらいからわかってきたことだが、筋肉や運動神経は生まれながらにきまっていて、生来そなわった者は段ちがいに能力がある。走り方にしても、ふつうはゼイゼイあえぎながらドタドタ走るのに、生まれながらの筋肉の持ち主たちは飛ぶように走り、息を切らさない。学年がすすむにつれて違いが歴然としてきた。

今後のいき方に二つあった。

1　なんとかガンバって二ケタになる。
2　とてもムリだから三ケタに甘んじる。

その高校は旧制中学に由来する地方の名門校で、当地の勉強家が集まっていた。彼らをつぎつぎ追い抜いて二ケタの上位にあがるなど、とうてい不可能に思えた。そもそも数学がまるきりわからない。高校の数学は、それまでの算数と大ちがいで、たしたりひいたりではなく、サイン、コサインがついて因数分解をする。何もかもが不可解で、頭がまるきり受けつけず、努力すればできるといったたぐいのものではないのである。

毎日、鬱々として学校に通っていた。学期ごとの成績は三ケタのままで、さらに下がりつづけた。秀才校の劣等生ほど惨めなものはない。世間はいいところにいるともてはやしてくれるが、当人には惨めさがつのるばかりで、何ひとつ「いいところ」などないのである。

田舎の旧家には「天井間《てんじょうま》」と呼ばれる部屋があった。ふだんは階段を引き上げ、鉤で吊るしてある。新年の準備とか法事などのとき、鉤を外して階段を下ろし、天井間へ上がっていく。天井の低い、ガランとした板間で、壁ぎわにズラリと木箱や戸棚や行李《こうり》が並んでいた。そこから食器やお膳や座ぶとんを取り出してくる。用が終わると、元にもどして階段を引き上げた。

劣等生は強引に、そこを勉強部屋にした。正確には、勉強しないための勉強部屋であって、壁には映画雑誌から切りとった女優の写真をピンでとめていた。家族とは口をきかなかったが、写真とはしばしば無言の対話をかわした。ミカン箱を並べ、その上にふとんを敷いた。即席のベッドである。寝そべると、ななめに天井があって、天窓がひらいていた。夜ふけになると、天窓を通して星が見えた。壁のシミが見知らぬ国の地図のようで、劣等生には、この世に二つとない隠れ家《が》になった。

近所に白黒ブチのノラ猫がいて、おりおり庇《ひさし》づたいにやってくる。人のけはいを察してか、やおら天井間をのぞきこむ。即席ベッドの上に当主が鎮座している。ノラはハッとしたように目をみはる。両者はしばらく、じっと相手を見つめている。猫の瞳が宝石のように美しいことを、そのとき知った。光のかげんで青く光ったり、金色にきらめいたりする。見つめていると瞳に吸いこまれていきそうだ。あわてて目をそらし、改めて目をやると、ノラはもういなかった。影もかたちもない。夢見の一瞬のように消えていた。

天井間には季節がなかった。窓から流れこむ春の風も、夏の陽ざしもないのだった。北に面して閉ざされたままの小さな窓があるだけ。空気はいつもよどんでいて、ムっとしてカビっぽい。昼なお薄暗く、古びた木箱が黒いかたまりになっている。戸棚の四角が肩を突き出し、使い古しの鏡台が幽霊じみてすわっている。すべて死物でありながら、しかし死んではいないのだ。整然と並んで、古家につたわる昔ばなしをしている。ためしに引き出しに手をかけると、これみよがしにきしんで金切り声をあげ、一つを閉じると、からかうようにして下の一つがつと顔を出した。

劣等生は学校でも無愛想で、ほとんど誰とも口をきかなかった。およそ気味悪がられるだけの生徒だった。いつもわきにそれ、敵意を含んだ目で同級生をながめ、ひとりぼっちだった。優等生はこちらを無視したし、私は彼らを無視した。いつもまわりの者たちの目をひしひしと感じていた。べつに誰も、こちらを見ていたりはしないというのに。

ある日、ふと図書館に足を運んだ。伝統校の利点で蔵書がどっさりあり、女性の司書が二人いた。一人はいつも和服で、品のいい人だった。もう一人は断髪で、若かった。石川啄木の歌集を借りると、和服の人は借出票の名前を見ながら、フシギそうにたずねた。

「へェー、イケウチクン、タクボクが読みたいの」

どうして石川啄木を知ったのかと問われたので、べつに理由はなく、たまたま雑誌で啄木の短歌を見かけて興味をひかれた、と答えた。やがて知ったのだが、和服の人は当地で知られた歌人で、戦争で夫を亡くし、司書になったとかだった。

啄木は気に入った。歌集は何度も借り出して、暗記するほど読んだ。「東海の小島の磯の白砂に／われ泣きぬれて／蟹とたはむる」。チンプンカンプンの数学の時間は、もっぱら啄木短歌を一つ一つ思い返して過ごした。「かにかくに渋民村《しぶたみ》は恋しかり／おもひでの山／おもひでの川」図書館の棚に『啄木写真帖』という本を見つけて借り出した。生地の渋民村をはじめとして、啄木ゆかりの土地が歌をそえて収めてあった。「函館の青柳町こそかなしけれ／友の恋歌／矢ぐるまの花」。若い啄木は放浪中に、しばらく函館にいた。北方の港町が古写真でもって再現されていた。数学ができないと物理もさっぱりで、化学もお手上げだった。教室ではただすわっているだけで、ひたすら啄木の放浪コースを考えていた。歌人司書から啄木を読むだけでなく、啄木のように歌をつくることをすすめられた。ためしに五七五七七に、チョークで黒板に板書している物理の教師をあてはめてみた。薄い髪、貧相な顔、くたびれた背広、そこにうっすらとチョークの粉がついている。

「――物理教師の肩のさびしさ」

ちゃんと短歌になる。ノートのはしに書きつけた。新発見だった。何だって歌になる。鬱々とした朝の気分を、そのまま三一音にまとめると一つの歌になった。どんどん書きつけた。実際でなくてもいいわけで、空想からつくってかまわない。写真帖をヒントに、啄木放浪のあとを追って、架空の旅をしてもいいのである。

新聞の短歌欄に投稿すると、掲載された。講評つきで「高校二年生の作」とあった。味をしめて、短歌雑誌にもせっせと投稿した。五年ばかり前に青森の高校生寺山修司が、さっそうと歌壇にデビューした。当時、全国の高校生に短歌ブームといったものがあった。断髪の司書が、寺山修司の歌集を見つけてきてくれた。

「向日葵《ひまわり》は枯れつつ花を捧げおり　父の墓標《ぼひょう》はわれより低し」

「マッチ擦《す》るつかのま海に霧ふかし　身捨《みす》てるほどの祖国はありや」

何を述べたいのか、何を伝えたいのか、よくわからなかったが、啄木短歌とまるでちがうことはよくわかった。同じ五七五七七でも、まるきりべつの表現ができる。さらにまた新しい発見だった。

そんなある日、天井間に上がっていくと、机に大きな青大将がトグロを巻いていた。古い家には守り神のようにして棲みついているものなのだ。手をたたくとかま首をのばし、ゆっくりと動き出した。トグロがほどけて長い紐になった。背すじが天窓の明かりを受けて銀色に光っていた。壁の穴に入り、すべるようにして姿を消した。

しばらく目の底に残像がくっきりとしみついていた。幼い反抗の無意味さを告げにきたような気がした。それからしばらくのち、天井間を引き払って元の部屋にもどった。

高二の夏休みに、前半は氷屋でアルバイトをして、後半は本州一周の旅行をした。日本交通公社で周遊券をつくってもらったが、係の人が国鉄の線路名を書き入れながら、「こりゃスゴイ」

と言ったほどだから、よほど珍しいキップだったのだろう。まず郷里から瀬戸内沿いを山陽本線で西にすすみ、下関で北へ転じ、日本海に出ると東へ方向をかえ、松江、鳥取、若狭湾に沿って北陸本線に出た。そのあとは福井、金沢、富山、さらに新潟から羽越本線でひたすら北上、秋田より青森に出て、国鉄バスで八甲田、奥入瀬渓谷経由で岩手。そのあとはまっすぐ南下し、東京から中央線で信州、飯田線で豊橋、名古屋から関西線で大阪、山陽本線にもどって振り出しの姫路駅。

周遊券は一カ月有効、学割で五〇％割引、さらに周遊割引の一二％が加わって、いま思えばウソのような値段だった。リュックサックに進駐軍放出の寝袋をつめ、駅のベンチを宿にする。当時の若者が愛用した旅のかたちであって、とりたてて無鉄砲というのではなかった。特異な画家山下清は、駅を目じるしにして線路に沿って放浪したが、きわめて正しい選択であって、宿と水道とトイレが自由に使える。

そのころの国鉄駅はおおかたが木造平屋建てで、スレート葺きの屋根に駅名を書いた看板がのっていた。事務室の向かいが待合室で、外の正面わきに水道、手荷物と貨物取扱い所の並びにトイレがあった。最終便が通過すると、駅員が待合室を見まわりに来たが、追い出すような邪険なことはしなかった。どうかすると話し相手になって、渋茶をふるまってくれたりした。

金沢と秋田で駅前旅館に泊ったのは、風呂に入りたかったせいだろう。どちらも相部屋制の安宿だった。「相部屋」がわかりにくいかもしれない。かつての安宿の通例で、畳部屋に早い客からふとんを敷いて泊らせる。金沢では、寝たときは一人だったが、目を覚ますと六人が同じ部屋に眠っていた。秋田では相部屋の商人が、高校生の一人旅はエライといって部屋代を払ってくれた。

二週間の予定で、アルバイトのあがりを握ってきたが、たのしいままに時と費用を使いすぎて、一〇日目に青森に着いたとき、所持金が一〇〇円ポッキリ。そこで考えて、なけなしの一〇〇円で板チョコレートを買って、四角いカケラを日数で割って、まる三日間というもの、チョコをな

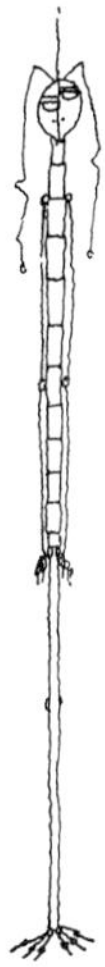

孤独

十字架状態に手を拡げていたときには、この虫もまだ孤独とは呼称されていなかった。

地上に何の支えも見出せなかったのは気の毒だが、「エリエリ　ラマ　サバクタニ」とかなんとかいって甘ったれる相手があったんだからまだよろしい。その手が両側にピタリとくっついちまった今では、どんな打つ手も真実ない。

孤独の虫の立場はサイズ28の自分の足の裏の皮だけだ。

めては駅の水道で腹をふくらませ、ひたすら周遊券の路線のまま列車に揺られていた。

「ヒメジー、ヒメジー、バンダンセン、ノリカエー」

いまなお耳の底に郷里の駅のアナウンスを覚えている。ホームに降りたとたん、全身の力が抜けてフラついた。跨線《こせん》階段がどうしても上がれず、手すりにしがみついて這うようにのぼっていった。空腹のあまりだが、それ以上に「ふるさと」というものが与える安心感のせいだった気がする。保護と安全を保証する甘ずっぱい何かであって、それがこわばりと緊張を解いてくれる。

短歌の腕はかなり上がっていたのだろう。高三になると、ときおり短歌雑誌で活字の大きいほうに五首まとめて掲載された。短歌結社から入会をさそわれた。

成績はあいかわらず三ケタだったが、英語はなぜか、わりとよくできた。断髪の司書は大学の英文科を出た人で、「ペンギンブックス」のことを教えてくれた。教科書の副読本ではなく、まるごと外国の本で、原書をたくさん読まないと、本当の英語の力は身につかない。

あるとき、「新刊ほやほや」というのを貸してくれた。ジャック・ケルアック『オン・ザ・ロード』、やがて『路上』と訳されたが、いつも路《みち》の上にいる二人の若者の話である。オン・ザ・ロードの移動がそのまま小説になっていた。

一九五七年に出たものだ。アメリカ大統領アイゼンハワーが「新中東ドクトリン」を発表した年である。ソ連が核実験を強行、人工衛星スプートニク1号を打ち上げた。ヨーロッパではEU

の前身にあたるＥＥＣ（欧州経済共同体）が発足した。

そんな時代をいっさい黙殺するようにして、二人の青年がアメリカ大陸を放浪する。東のニューヨークを振り出しにして、西のサンフランシスコをめざす。コースをかえて三度くり返したのち、四度目は途中で九〇度折れこんで南に下り、メキシコ・シティに行き着いた。

「とつぜん、気がつくとタイムズ・スクエアだった。アメリカ大陸をぐるりと八〇〇〇マイル（１２８７５㎞）まわって、タイムズ・スクエアに戻ってきていた」（青山南訳）

愛国心

悪質きわまる虫。文化水準の低い国ほどこの虫の罹患者が多いという説があるが、潜伏期の長いものなので、発作が見られないと、罹患の事実は解らない。心臓に寄生するというのも、解剖学的に証明されたわけではないからなんともいえない。過去にこの島では九十九％がこの発作による譫妄症状を呈したことがある。死ぬまで治らぬ後遺症状があるから、現在、この島の住民は、その健康を信ずることができない。

ちょうどニューヨークのラッシュアワーとぶつかって、帰ってきた風来坊はもみくちゃにされ、タバコの吸い殻をひろうのもままならない——。「ふるさと」的弛緩《ちかん》症例の変形であって、からだがフワついて思うにまかせない。前年の夏の放浪旅にてらして、まごついている二人のようすがよくわかった。

司書におだてられて丸善の支店に出かけ、ペンギンブックスを買ってきた。そのうちの一冊は“The Big Sleep”といった。ハードボイルドの大家レイモンド・チャンドラーの『大いなる眠り』と知って買ったわけではなく、何冊か積んであって、比較的薄くて値段が安かったせいである。それに出だしをのぞくと短い書き方で、読みやすい気がしたからだ。

ケルアックはこまかいところは歯が立たなかったが、チャンドラーはよくわかって、おもしろかった。くり返し読んだので、出だしのところを覚えてしまった。半世紀あまりたったいまでも、ほんの一行あまりは、すらすら言える。“It was about eleven o'clock in the morning, mid October, with the sun not shinning...”

教科書の英語とちがって、たたみかけるような短文がつづき、そっけない書き方だった。若い司書は双葉十三郎という人が訳した本を見つけてきた。ザ・ビッグ・スリープは「大きな眠り」だが、それが「大いなる眠り」となっていた。「大きな」と「大いなる」はまるでちがっていて、たしかにこの場合は「大いなる」がピッタリだった。授業の英文解釈とはちがう読み方、訳のつけ方があることが、なんとなくわかってきた。

一つ得意ワザができると自信がつくようで、自分の進みたい道が見えてきたように思った。数学とも物理とも関係がなく、なろうことなら歌と小説とかかわっていて、外国語を読んで訳したりできる、そんな世界。

歌人司書は応援してくれたが、器用なだけの自分の短歌が、だんだんつまらなくなった。それに切りつめた三一音だけの歌よりも、何万、何十万の言葉でつづられたもののほうがホンモノのような気がした。俳人として知られた国語の先生にそのことを打ち明けると、大きくうなずいて、

防衛

この甲虫は恐怖からわいた。

自己不信の対象転置が、この不潔な生物の発生原因だ。

かつて、嵐で大胆な手術を受け、腐敗した枝を切落したとき、樹木は天と地の善意に感謝の憲法を告白した。その傷痕からは、みずみずしい若い芽がでる筈だった。だが病根は意外に深く、舌のウラは化膿し、悪臭を発生しはじめた。

臆病なよろいをまとったニヒリストどもがにおいを嗅ぎつけた。

樹液は吸取られ、涙はヤニになる。

「ではトルストイを読みなさい」とすすめられた。図書館には厚ぼったい『トルストイ全集』が並んでいた。借りはしたが、チャンドラーとは勝手がちがうので、ただ開いてみただけだった。チャンドラーの主人公は、少しおシャレで、多少とも荒っぽいが、ブン殴られて目のまわりに青いアザができようとも一向にへこたれず、シャワーをあび、濃い珈琲を飲みほすと駆け出していく。トレンチコートがかっこいい。それにくらべて、顔中ひげだらけのトルストイの肖像は、さっぱり気分がのらないのだった。

高校の裏手の小山に神社がまつられていた。背後の山道をたどると、丸っこい山の鼻に出る。朽ちかけた木のベンチがあった。

そこから瀬戸内海がよく見えた。あいかわらず細長い銀色の帯になって光っていた。かつてそこは夢の国だった。海の向こうは遠いところだった。そんな遠いところに憧れた。ニキビづらの高校生は、ほんの数年というのに、意味がガラリと変化したのに気がついた。もはやさして遠くなく、行こうとすれば、すぐにでも行ける。しかし、行ってみたところで何にもなりはしない。すべてが忘れられるわけではなく、所持金が尽きれば往きくれる。チョコと水でしのげるのは、ふるさとへのキップがあってのことなのだ。何も知らなければ、たとえ未知へとび出しても、それが未知だかどうかもわからないのではあるまいか。

数少ない友人のひとりは工学部志望で、友人によると、いずれ技術がすすめば、あの海に橋をかけることができるという。瀬戸内海ぐらいの内海なら、橋づたいにわたっていける。

私はべつにそのことをスゴイこととも思わなかった。むしろ英語の時間に読んだイギリスの小説のくだりが気になっていた。そこには夢の国が「ネヴァーランド」として語られていた。「どこにも存在しない国」の意味らしい。

イトハルカナル海ノゴトク
我ハカワラヌモノニシテ

ある女流詩人の詩を盗んで、となりのクラスのS子宛ての手紙に書いたばかりだった。

微生物ノタダヨウママニ
我ガウチニ光ルモノアリ、消エルモノアリ

朽ちかけていたベンチに腰を下ろして、ボソボソと将来のことを語り合った。海が暮れかけていた。銀色のひと筋だけが消えのこっている。まわりの赤松がサワサワと音を立てた。どうなるかはわからないにせよ、あきらかに自分たちは大人の世界に入っていかなくてはならない。それははっきりと感じていた。ネヴァーランドにかかる橋のようなものに、いまやいやも応もなく、踏み出していかなくてはならないのである。

[この章の挿絵]

戦後の「政治漫画」と、三大全国紙と呼ばれる新聞社が、それぞれ専属の作者を擁していたことは先の章で述べた。大新聞専属の漫画家たちがデビュー当時はともかく、急速にペンの切れ味を失い、気の好い「御用達」となっていったなかで、辻まことは自分のよりどころを「安全圏」に求めなかった。その舞台はつねに「平民新聞」「図書新聞」「歴程」といったマイナーな場であって、いかなる党派や組織にもよらず、そのため表現が的確で硬質だ。現象をよく見て、分析する人だったから、人と世の中を見る目がシンラツで、地の底にとどくほど深い。引用は『辻まこと全集』(みすず書房)より。

「神様のノラクラ者」——ある猶予期間

一九六一（昭和三六）年のこの年——

新島のミサイル発射場反対闘争が激化した。深沢七郎の小説『風流夢譚』（『中央公論』掲載）に憤慨した右翼少年が中央公論社社長室を襲ってお手伝いの女性を殺害。「うたごえ喫茶」が大流行。アメリカがキューバと国交を断絶した。ケネディ大統領が発展途上国に青年たちを派遣する平和部隊を発足させた。第2室戸台風が瞬間最大風速84・5メートルを記録、大きな被害をもたらした。「ベルリンの壁」が構築された。「アンネナプキン」発売。シームレスストッキングが登場。大阪・釜ヶ崎で住人と警官隊が衝突、多くの死傷者が出た。ベトナム戦争へのアメリカの介入とともに反戦歌がヒット。ニューヨーク・ヤンキースのロジャー・マリスが一シーズン六一本のホームランをかっとばして、ベーブ・ルースの記録を抜いた。流行語は「わかっちゃいるけどやめられない」。

一〇代の終わりごろに気がついたのだが、「紀」の一字、わが名と同じ「紀」の字の人がどっさりいる。たいていが昭和一五（一九四〇）年の生まれである。当時、東洋の島国は「神国ニッポン」と称して西洋を軽蔑していた。暦も西暦ではなく、ただニッポン国だけに通用する独自のもので、それによると、この年は神武天皇が即位して二六〇〇年目にあたる記念の年だった。高らかに「キゲンハ、ニセンロッピャクネン」とうたいあげた奉祝の歌までつくられた。

市民は時代の風向きに敏感である。生まれた子どもには、時代にあやかる漢字でもって名づけをした。紀元の「紀」をいただいて、べつの一字と組み合わせるのが通常だが、その一字にかぎり、読み方に親としての工夫をこらした家もあった。わが名はオサムだが、かなり珍しい読みのケースで、学校ではクラスがかわるたびに担任から読み方を問いただされた。

誕生の条件を同じくするということは、ほかにもいろいろと共通するものをもっている。たとえば「紀」世代は公園ではなく、縁側や庭先で遊びまわった。カゼをひくと親から言われた。

「ホラ、棚の薬箱」

踏み台に乗り、両手をのばして棚の薬箱をささげもち、そっと足を下ろす。バランスを失うと箱を両手によろけるが、倒れたりしない。その間の動きぐあいから、親はカゼの程度を判断した。「紀」組はまた、カマドに火をつけるすべを知っている。古新聞を丸め、マッチの炎を近づける。丸めた紙の中ほどから下に点火するのがコツなのだ。上だと、ちょっと燃えただけで、すぐに消えてしまう。

「アチチ……」

指先を焼いても、唇にあてがって舐めておけば何てことはない。メラメラと燃え立ったあと、赤い火の明かりで漫画を読んだ。カマドの前にしゃがんでいると、なぜかクラスの女の子の顔が浮かんできた。

ある日、わが家に冷蔵庫が入った。氷で冷やす式で、しかも中古だったが、天にも昇る気持で撫でまわした。氷屋から氷が届いて使いはじめてからも、のべつドアをあけてのぞくので、ちっとも冷えない。あたりを見すましてから、氷をぶっかいて、かけらを口に頬ばるなり駆け出した。

TBSのラジオ部門にかかわり、映像・音楽プロデューサーとして知られる河内紀と対談したことがある。同じ年の生まれで、この人の「紀」はカナメと読んだ。

河内紀
池内紀
雑誌にはソックリさんのような二つの氏名が並んでいた。二人してラジオで聞いた印象深い番組をあげていった。ともに歴史にのこるような名番組よりも、日常的な、何でもない番組のことをよく覚えていた。

池内　「尋《たず》ね人《びと》の時間」というのがあったでしょう。ボンヤリ聴いていて、漠然とですが子ども心に人間の運命のようなものを考えさせられましたね。

河内　満州に住んでいた誰々さんが、離れ離れになった誰々さんを探していますと。毎回十人分ぐらいを淡々と読み上げていくだけなんですが、厳粛な気持にさせられました。

……！

河内　それから、いまもやっていますが天気概況。あれも耳に焼きついています。どこにあるのかわからない遠い南大東島《みなみだいとうじま》で、気圧が何ミリバールだとか。

池内　ミナミトリシマ、南南西《なんなんせい》の風、風力5、晴れ——鳥だけがギッシリいる島を想像していました（笑）

ソックリ小僧は二人とも鉱石ラジオをつくり、きれぎれに流れてくる音声に想像をつむいでいたらしいのだ。

だからこの世代は、あのシリーズを、よく覚えている。

編集　岩波書店編集部
監修　南　博
写真　名取洋之助

モノクロ写真で全六四ページ、定価一〇〇円。創刊は昭和二五（一九五〇）年六月。大当たりをとったシリーズで、出すはなからミリオンセラーになった。九年後に休刊になるまで二八六点を出版。全部でどれほどの冊数を数えたものか。

ちょうどいいときに始まった。敗戦直後の混乱がようやく落ち着き、生活に少しゆとりが出てきたころである。写真による文庫はいち早く、活字に代わる視聴覚メディアの幕開けを告げていた。それはアメリカ軍とともにやってきた民主主義と同じく、眩しいような華やぎをもってあらわれた。そのせいだろう、写真文庫は「アメリカ人」「アメリカ」「写真」「レンズ」などの巻から始まった。

「カメラは万年筆である」

写真家名取洋之助は、まさしくその「万年筆」で健筆を振った。

岩波写真文庫の刊行は「紀」組一〇歳から一九歳までにあたり、成長期にピッタリ一致していた。もっとも、一〇代の少年が、わざわざ啓蒙的出版物を買ったりはしない。大学に入ってから古本屋で買いあさった。「紀」世代はいつもひもじい思いとともに育ったが、一つだけ、ほかの世代よりも恵まれていた。自分たちの成長をとり巻いていた世界が、全二八六冊の写真文庫に、あまさず保存されているのである。

「アメリカ」の一冊は「ニューヨーク市の摩天楼」の表紙で始まり、靄でかすんだ港の背後に無数の高層ビルがそびえている。「ニューヨーク港は1800の波止場をもち、ここから毎年13000隻の船で約6000万トンの商品がでてゆくが、これはアメリカの外国貿易の42％にあたる。ニューヨークは1日に食糧3450万ポンドを食べ石炭10万トンを燃やす。その高層建築街のエレヴェーターの運転距離は1日に月までのざっと半分だ」

数字の頻出する書き方が特徴的だろう。戦争が終わったあと、日本人はあたらめてアメリカという国の巨大さに肝をつぶした。どうしてこんな国と戦争をしようなどと思い立ったのか、父の世代の了見がわからない。

「紀」世代はまた「うたごえ喫茶」や「歌声酒場」を記憶にとどめている。ちょうど岩波写真文庫とかさなるころだが、そこでは珈琲やビールより歌が主役だった。歌われるレパートリーはほぼきまっていて、ロシア民謡が主体で、定番が「バイカル湖のほとり」、次に「仕事の歌」、とっておきが「原爆を許すまじ」。関鑑子《あさこ》編『青年歌集』といって、文庫より小さいサイズの歌の本がテキストになった。「青年」の名のとおり若者の歌としてひろく歌われた。編者は「うたごえ運動」のリーダーとして、スターリン平和賞をもらった人だと聞いた。

ふるさとの街やかれ
身よりの骨埋めし焼土《やけつち》に

そんな歌詞のあと、「ああ、許すまじ原爆を」がリフレインとしてくり返される。戦後民主主義、とくに「進歩派」といわれた左翼系の若者グループの愛唱歌だった。アコーディオンの伴奏で肩を組み、陶酔したように歌った。

友人に手引きされて二度ばかり「うたごえ喫茶」に行ったが、以後は近づかなかった。河内紀／池内紀の両名は、この点でもソックリさんだと判明したのだが、肩を組み、陶酔して歌うのが恥ずかしくてならなかったし、歌そのものにもなじめなかった。「幼いころ朝礼のとき、校長先生の話に感じたようなウソくさい感じ」。私には、いただきものの民主主義を謳歌する集団よりも、命からがら戦地からもどった叔父の軍服のゴワつきのほうが、ホンモノのような気がした。原子爆弾を投下されたあとで「許すまじ」もないものだし、それにどうして「まじ」なんて雅語を使うのだろう？

「紀」世代はそれと知らず、意味深い過渡期を生きていた。昭和三四（一九五九）年、皇太子（のちの今上天皇）の結婚に際してテレビが爆発的に売れ、つづいて電気冷蔵庫、電気洗濯機があいついで家庭に入ってきた。わずか数年で、時代が大きく姿を変えていった。「許すまじ」集団は所得倍増の声とともに、さっさとエコノミック・アニマルに転身した。同じころ一つの写真文庫が役割りを果たし終えたようにして、ひっそりと姿を消した。

母方の叔父の一人は、兵庫県龍野市（現・たつの市）で医者をしていた。龍野は寅さん映画の舞台にもなったところで、もの静かな城下町である。小路の奥まったところにマドンナがいてもおかしくない。わが家では町名をかりて「龍野のおじさん」と呼んでいた。若いころは文学青年で、旧制四高在学中に三味線のお師匠さんと好い仲になり、親元に引きもどされ、改めて岡山の六高に入り直した。そんな艶っぽいエピソードがあったらしい。軍務にとられ、中国大陸で死線をさまよった。帰還後、何かの縁があったのか、小さな町で開業した。

私が知ったころは、多少とも変わり種の町医者だった。地元の歴史好きや文学好きと同人誌を出し、誰にも読まれない小説を書いていた。ドイツ文学とやらを学んでいる甥が気に入って、訪ねていくと診療をうっちゃらかして相手をしてくれた。そもそもあまりハヤらない医者であって、患者は長年通っている人ばかり。その数がしだいにへっていく。

待合室には本が積み上げてあって、当人もたいてい本を開いていた。顔をあわせるなり、いま何を読んでいるかをたずね、こちらが話すより先に自分の見つけものを述べて、ながながと講釈をする。日ごろ相手をする人がいないとみえて、上機嫌で自説を披露した。

そのうち、きまってトーマス・マンやハンス・カロッサの話になった。旧制高校仕込みの古めかしい発音で、小説のタイトルをドイツ語で言った。医学用語のドイツ語はあらかた忘れたが、若いころに読んだ小説はよく覚えているらしかった。

「最近、トーマス・マンはどうなんだ?」

「よく読まれていると思いますよ」

「ヘッセは？」

「人気があるようですよ」

叔父の本の山のなかに高橋健二訳のヘルマン・ヘッセが何冊もあることを、私は知っていた。まるで他人ごとのように答える甥を、叔父は不審そうにながめていた。

「これからどうする？」

自分が果たせなかった文学研究者の夢を、甥に押しつけているふぜいだった。

「ダス・レーベン・イスト・ドッホ・シェーン」

急にドイツ語が出てきた。あたまに「ゲーテいわく」がつく。叔父はそれを「されど人生はうるわし」と訳した。そして「されど（ドッホ）」がいいのだと力説した。さまざまなことがあれ、ともあれ人生は生きるに値する。長命にあわせ、おそろしく人生体験のゆたかだったゲーテらしい言葉である。そんな名句で甥を励ましたつもりらしかった。

当時、私はゲーテなど眼中になかった。それは叔父のような旧制高校出の時代遅れの知識人にふさわしい、古色蒼然とした古典作家にすぎなかった。

「いま、何を読んでいる？」

再度、叔父に問われると、モゴモゴとあいまいに答えて、ごまかした。名前を言っても知りはしないし、「されど人生はうるわし」世代にわかりっこないのである。

一九六〇年、ジョン・F・ケネディがアメリカ大統領になった。四三歳。アメリカ史上最年少の大統領だった。フランス映画のヌーヴェル・ヴァーグ（新しい波）が東京にも押し寄せた。一九六一年、トルーマン・カポーティの小説を、ブレーク・エドワーズが映画化した『ティファニーで朝食を』のなかで、オードリー・ヘップバーンが非常階段にすわり、ギターを爪弾きながら「ムーン・リバー」を歌った。一九六二年、アメリカのベトナム戦争への介入がいよいよエスカレートした。生物学者レイチェル・カーソンが農薬による環境破壊を警告する『沈黙の春』を発表して、各国に大きな反響を呼んだ。デヴィッド・リーン監督の70ミリ大作『アラビアのロレンス』が封切られた。ボブ・ディランが「風に吹かれて」を歌った……

水中から泡つぶが浮かび出るように記憶の底からのぼってくる。大学を出てから、私は二年ばかりブラブラしていた。行き先がきまらなかった。おりしも池田内閣がブチあげた「所得倍増」の恩恵で、就職口は降るようにあったが、就職活動ひとつせず、大学院に籍を置いていたが、教室にはめったに寄りつかない。ドイツの工業文献の翻訳といったアルバイトで食いつないでいた。銀座裏の事務所に原稿を届けると、一枚いくらで礼金がもらえる。八重洲口の裏手の小さなデザイン事務所に恋人が勤めていて、夕方、丸善の二階で落ち合った。それから裏通りをよりながら長い道を歩いて帰った。おもえば裏ばかりに明け暮れしたころである。

あるとき、一流企業に就職した大学の同窓と銀座で出くわした。彼は私を喫茶店にさそって、「まだ挽回できるからガンバレ」と励ましてくれた。

私はべつに自分が落伍者とも、遅れをとったとも考えていなかった。何をしたいのか、わからなかったまでなのだ。映画や文学など熱中するものはあったが、それで生きられるはずがない。何をしたいのかはわからなかったが、何をしたくないかはわかっていた。さしあたり、サラリーマンになりたくない。生活は安定するだろうが、すべての時間をサラリーのために取られてしまうのは、自分を裏切るような気がした。当座はアルバイトでしのいで、それからきめても遅くはないではあるまいか。

ドイツ語には「神様のノラクラ者」という言い方がある。まだ人生の方針がきまっておらず、何をしたいのかわかっていない時期であって、当人はそれなりに必死なのだが、他人には単にノラクラしているように見える。いわば神様公認のノラクラ者——

ずっとのちのことだが、あるグループが出している雑誌にインタヴューを受けた。ナチス・ドイツの時代にヨーロッパ駐在の外交官として、外務省の意向とはべつの判断でユダヤ人にビザを発行し、多くの命を救った杉原千畝《ちうね》とのかかわりで、インタヴューには「忘れてはならない歴史の真相」というタイトルがついていた。まずドイツに関心をもったきっかけから始まり、ついで問われた。

「戦前戦中に日本に紹介されたドイツ文学について、池内さんはどのような印象をもたれていますか？　また、ユダヤ系作家の作品とその出会いについて、お聞かせください」

――ドイツ文学を専攻して大学院に進んだころ、気がついて驚きました。ドイツ文学ではなく、当時の日本の「ドイツ文学者」といわれる人に対してです。ヘッセやケストナーの訳者として知られる高橋健二氏をはじめとして、学界のお歴々は、みなさん戦前・戦中にかけて、せっせとナチス文学を推奨した人たちなのですね。わざわざ「ドイツ文学史」を、ナチスのユダヤ観に合わせて書き換えた人もいました。この人たちの精神なり神経は、一体どうなっているのだろうと思いました。

大学院の受験にそなえ、日ごろ関心のない『ドイツ文学史』などを古書店で見つけて読み出したのがきっかけだった。目を剝くようなナマの翻訳調でナチス文学礼讃が揚げてある。それは「新訂」と銘打たれたほうで、急遽つけ加えられたものらしい。のみならず旧来の文学史のなかで場を占めていたハイネをはじめとするユダヤ系の詩人や作家たちが、ナチスの主張に応じて書き改められ、改変され、ときには抹消されている。

高橋健二の名前は、『ヘルマン・ヘッセ全集』、ケストナーの児童文学の紹介、芸術院会員、文化功労者としていまも記憶にある人は少なくないだろう。若かった私には、この人がことあるごとに、またこれ見よがしに、ヘッセやケストナーとの親交に言及するのが不思議でならなかった。ヘッセの翻訳権を個人的にどうかしたとかで、ヘルマン・ヘッセは手に入るかぎり高橋健二訳しかなかった。ついてはその人の死後九年して、一冊の本が出た。関楠生《くすお》著『ドイツ文学者の蹉跌

――ナチスの波にさらわれた教養人』(中央公論新社、二〇〇七年)といって、序に述べてある。「戦時下の日本において、日独防共協定(昭和十一年)から日独伊三国同盟(昭和十五年)へと関係を深めて行くナチス・ドイツとその文学について[高橋健二が]どのような立場に立って、新聞・雑誌にその信ずるところを語ってきたかを検証するのが本章の意図である」

目次を少しあげておく。

……

若い私は、こういったことのほんの少しを知っていたにすぎない。「ナチスの波にさらわれた」というよりも、ナチスの波に乗ったけはいが色濃いが、たとえ時代の波にのまれたとしても、波が去って、みずからが取りのこされたとき、しかるべき自己批判の弁があるはずと思ったが、その種のものには、ついぞいきあたらなかった。ナチス・ドイツ時代に「国内亡命」を選んだケストナーが、いかに強烈な抵抗精神で生きのびたか、それは誰にも読めない文字でつづりつづけたケストナーの戦中日記で読みとれる。それを日本語に訳した日本人が、戦中に日本に駐在していた高級ナチ党員と共著で、ナチス啓蒙の書を刊行していたと知ったら、『エミールと探偵たち』の著者は、はたしてどんな顔をしただろう。

所謂インテリの処世術
「第一課　常に強力者の尻馬に乗り何かしら打倒を叫ぶべし……」
（加藤悦郎画、『VAN』昭和 21 年 5 月創刊号より）
『現代漫画 14』「漫画戦後史Ｉ　政治篇」、筑摩書房、1970 年所収

杉原千畝グループ誌の「ユダヤ系作家の作品との出会い」の問いに対して、私はつづいて答えている。

——あんなにナチスやヒトラーを誉めたたえて、トーマス・マンなどの亡命作家たちを批判していたのが、一夜明けるとコロッと変わって、反戦作家ケストナーや抵抗文学論ですからね。失礼ながら、この先生方は信用しないで、自分の目で見つけて、それを「自分のドイツ文学」にしようと思いました。さしあたりは、この方々が目もくれなかったユダ

ヤ系の人たちを集中的に勉強することにして、修士論文はウィーンの批評家カール・クラウス（一八七四―一九三六）で書きました。

「神様のノラクラ者」の猶予期間が切れかけていた。そんな矢先に、やっと何がしたいのか、小さな手がかりをつかんだような気がした。ともかくも研究室にあるだけの本を借りて帰り、辞書をひきひき読んでいった。といっても、たいして多くなかったのである。ユダヤ人クラウスの著書は死後、禁書扱いを受け、闇に沈んだ。二〇年に及ぶ空白ののち、一九五〇年代半ばになって、ようやく再評価が始まった。主だった作品が出そろいだしたころで、研究書や評伝といったものはほとんどなかった。

それが幸いした。どのように読んでもいい。いかなる理解ないし誤解も許される。どこからどのような苦情がくる気づかいもない。なにしろ教授方の誰ひとり、カール・クラウスなど知る由もなかった。超マイナーを論文に選ぶと就職に不利といわれたが、それはまあ、先のこと。どこでもいい、語学教師としてもぐりこめれば、それで本望というものだった。

とにかく取りついたが、さっぱりわからない。息の長い独特の文体をもち、一行ごとに、ときには一語ごとに言葉遊びに託して諷刺や、からかいや、批判がしかけてある。それに手にしている著書は、もともと著書として世に出たのではなく、当人の個人誌に発表された。雑誌のかたちをとり、色濃く時代の影がさしていた。母体にあたる時代性と切り離された文章が、即席勉強の若造にわかるはずがないのである。

本であって本ではない。いかなる個人誌だったのか。たったひとりで、三七年間も出しつづけた。そのかたわら、発表したところをテーマにまとめて順次本にしていった。十数巻を数える著作集は、まず個人誌用に書かれ、印刷された。いわば自分のための試し刷りである。

「カール・クラウス試論」と題する独断づくめの論文を書きあげ、あまつさえ詩句をとった戯詩を『カール・クラウス詩集』（思潮社）と名づけて公刊した。若さというものはなんと無恥無暴であることだろう。その間、たえず気になっていた。クラウスの個人誌とは、いかなるものだったのか。当人が出しつづけた「試し刷り」にあたらなくては、本当にこの人を読んだことにはならないのではなかろうか。

［この章の挿絵］

軍国ニッポンから民主日本への変化にあわせ、あわただしくコロモがえをした名士たちはどっさりいたし、それをからかう戯画もまた、おびただしく発表された。時代の転換期につきものの世界的現象だが、いかなる心の痛みもなく、ヌルリと衣服を着がえるようにして生じるのを特色としているようだ。

「プラハの春」——才能の行方

一九六八（昭和四三）年のこの年——

東京オリンピックでマラソン三位入賞の円谷幸吉が自殺した。家族あての遺書には「父上様、母上様、三日とろろ美味《おい》しうございました。干し柿、もちも美味しうございました……」。金嬉老が静岡県・寸又峡温泉の旅館にライフル、ダイナマイトを持って立てこもり、旅館主、客らを人質にして、警官による朝鮮人侮蔑に対する謝罪を要求。イタイイタイ病裁判が始まった。千葉県成田の新東京国際空港建設に反対する「三里塚闘争」が激化。南ベトナムでアメリカ軍機動部隊がソンミ村の村民五〇〇人余を虐殺、秘密にされていたのが明るみに出た。東大医学部に発した紛争で全学共闘委の学生が安田講堂を占拠、卒業式が中止になった。チェコ共産党、自由化の新綱領採択、「プラハの春」と呼ばれた。日本最初の超高層の霞が関ビルが竣工。日大闘争始まる。パリで五月革命。アメリカ空軍ファントムが九大キャンパスに墜落、炎上した。「パリ・五月革命」に呼応して反日共系学生がお茶の水駅一帯を占拠、「神田カルチェ・ラタン」と呼ばれた。東大闘争で全共闘結成。札幌医大和田教授による初の心臓手術、手術後に八三日で患者死亡。ソ連・東欧五カ国軍、プラハ侵攻。東大、全学部無期限ストに突入。ノーベル文学賞が川端康成に決定。「国際反戦デー」に際し新宿騒乱事件発生。国民生活研究所が「団地サラリーマンのこづかい白書」を発表、一日平均二六〇円。鶴田浩二、高倉健の侠客もの映画が大ヒット。東京・府中市で現金輸送車が三億円を強奪された。

一九六七年七月、はじめて私はウィーンへ行った。オーストリア政府奨学金という制度があって、運よくそれにありついた。当時、オーストリアの通貨はシリングだったが、月々かつかつの生活ができる程度のシリングが支給される。ウィーン大学の窓口で、奨学生は授業に出なくてはならないのかとたずねると、窓口係の若い男は肩をすくめた。それから「ヴィー・ジー・ヴォレン（お好きなように）」と言った。たしかにほかに言いようがない。奨学金の延長に支障はないかと、かさねてたずねたところ、「無関係だ」と答えた。

それで安心して、授業は出ないことにした。知りたければ本を読めばいい。考えるためには頭がある。せっかく遠い異国の古都に来て、古ぼけた大学の机にしばられていることはない。二〇代のいまのうちに、目や耳や感覚を鍛えておこう。街歩きこそ授業であって、カフェや劇場や映画館こそ、わが教室というもの——。つまり、そんな理屈をひねり出したわけである。あとになってわかったが、若さが選びとった、きわめて正しい選択だった。

ある日、大通りの広告塔のポスターが目にとまった。「エルフリーデ・オトーの歌とおしゃべり」

ピアノはエーリヒ・ヴェルバ。所は楽友協会小ホール。七時開演。オトーは Ott と書いて、正確には「オット」と読むのだろう。おしりの「ト」をかぎりなく小さく発音して、耳で聞くぶんには「オッ」にちかい。まずはほかではお目にかからない姓である。

その夜、強烈な印象を受けた。はじめは白い衣裳であらわれた。幕間のあと、赤と紫になった。それが舞台の唯一のイロどりだった。わきに黒いピアノがあって、ウィーン音楽院教授ヴェルバ先生が黒服でつつましく控えていた。

親しく話しかけるようなおしゃべりで始まった。それが歌になった。ピアノがやむと、またおしゃべりになる。歯切れがよくて、めりはりがはっきりしていて、言葉に不自由な東洋人にもよくわかった。おりおりウィーン下町風の伝法な語りになるところから、語り手の生まれ育ちが推測できた。ゆるやかなテンポの歌が急転して、やにわに賑やかになると、もう我慢できないとでもいうふうに、当人も舞台の上で跳びはねた。つづいて一転して、もの静かになる。

「一つエピソードをご披露します」

物語がはさまった。それが終わると、また歌になる。ヴェルバ先生と掛け合いをして、同じ個所を二度、三度と歌うこともあった。

そのうち、単なるおしゃべりではないことがわかってきた。モーツァルト以前にさかのぼり、ウィーンの音楽史、また劇中歌謡史をたどるつくりになっていた。大学の講義などとはまるきりちがって、お勉強のけはいはみじんもない。歌は世につれ、世は歌につれなのだ。エピソード一つで、くっきりと時代の特徴を浮かび上がらせる。

「やっとモーツァルトにたどりつきました」

そんなひとことで休憩になった。

いいころに出くわした。エルフリーデ・オトーはそのころ、四〇歳ぐらいだったのではあるまいか。俳優だったが、どの劇団にも属していなかった。ウィーンの国立ブルク劇場はドイツ語圏の演劇界で、とりわけ権威があるとされ、専属制をとっていた。ウィーン・フィルのメンバーが国立歌劇場に属しているのと同じである。エルフリーデ・オトーはブルク劇場の小劇場にあたるアカデミー劇場に出ていたが、しかしブルクの専属ではなかった。市の中心部の聖シュテファン教会に近いカンマーシュピーレ劇場でよく見かけたが、そこの専属メンバーでもなかった。

終始、フリーだった。契約にしばられたくなかったのだろう。出し物を自分で選べる。それだけの力量と個性を認められてのことだった。ともに個性が強すぎて、アンサンブルにはなじみにくかったのではなかろうか。

「追っかけ」組の一人として公演ごとに出かけて行った。歌や朗読はもとより、絵も上手で、ペン画は玄人はだしであることがわかった。やわらかい色をのせた水彩画がプログラムを飾っている。自作の絵をまじえたエッセイ集が出た。まさに才たけていて、しかも美しかった。お茶目な娘のようでもあれば、とり澄ました貴婦人にも見える。幕が下りて、ひとりになったとき、はたしてどんな顔なのか、誰にもわからない。

いつも主役とはかぎらなかった。古いウィーンの風俗劇で、小生意気な小間使いの役で出てきたことがある。ときおり女主人のお相手をするだけだが、エルフリーデ・オトーが小間使いをやると、ハネるばかりに全身が生気あふれていて女主人がかすんでしまった。舞台にいたのはほんのしばらくなのに、見終わったあとは小間使いのシーンだけが記憶にのこる。俗に「舞台を食ってしまう」タイプであって、アンサンブルからはみ出るのもむりはないのだった。

モーツァルトがウィーンに住みつく少し前のころだが、シュトラニツキーという作者兼俳優が街の人気をさらっていた。つづいてヨハーン・ラロッシュが登場。ほかにも何人かいた。芝居にはきっと音楽がつき、高まったところで歌になる。モーツァルトの「フィガロの結婚」や「魔笛」は、まさにそんな流れのなかで生まれた。

エルフリーデ・オトーの「ウィーン音楽・演劇講座」は息をのむほど新鮮だった。「魔笛」がなぜ「魔笛」なのか、よくわかった。魔法モノが受けているからには、これを使わない手はないのである。ライバルの作曲家による音楽劇「魔法のファゴット」が大当たりした。となれば、これに「魔法の笛」をぶつけるのはどうだろう？　台本作者シカネーダーから、モーツァルトはそんな相談を受けたのではあるまいか。

作曲家ヴェンツェル・ミュラーのことは、ひとえに追っかけによって知った。モーツァルトより一〇歳ばかり年少で、その晩年にめきめき売り出した。ふつうモーツァルトのライバルはイタリア人音楽家サリエリとされているが、それは宮廷楽長のポストをめぐってのことであって、音楽的にはモラヴィア生まれの青年ヴェンツェル・ミュラーだったはずだと、エルフリーデ・オトーは言った。そしてある夜のプログラムの大半を、この忘れられた作曲家に捧げた。

「ホラ、みなさんもごぞんじのはず――」

ヴェルバのピアノとともに曲が始まり、とたんに客席でざわめきが起きた。「知ってる、知ってる」というささやき声。異国人には手のとどかない領域だが、誰もがいつのころかに覚えて、ついぞ忘れないといった歌。わらべ歌や民謡のようにメロディを知っていて、即座に口ずさむことができる。作者不詳の古い歌と思っていたのが、ヴェンツェル・ミュラー作だった。

生涯に二二五の音楽劇を作曲したといわれるが、おおかたは流行をあてこんだ台本に曲をつけた。劇は捨てられて音楽だけが、口づたえにつたえられてのこった。そのうち出所がわからなくなり、てっきり作者不詳と思われていた。

エルフリーデ・オトーはどうやって珍しい楽譜を探し出したのだろう？　協力者はかなり齢のはなれた男性で、二人はいっしょに暮らしている。風の噂に聞かないでもなかったが、私にはどうでもいいことだった。才たけた女に対抗できるのは、才たけた男にかぎられ、そんな男女の緊張があるからこそ、ひとりで千余の観客を集めて三時間ちかくも魅了できるのだ。

舞台ではなく客席で見かけたことがあった。日曜日の午前は、コンサートにはおよそ不似合いな時間だが、ウィーン・フィルの楽友協会定期演奏会が催される。歌劇場が本業なので、夜はそちらにとられるからだろう。カール・ベームが眼鏡を鼻にずらして指揮台にいた。その正面客席の五列目あたり。

「オトーよ」

「そう、オトーさん」

まわりで言いかわす声がした。エルフリーデは地味な服で、髪をうしろに結いあげていた。かたわらに老婦人がいて、母親のようだった。横顔が似ている。少しからだが不自由らしく、娘が面倒をみていた。それが才たけた女優だと知らなければ、むつまじい母娘《おやこ》の光景そのものだった。追っかけにも節度というものがある。わが胸は高鳴ったが、わざと知らんぷりをしていた。演じ上手は聴き上手であることがすぐにわかった。演奏が始まると、客席の母娘は微動だにしない。いや、ほんのかすかに髪が動いていた。からだでリズムをともにして、髪の毛ひと筋のようなゆらぎで旋律に反応していた。

月に一度、大学の窓口に出頭して、奨学金を受け取り、お定まりの用紙にサインをする。奨学生のつとめといえば、それだけだった。窓口の若い男は、授業に出なくてはならないか問い合わせた東洋人を覚えていて、語学の急速な進歩をほめてくれた。「巷のプロフェッサーたちのおかげ」と答えると、大きくうなずき、ニコッとした。そして言語学の教授のエピソードを話してくれた。オン年八六歳で耳が遠く、補聴器を用いているのだが、電池代を節約して、スイッチを切っている。それで声をかけられると、ついこんなぐあい――背をかがめた老人が、ワナワナと震える手を耳にそえた仕ぐさをした。定年のない大学には、その手の老教授であふれており、つねづね笑いのタネになった。

ヨーロッパの主だった劇場や歌劇場には立見席がそなわっている。一階正面のいちばんうしろの一角、あるいはバルコニーの背後にあって、タバコ代程度で華やかな夜の客になれる。いちばんうしろといえども、伝統ある劇場はいたって小振りにできており、舞台上の表情まで手にとるようによく見えるのだ。バルコニーに立つと、舞台のすみずみのみならず客席のこまごましたところまでお見通しで、いわば二つのドラマがたのしめる。

すぐにわかったが、安値の席だからといって卑下するには及ばない。ふところはさびしくても人一倍の芝居好きがいる。オペラの正統派は立見客とも言われていた。正面平土間の一等席は成り金のおのぼりさんか、顔パスのお歴々、さらに義理と見栄がからんでいたり、年間予約しているというだけの理由でやってくる。いっぽう立見は、燃えるようなステージ愛の連中なのだ。劇場側もそのことをよくこころえている。そもそも舞台で拍手喝采をあびているのは、多くが立見席から巣立っていった者たちだった。

ウィーン歌劇場は人気があり、いつも音楽家の卵に先をこされたが、ブルク劇場は天国だった。市庁舎と向き合うところに白い石造りの豪壮な建物があって、夜の明かりがともると、闇のなかに不思議な石の虫がうずくまっているように見える。

開場とともにとびこんで、最短の階段を駆け上がり、立見席最前列の手すりにハンカチを結びつければ予約終了。あとは幕が上がるまで、豪華なフロアをそぞろ歩いていてもいいし、階段部屋のクリムトの天井画をたのしんでもいい。近くのカフェへ珈琲を飲みに出てもかまわない。

「ウィーン民衆劇」と呼ばれる喜劇があって、芝居ながらオーケストラがつき、シーンが盛り上がると、セリフが歌になる。いかにも音楽の都らしいスタイルである。そんな出し物におなじみの俳優がいた。誰でもできるわけではない。しゃべれて、歌えて、古いウィーン方言が話せて、その上に即席の創作の才がなくてはならない。セリフが歌に転じると、テキストから離れてもいいのである。いや、離れなくてはならない。そしてその日のニュースや最新の出来事をとりこんで歌にする。人身攻撃はタブーだが、どんなに辛味をきかしてもかまわない。拍手のぐあいでひっこんではまた出てきて二つ目、また拍手で三つ目と、オーケストラにのって諷刺のレベルを高めていく。

ひっこみぎわに、彼らはしばしば立見席や天井桟敷に顔を向けた。新聞に劇評を書いているセンセーは、あてがわれる席よりも立見を好んだ。劇場内の反応が手にとるようにわかるからだ。夜ごとに肩を並べ、肘をくっつけていると、顔なじみになり、親しくなる。立見仲間と夜ふけの居酒屋へ寄り道した。カフェでながながとしゃべっていた。赤毛でノッポの青年はイタリアのトリエステ出身だった。ユーゴからの娘は色が抜けるように白く、瞳がガラスのように青かった。親しい友になったウィーンの青年はジャーナリスト志望で、度の強い眼鏡をかけ、長身痩躯、立ち話のときいつも背中を丸めているので、正真正銘の猫背になった。オーストリア文学協会という小さな団体でアルバイトをしていた。文学協会には出版社や詩人や作家から新刊が送られてくる。友人を訪ね、ついでに書棚をながめて、おもしろそうなのを引っこ抜いた。

「いいの?」

「いいとも」

はじめは遠慮がちだったが、そのうち大っぴらに失敬した。おかげで新刊書に不自由しなくなった。

滞在二年目のある夜、友人の手引きで、某作家の自宅パーティに行った。やや遅れて、ひとりの人物がやってきた。中肉中背、削《そ》いだように鼻が三角にとがっている。「ヘア・プロフェサー」と呼ばれ、全員が歓迎を示した。「さっそくながら、ヘア・プロフェサー、ピアノへどうぞ」ホスト役がピアノの蓋をあけた。いっせいに拍手が起きた。その男は、やや気どったポーズで軽く一礼。

「ご希望は?」

「〝タンホイザー〟」

「〝ベッピ、おねがい、あたしにキスして〟」

笑いにまじって「ブラボー」の声が出た。ワーグナーでもって、目下の流行歌を弾き、かつ歌う。男はわざとらしく眉をくもらせ、ひとつ大きく深呼吸した。まずは低音部の静かな出だし。つづいて高らかに〝タンホイザー〟がとどろいた。朗々とした声で甘ったるい歌がうたわれ、歌詞がちょっぴり変えてあるらしく、ひと節ごとに爆笑が起こった。肥っちょの銀行家と夫人が、ゼイゼイあえぎながら笑っている。ワーグナーがワルツに変じ、ついでポルカ、しめくくりは朗詠調のベッピのおねがい。

「いま一つ、ご希望は?」

〝東欧歌合戦〟の声がとんだ。どうやらこの男の十八番《おはこ》らしい。ハンガリーとチェコの国家が入りまじり、ポーランドとルーマニアの歌がかわるがわる角《つの》突き合って、あげくのはてはハプスブルク讃歌でケリがついた。なんともあざやかな隠し芸にちがいなかった。

後日、私は友人に、その男のことをたずねた。ウィーン・フィルのメンバーで、アカデミーでピアノを教えている。当人はオーボエも吹くし、ヴァイオリンも一流だ。作曲もする。ほとんど礼金の出ない小劇場の舞台に曲をつける。エッセイの名手で、新聞に匿名で定期的に書いている。本はない。書くたのしみが満たされればそれで十分、「なんぞおのが恥を千載《せんざい》にのこそうぞ」とか。友人はつけ加えた。

「この手の変わり者は、ウィーンにはどっさりいるね」

そういえば新刊書の棚から持ち帰った一つに、『忘れられた文士たち』というのがあった。大半がウィーン生まれで、繊細な抒情詩人、将来を嘱目《しょくもく》された劇作家、歴史小説家、あるいはペンの立つ新聞文芸欄の書き手だった。才、学ともにあり、世にときめいて当然の人物だったのに、早々と忘れられた。まるで一度も存在しなかったように、痕跡すらないのである。

いかにも人間は忘れっぽい。昨日までもてはやしていても、時代の風向きが変わると、あっさりと捨てる。なんとも世間は忘恩だ。しかし、その本の人物の場合、忘れられた側にも、それなりの理由があった。どちらかというと、当人自身が忘れられるべくつとめたふしがありげなのだ。ある詩人は処女作で世の注目をあびたというのに、いっこうに二作目を問おうとせず、やっと次作がお目見えしたとき、処女作はとっくに人々の記憶から消えていた。ある劇作家は新たにドラマを書き下ろすよりも、もっぱらカフェでしゃべり散らした。テーマや構成から要所ごとのセリフまわしまでできていて、聞いている友人たちを魅了したが、しかしカフェは劇場ではないのである。いつまでも舞台にはのぼらなかった。

ある批評家は定期的に講演会を開き、身ぶり手ぶり、さらに巧みな声色つきで時の権力者を批判した。その論調は、どの新聞社の社説よりも的確で、生彩に富んでいた。だが語られたところは虚空に消えて、意味深い時評集をつくるに至らなかった。

ある劇評家の寸評は、一つ一つが短かすぎて、時をへだてて読むと何のことやらさっぱりわからない。どうやら彼は当の劇の批評よりも、寸鉄人を刺す名句をひねり出すのに全力を傾けていたらしいのだ。

こういった事情は文学だけにかぎらない。美術にも音楽にも、似たような変わり者がいただろう。作家ハンス・ヴァイゲルはウィーン気質をめぐって述べている。「ウィーンほどチェロのうまい歯科医のいる町はない」

もう少しの辛抱があればオーケストラ・ボックスでライトをあびていた人が、子どもの虫歯をのぞきこんでいる。もう少し勤勉でありさえすれば画壇で名をなしていたろうに、その人が区役所の窓口にすわっている。もしあのとき、一つの決断をしていればガラリと事情が変わっていたのに、ウヤムヤのうちにチャンスを逃して、しがない吏員の半生を送るはめになった。

才能に気づかないのではなく、むしろ才能から逃げたがる。花はたのしんでも、実りにつきものの収穫の手間が煩わしい。ながめあかしているうちに、果実は地に落ちて虫に食われた――。歴史ある都市には、そんな才能の地下墓地が口をあけているらしい。なじみのカフェや行きつけの酒場、それに定期的に会う人もできたころ、ひそかな古都の秘密に気がついた。


夏の早朝だった。友人の電話でとび起きた。ラジオをつけろ、テレビのあるカフェへ走れ、号外が舞っている、新聞社の動向に注意、戦車部隊がプラハへ向かっている――。

一九八六年八月のチェコ事件である。「プラハの春」と呼ばれた自由化運動を、ソ連当局が武力でもって押しつぶした。

この年の一月、チェコスロヴァキア共産党はスターリン主義者のノヴォトニー党第一書記を解任、新しい指導者にアレクサンデル・ドゥプチェクを選出した。このとき四六歳、東欧でもっとも若いリーダーが誕生した。ドゥプチェクはスヴォボダ大統領、党幹部チェルニクらとともに「人間の顔をした社会主義」をスローガンに大胆な自由化運動を始めた。四月に採択された党の「行動綱領」は共産党による権力独占を否定、集会や結社の自由、検閲の廃止、出国の自由など、西側にひとしい市民的自由を保障していた。

六月、自由化を支持する文化人が「二千語宣言」を発表、新指導部支持の決意を表明した。自由化に介入する「外国勢力」に対しては、「武器を手にしても政府を支持する」。

ちょうどこのころだが、私はウィーンの友人たちとバスでプラハ旅行をした。「プラハの春」は外来者に寛容だった。チェコ人の英雄ヴァツラフ像の立つ広場でピルゼン・ビールを飲み、夜はヤロスラフ・ハシェクの名作『シュヴェイクの冒険』でおなじみの居酒屋で大騒ぎした。

「外国の勢力」介入の予兆というものはあったのだ。七月半ば、ワルシャワで東欧五カ国首脳会談が開かれ、ソ連首相コスイギンはチェコスロヴァキアに警告を発していた。ついでソ連・チェコスロヴァキア首脳会議が開かれた。第一書記ドゥプチェクは、いつものにこやかな顔で進展がなかったことを国民に報告した。

八月に入るとともに慌しい動きがあった。仮に年代記風につづると、次のようになる。

8・3　スロヴァキアのブラチスラバでソ連・東欧六カ国首脳会議。社会主義の成果維持、ワルシャワ条約機構の強化を宣言。

8・9　チトー・ユーゴ大統領、チェコ訪問。

8・10　チェコスロヴァキア共産党が九月の臨時党大会に提出する規約改正草案を発表。少数意見尊重、発表の自由、党内の分派活動容認、党員の特権廃止、特定個人への権力集中の禁止などがうたわれていた。

8・15　チャウシェスク・ルーマニア党書記がチェコ訪問。

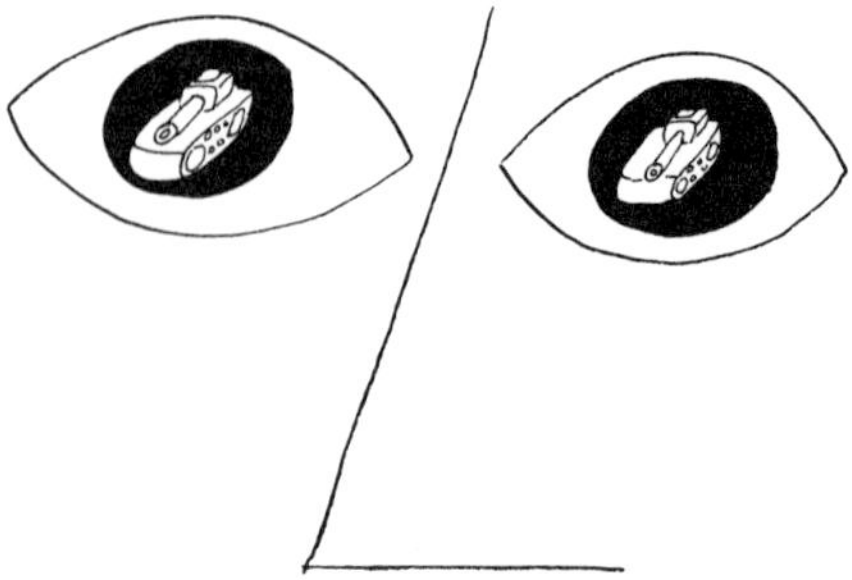

8・20　ソ連、ポーランド、東ドイツ、ハンガリー、ブルガリアの五カ国軍約二〇万が深夜、事前通告なしにチェコ領に侵入。チェコスロヴァキア党幹部会は「侵入軍に抵抗しない」ことを国民に要請、あわせて「社会主義国家だけでなく国際法の原則にも反す」との声明を世界に向けて発した。

私は靴のひもをかたく結んで駆け出した。ウィーンの大通りにひとけがなかった。早朝の市電がカラッポのままフルスピードで走っていた。なじみのカフェのドアを押すと、むせるような人いきれがした。どのテーブルも人が鈴なりで、号外を食い入るように見つめている。ラジオが大音声でニュースを伝えていた。隅には立ったままの人がひしめいている。ドアが音高く開いて、号外売りが束をかかえてとびこんできた。手から手に渡される。テレビの画面は暗すぎて、何が何だかわからない。誰も声を出さない。顔・顔・顔がつまっているのに、あたりには奇妙な静けさが支配していた。

若い私は、歴史というものをはじめて知ったように思った。それはきしみながら激しく動いている。ヨーロッパの小国は、とりわけきしみに敏感だ。石畳に耳をつけると、はっきりと地ひびきが聞こえるだろう。政治権力のコマが一つはじかれると、国々がなだれを打つように動き出し、市民的日常までもが一挙に変わる。そして昨日までの秩序は、もはや二度ともどらない。

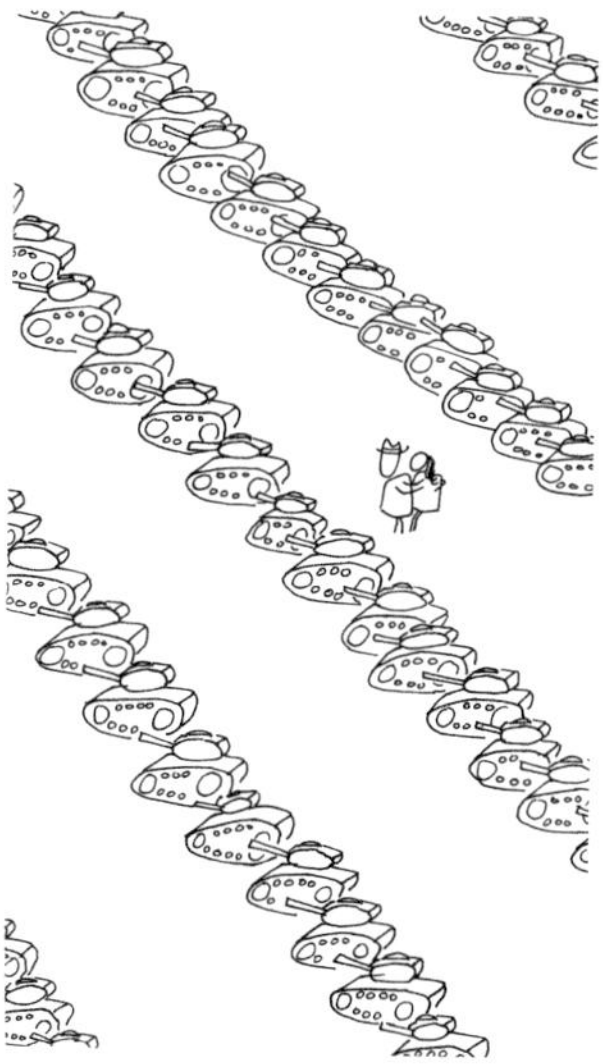

カフェを出て、ひと影のたえた大通りを歩きながら、ひとり興奮していた。何やら啓示を受けたような気がした。たとえいかなる意味合いの啓示か少しもわかっていなかったにしても、である。

以後の経過を、同じく年代記風にまとめておく。

8・21　ソ連・東欧軍、プラハ制圧。ドゥプチェク第一書記、チェルニク首相らを逮捕してモスクワへ連行。プラハ市民が非暴力抵抗開始。
8・22　ソ連、プラハに戒厳令を発令。プラハ市民の二万人デモ、チェコ全土でゼネスト。チェコスロヴァキア臨時党大会は侵入軍の二四時間以内撤退を要求。
8・23（〜26）　チェコスロヴァキア・ソ連交渉。軍撤退はチェコ「正常化」が前提とソ連声明。
8・27　占領軍とチェコ軍の協力などの共同声明。ドゥプチェク第一書記、対ソ合意を国民に訴える。
8・29　検閲法復活。
8・31　チェコスロヴァキア党中央委、改革派議長を解任。
9・13　報道規制・公共秩序安定法可決。
11・11　チェコ共産党機関紙停刊、西側記者に国外退去命令。
1969・3・28　アイスホッケー世界大会でチェコチームがソ連チームを破る。これを機に反ソデモ激化。
4・16　チェコスロヴァキア共産党中央委、保守派幹部一〇人、復活。
4・17　ドゥプチェク第一書記辞任。
8・20　「武力介入一周年」にデモと警官隊衝突。死者二名、三〇〇〇人余が逮捕された。

保守派の報復は巧妙だった。いぜんとしてかわらない国民的人気をおもんぱかってだろう。ドゥプチェクをまずトルコ大使として国外に出し、半年後に本国へ召還、党籍を剥奪した。チェルニクほかにも、同様の処分がなされ、改革派は一掃された。

「二千語宣言」の署名者は署名撤回、自己批判、転向を迫られた。署名撤回を拒んだ者には公職追放、失職が待っていた。

ずっとのちのことだが、一九八九年の「ビロード革命」で大学に復帰した美術史家と、プラハのカフェで会ったことがある。撤回拒否をつらぬいたばかりに、二〇年あまりの「浪人暮らし」を強いられた。仲間を引きつれてやってきたのに、当人が早々と帰りたがる。「三歳の坊やの誕生日」とのこと。年齢を考え、お孫さんの誕生日の祝福を述べたところ、孫ではなく自分の子どもだと、少しテレながら言った。四度目の結婚の愛のたまもの。ついうっかり「四度目」と念を押したところ、さも当然のようにうなずいて、まわりを見まわした。お仲間の大半が三度、四度の離婚歴をもっている。

「こればかりは、党もどうにもならないからね」

仲間の一人が注釈をつけるように言葉をそえた。体制側はあらゆる制限、制約をかぶせてきたが、男女間の恋愛ばかりは打つ手がない。冷飯組には、恋愛が唯一の自由の場だったことがうかがえる。

美術史家は自分たちを一括して、「サクセス・ストーリィには縁のない世代」と称した。世に出たとたん、歴史の大波にさらわれた。そしてやっと再び、才能を発揮する状況になったが、デビューするには老《ふ》けすぎている。それからチェコ語で格言のようなひとことを言った。仲間がにこやかにうなずいた。自分もうなずき返すと、背を丸め、坊やへのプレゼントを抱くようにして出ていった。

［この章の挿絵］

プラハに戦車隊が侵入をはじめると同時に、無署名のカートン（諷刺的漫画）が出廻り始めた。ガリ版刷りのチラシとして手から手へ渡される。あるいは往来に貼り出された。自転車に乗った青年がバラまいていく。人々はあらそってひろい上げ、じっとながめてから丁寧に折りたたんでポケットやハンドバッグ、あるいは買物籠に収めた。

やがて一連のシリーズの作者がわかった。イワン・シュタイガーといって、二八歳の青年だった。西ドイツの出版社が目ざとく見つけ、『プラハ日記』のタイトルで翌九月に本にした。のちにドイツでは手に入れやすいＤＴＶ叢書に収録。言葉のない絵だから、誰にも読める。どこの国の人にもわかる。往来に立ちつくした人々の両眼に戦車が映り、襟に星マークをつけた軍隊がなだれこんできた。その一部始終が、これ以上ないほど切りつめた線だけで示されている。

赤い靴と白い靴　――フラウ・ブロノルドのこと

「プラハの春」が進行中のころだが、二度ばかり加藤周一氏とウィーンで会った。氏にはカナダの五年につづくウィーン時代にあたるのではなかろうか。四〇代の終わりで、ウィーン大学で教鞭をとるかたわら、旺盛な執筆活動のさなかにあった。

ある日、葉書が舞いこんだ。「カール・クラウスについて御教示願いたい」とあって、ウィーンの住所がしるしてあった。天下の碩学に、クチバシの黄色い若造が「御教示」などできっこない。加藤さんはクラウスの戯曲『人類最期の日々』を舞台で見て、セリフのことでたしかめたくなったらしい。それはフィクションなのか、それとも現実の素材なのか。

まさしく二〇代半ばすぎから当の留学生がつづけていた確認作業だった。第一次世界大戦の四年間をプロローグ・エピローグつき五幕に仕立てた長大なドラマであって、全二一九場。主だった登場人物だけで六〇〇人をこえ、その大半はオーストリア皇帝、ドイツ皇帝をはじめとして、将軍、政治家、官僚、ジャーナリスト、財界幹部、文学者、学者、はては街で知られた娼婦まで実在した人物である。

ウィーン市庁舎三階の奥まったところがシュタット・ビブリオテーク（市立図書館）で、昔の新聞・雑誌が閲覧できる。登録すると身分証明が発行され、机をわりあてられて、自由に出入りができる。カードで調べて申請すると、しばらくして黄ばんだファイルが届けられる。日をこえて読みたければ、机にのこしていってもかまわない。

大学にすらごぶさたの怠け者が、どうしてそんな「紙の虫」のようなことを厭わなかったのかといえば、つまり、おもしろかったからである。新聞の社説、前線報道、内閣のコミュニケ、大本営発表の戦況報告、名士の近況、戦時公債売り出しの広告、夜の風俗記事……それ自体は印刷された記事であるが、それがクラウスのドラマに登場人物のセリフとなってあらわれる。作者は記事の中身を当人の口にもどして劇のなかでしゃべらせた。皇帝も大臣も将軍もジャーナリストも、戦時中の美辞麗句や、時代に合わせた空疎な言葉を口にしなくてはならない。おのずとその中身のなさ、愚劣さが露呈する。相手の道具を逆手《さかて》にとって、当の相手に狂態を演じさせ、もって正体を暴露させる。

コピー機がまだ普及していないころで、超保守的な市庁舎内図書館にコピーの便宜があろうはずがない。大学ノートの左ページに新聞名と発行日と見出し語、右ページにクラウスの該当個所をメモしていくことにした。手さぐりで始めたものが、少しずつノートが埋まってくるほどに興味が高まっていった。

おそろしく根気のいる作業だが、べつのたのしみがないでもなかった。図書館の常連たちであって、おおかたが白髪の老人だった。一般にヨーロッパにはアカデミズムとは一線を画して民間学者の伝統があるが、名を知れば、それにつらなる人たちだったと思われる。ウィーン民衆劇の歴史は、オトー・ロメルによって、あとにつけ加えるものが皆無というほど調べつくされている。ドナウ川の船運をめぐる全五巻の大著の著者、オーストリア・バロックの権威……いずれも大学とは縁のない学者たちである。お昼には控え室で、つましく新聞紙に包んできたバターパンを食べている。着古した上着の背中とズボンのおしりに、すわり癖がついて、うっすらと光っていた。

加藤さんには大学ノートをひろげ、つっかえつっかえしながら話したように思う。日本語だと、書き言葉がそのまま話し言葉にはなりにくいが、ドイツ語では、ほんの少し手を入れるだけでそれができる。そもそもクラウスのドラマは、作者自身が「上演には七日七晩かかるので、地球の舞台には不向き」、などと述べているように、レーゼドラマ（読む劇）として想定された。

クラウスはその第一次大戦をめぐるドラマを、戦争のさなかに書いた。素材は日々、装いあらたにキオスクにあらわれる。大量に集め、より抜きを自分の雑誌に載せてから、諷刺の技法でセリフに仕立てて戯曲にとりこんだ。拙い「個人授業」を、加藤さんはたのしげに聞いていた。メモしてきた新聞の見出し語を訳していくと、声を立てて笑った。

批評家加藤周一によると、ことジャーナリズムに関するかぎり、日本の太平洋戦争はヨーロッパの第一次大戦に相当する。戦争が勃発したとき、まっ先きってジャーナリズムが熱狂し、愛国心を煽り立てた。いまや始まった戦いが機械と物量による殺し合いであるにもかかわらず、かつての英雄的な、神話がらみの大層な言葉と比喩で飾り立て、戦争の美学なるもののもとに意味不明の「聖戦」の観念を言い立てた。たしかに言われて気がついたが、メモしてきた一九一〇年代のウィーンの新聞の見出し語は、ほぼそのままで日本の戦時下、一九四〇年代のマスコミ愛用の常套句になった。例外は「天皇陛下万歳」の一語だけ――。

クラウスのドラマは本来は翻訳不可能だが、できる範囲で訳してみたいというと、加藤さんは励ましてくれた。月々の連載にクラウスの戦争ドラマをとりあげ、わざわざ（池内紀訳未刊）と書き入れてくれる人だった。

二度目はカフェで会った。私は友人の仲間とプラハへのバス旅行をしてきた直後で、熱っぽく「プラハの春」礼賛を口にした。どれほど熱烈にドゥプチェク第一書記が支持されているか。スヴォボダ大統領への信頼があついか。やがて国境がひらいてチェコへの出入りが自由になるにちがいない。

加藤さんは、そんな若造の楽観論に組しなかった。必ずやソ連が介入する。「反革命、正常化」を主張し、改革をつぶしにかかる。今年中、いや、この数カ月の当局の動きからして、明日にあってもおかしくない……。

私はどうしてそんなことが言えるのか、不審でならなかった。ドゥプチェクのめざしているのは反社会主義ではないのである。社会主義のワク内で、よりよくしようという運動であって、社会主義国家ソヴィエト連邦が友好国を弾圧するはずがないではないか。

その「はずがない」はずのことが、まもなく起きた。一九六八年八月二〇日の深夜に始まるソ連・東欧五カ国軍のプラハ侵攻である。その後の経過もまた加藤さんが予告したとおりになった。チェコスロヴァキア共産党は保守派が巻き返し、改革派を一掃した。連帯の「宣言」に署名した進歩派知識人は職場から追われた。

「私がチェコスロヴァキアに行ったのは六八年の、つまり「プラハの春」の最後のほう、七月から八月にかけてですが、作家、音楽家、芸術家、学者などは、幸福の絶頂でした。こんないいことが世の中にあるかというほどドゥプチェクは支持されていたし、プラハの春は大歓迎されていた」（加藤周一『私にとっての20世紀』、岩波書店、二〇〇〇年、以下同じ）

ほぼ同じころにプラハを訪れ、人とのまじわりのスケールはおよそ貧弱だったにしろ、二〇代の留学生も同じ状況を見ていたのである。にもかかわらず、あとの予測は天と地のようにちがっていた。

「「プラハの春」とその挫折では、私は日本に帰ってから「言葉と戦車」（『世界』一九六八年一一年号）というエッセイを書きました」

戦車をとり囲む

そこには「言葉」と「戦車」に集約して、二つのレベルが述べてあった。戦車という物理的な暴力のレベルでいうと、チェコスロヴァキアも軍隊をもっていた。だが、このとき一発も弾を撃たなかった。物理的に抵抗すれば、とうてい敵わない。「暴力のレベルではソ連軍は圧倒的に強いわけです。しかし、武力介入し、暴力を行使するには正当な理由がなければ違法ですから、それはどうしても言葉でいうよりしようがない。言葉の水準、つまり正当化の水準ではチェコスロヴァキア側は本当のことをいっているのだから、圧倒的に強いわけです。ソ連のいっていることは、幼稚なプロパガンダにすぎなかった」

いまも耳の底にカフェで聞いた声がのこっている。決して雄弁ではない、むしろトツトツとした話し方だが、独特の牽引力でひきつける。物理的な力では強者が圧倒的に強く、論理の点では弱者が圧倒的に強い。国際的紛争のパターンであって、現代の世界には潜在的にたえずあること。いずれそれがとびきり劇的なかたちであらわれるのではなかろうか。

『世界』への寄稿を読んで、私などにも了解はついたが、一つ不思議でならなかったのは、加藤さんが戦車の上のソ連兵たちのとまどいを書いていたことだった。銃を握ったまま呆然としている若い兵士たち。びっくりし、途方にくれ、なかには泣き出しそうな者もいる。命令されて、チェコの社会主義を助けるために来たはずだった。ところが助けを求めているはずの人々から冷ややかな目でにらまれ、帰れ帰れと言われる。ロシア語で話しかけられ、目を輝かして答えようとすると、用がないからすぐにモスクワへ帰れと言われる。素手の市民に鉄砲を撃つこともできず、何が何だかわからない。

見つめる人々

道路には道路標識がある。首都プラハの主だった四つ角や広場の建物には、ベルリンとかウィーンとかブダペストの方向を示した標識がつけられている。戦車隊が入って要所をかためた翌日、どの標識も塗りつぶされて、ただ一つ、モスクワへの矢印だけがのこされていた。

評論家加藤周一はそういったこと、ソ連軍によるプラハ占拠の一週間に起きたこまごましたことを、どこでどのようにして知ったのだろう？　噂としてはウィーンにも流れていた。壁新聞やビラも手に入った。しかし、私がカフェのテレビで見た範囲では、こまかいことは何も知ることはできなかった。ましてやソ連兵士の表情など、知るよしもなかった。

ジョセフ・クーデルカの写真シリーズ『侵攻』が一般の目にふれたのは、やっと翌年になってからである。クーデルカは一九六八年当時、三〇歳、チェコの若手写真家の一人だった。早くからロマ（ジプシー）に関心をもち、ルーマニア各地に撮影旅行に出かけていた。プラハに帰って一週間もしないで八月二〇日を迎えた。撮影旅行に準備していたフィルムが尽きるまで、プラハの現場写真を撮りつづけた。

兵士に見とがめられてはならない。秩序がもどったあとは、警察を恐れた。写真の一部は写真研究家アンナ・ファロヴァとスミソニアン研究所の学芸員の手にゆだねられ、ひそかにアメリカへわたり、マグナム・フォト・エージェンシーに届けられた。一九六九年の発表に際しても、クーデルカとその家族の保護のために、撮影者は匿名になっていた。同年「チェコの匿名写真家」にロバート・キャパ金賞が授与された。

写真家が名乗り出たのは事件から一六年後、チェコにおける危険が消えた一九八四年のこと。大部な写真集にまとめられたのは四〇年後の二〇〇八年である。

そこにこまかく見ることができる。威風堂々と戦車隊が行くのを冷然と見つめる人々。要所を固めた戦車を、一文字に唇をかみしめた人々が刺すような目でながめている。戦車にのぼって兵士に話しかける老婦人、その手つきからして「早くモスクワへ帰れ」とロシア語で指示している。塗りつぶされた標識の列。途方にくれ、泣き出しそうな若いソ連兵たち。クーデルカの写真よりずっと早く加藤さんはこのような情景を知っていたことになるが、どんなニュースソースがあったのだろう？

足かけ三年目。政府奨学金の延長が難しいとわかり、友人に相談すると、オーストリア文学協会から代わりに出してもらえることになった。友人にとってはアルバイト先であって、つねづね事務書類をタイプしている。文学協会は文部科学省の下部機構であり、どのような名目で申請すれば支給資格がとれるか、よく知っていたのだろう。タイプライターの前で思案していた。「刊

塗りつぶされた標識

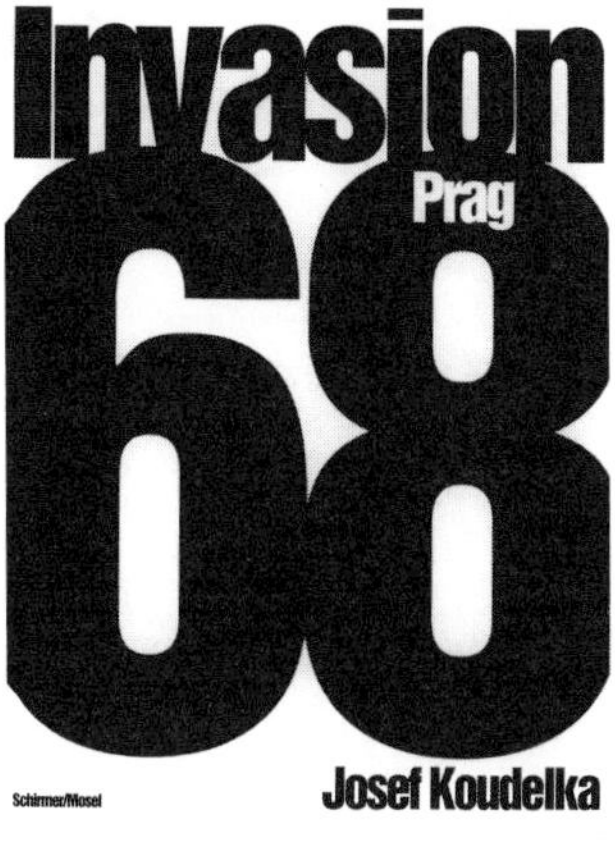

“Invasion 68”, Schirmer/Mosel, Munchen, 2008

行物はないか」と問われたので「ない」と答えると、ひとりで何やらうなずいていた。つねづねカール・クラウスのことは話していたので、『人類最期の日々』日本語版刊行予定」が打ち出された。

「ほかには？」

日本を発つ前、若気のいたりで薄っぺらな詩集を詩集専門の出版社から出していた。五〇〇部買い取りだから、要するに自費出版である。あとになって恥じらいのあまり、一冊のこらず処分した。だから自分にとってはないにひとしいものだが、少なくとも当時は、ともかくも存在した本なので、そのことを伝えると、こんどは力強くうなずいてタイプした。そんなしだいで「日本の新進ドイツ文学者・詩人・翻訳家、目下ウィーンに滞在、カール・クラウス研究中。より豊かな成果のために滞在延長の奨学金を切に求める」旨の書類ができた。そして「フラウ・ブロノルドにたのんでおいたから大丈夫」と請け合った。わけがわからないが、延長できる見込みがついたとのことで、その夜、二人していつもの居酒屋へ出向き祝杯をあげた。

ドイツ語で「夫人」はフラウである。だから私たちは「フラウ・ブロノルド」と呼んでいた。夫人であっても誰の奥さんというのでもない。永遠のフラウである。事実、いつ会っても若々しかった。

フラウ・ブロノルドはオーストリア文学協会事務長だった。会長、事務長、秘書、アルバイト一人。私の知るかぎり、これが全スタッフだった。文学者の講演会や朗読会やシンポジウムを組織する。文学関係の奨学金の窓口を兼ね、運がいいと「刊行助成金」にありつける。まっ白な髪の美しい人だった。急に立ち寄ったりすると、目をまん丸にして、拝むように両手を胸にそえた。腰がきまっていて、背すじがまっすぐのびている。かたちのいい脚に、まっ赤な靴がよく似合った。

私はドイツ語で話したが、フランスから詩人がやってくると、流暢なフランス語になった。イタリアの作家が訪れてくると、テンポのいいイタリア語に切りかわる。英語はもとより、ハンガリー語もスロヴァキア語も堪能だった。生まれはチェコだから、むろん、チェコ語もできた。いったい、フラウ・ブロノルドは何語で寝ごとを言うのだろう？ イタリアの作家は即座に「ブロノルド語」と言った。世界でただひとり、フラウ・ブロノルドだけにわかる言葉。

用件のあと、いつも軽くひとことをつけ加えた。こちらのセリフがユーモラスにもじってある。つづいて「いずれまた」でしめくくる。フラウ・ブロノルドには、いつも「いずれまた」のつづきがある。なくてはならない。さもないと人生がつまらない。

申請書類には「カール・クラウス研究中」とあったが、それは名ばかりだった。市立図書館の「確認作業」は、中断のままになっていた。たまに顔を見せると、常連の老人たちが「お久しぶり」という意味の古風な言い廻しで迎えてくれた。一つの戦争劇の劇中のセリフが、戦時中のどの記事なり出版物にもとづいているか、ひまと根気さえあれば照合できなくもない。だが、それは本来、ドイツ語文化圏の研究者がやればよいことであって、成果を注釈つきのクラウス新版として出すべきなのだ。当地の研究者の怠惰を、言葉の不自由な外国人が代理するまでもないのである。

加藤氏に披露したあたりが絶頂期で、だんだん怠け出して、そのうち行かなくなった。たしかに一理ある理由にもとづく中断であれ、つまるところ、カビた古新聞や古雑誌に明け暮れするよりも、カフェで今日の新聞を読み、目下評判の芝居を見て、気の向くままにほっつきまわっているほうが、何倍かたのしかったせいである。

そんな日常をフラウ・ブロノルドはよく知っていたが、延長願いには片目をつむってサインをしてくれた。旅行に出かけるというと、そのぶんを前払いにしてくれる。

「パピーア（書類は）？」

「グート（いいの）、ヒア（ここにある）」

雪のように白い髪に手をそえた。小さい組織を守って、うるさい小役人相手に奮闘していた。おりおり文科省の官僚が視察にくる。予算を握っているからで、そんなとき、フラウ・ブロノルドは白い靴をはいてきた。視察と会議が終ったあと、フラウ・ブロノルドはやや疲れたふうに背もたれつきの椅子にすわっていた。ついで頬をふくらませて姿勢を正し、それからいつもの微笑を浮かべ、おどけた口調で芝居のセリフを口にした。古い民衆劇の道化役のひと節で、言葉遊びに託して小役人をからかっている。

チェコの生まれだが、フラウ・ブロノルドはチェコ人ではなかった。幼いころに両親の手でフランスにやられた。そのことは洩れ聞いていた。フランス語が流暢なのは、幼いころの体験による。イタリアにもいた。イギリスの小さな町にもいた。

そういったことは友人から聞いていたし、仲間うちでなんとなく承知していた。これほど魅力ある人が、どうして一人で生きてきたのか。家族はどうなのか。並外れた知識や教養を、どこで身につけたのか。その能力からして、もっと広い世界で華やかに活躍できる人なのに、貧乏な詩人や作家の面倒をみる小さな組織で苦労していた。ちょっとした催しにも、あちこち頭を下げてまわらなくてはならない。

留学を終えて日本に帰ってからも、私は数年おきにウィーンを訪れた。フラウ・ブロノルドはいつもかわらず、赤い靴がよく似合った。白い髪がなおのこと白くなった。そして二〇年ちかい時がたった。

体制が大きく変わり、組織が改められたのを機会に、フラウ・ブロノルドは文学協会から身を引いた。ウィーンを去って、ブラティスラヴァに移った。小国スロヴァキアの小さな首都である。ドナウ川のほとりの高台に昔の王城があって、まわりには廷臣の住んでいた建物がちらばっている。家賃がタダのように安い。

「年金暮らしはつましくなくてはね」

電話口でそんなことを、いつものユーモアをまじえて言った。そのころになって知ったのだが、フラウ・ブロノルドの両親はアウシュヴィッツで死んだ。ひとり娘はフランス人のもとへ養女に出されて生きのびた。そのことを教えてくれたイタリア人作家は、ほかにもいろいろ知っていたようだが、私はべつに立ち入っては聞かなかった。

二一世紀に入って最初の年に、フラウ・ブロノルドはブラティスラヴァの自宅で亡くなった。痛みを訴えず、入院を拒んで、誰にも死のことは伏せておくように言いのこしていた。だから私は半年あまりのちにようやく、友人の便りで知った。

ウィーン三区、ドナウ運河の東に「アウガルテン」という大きな公園がある。かつてはハプスブルク王家の離宮だった。広大な植物園が付属している。

大門を入るとアカシアの並木がつづき、左右に二つの二階建ての建物がある。離宮勤務者の官舎だったのだろう。そのせいか外務省の役人、ウィーン少年合唱団団長といった公務員が住んでいた。外務省役人は独身の女性で、海外勤務につくにあたり、東洋の留学生に格安で住まいを貸してくれた。本省にもどるとなれば、いつでも明け渡すという条件つき。多少の家賃と留守番代わりを見こんだらしいのだ。おかげで広い五部屋の住居をひとり占めにした。同じサイズの二階に、少年合唱団団長一家六人が住んでいたのだから、わが豪奢ぶりがわかるというものである。

ウィーン三区近辺は、かつて「ユダヤ街」として呼ばれていた。東欧と結ぶ列車の北駅があり、チェコやポーランドやユーゴから移ってきた人が多く住んでいた。少し歩いたところの市場には、東欧料理の素材を商う店があった。肉、魚、野菜、くだもの、すべてが安い。若い夫婦がパン屋をやっていた。ワイナリー代理店の老人と懇意《こんい》になり、新酒お披露目パーティには一張羅を着こんで出かけていった。そこで知り合ったスロヴェニア人の学生にさそわれて、お里の村でクリスマスを過ごしたこともある。

アウガルテンはそんな界隈に、高い塀で区切りとった一角だった。大門は朝に開いて、夕方閉じられる。なかの住人には、わきのくぐり戸が通用門だった。くぐり戸といっても門自体がバカでかいので、戸もまた大きく、魔法使いの女が腰に下げているような鍵で開け閉めする。鍵を忘れて出たときは、ベルを押した。門衛一家とつながっていて、おやじが不承不承にやってくる。大雪にみまわれた夜のことだが、気がつくと鍵がない。真夜中にちかく、ベルを鳴らすにしのびない。ワインが入っていて体はあたたかいが足元から冷えてくる。塀にそってすすむと土手状に盛り上がったところがあって、その上に雪を固めれば、塀をとびこす足場にならないか。

ともかく足場らしきものをこしらえ、両手を塀の上に置き、横っとびするかたちで塀の向こうに跳んだ。下まで三メートルちかくあるが、雪の上に落ちるのだもの、なんてことはない。そのはずだったが、うっかり首にマフラーを巻いていることを忘れていた。跳んだ勢いでマフラーがひるがえり、内側の木の枝にひっかかった。使い古しの毛糸のマフラーが幸いした。体重を支えかねて中途で切れた。もし繻子《しゅす》か何かの丈夫な品物だったら、翌朝、アウガルテンの塀ぎわに、心ならずもの首吊り死体が見つかったはずである。

モーツァルトは親元を出てウィーン住まいを始めたとき、しばしばアウガルテン離宮で野外コンサートをした。企画・宣伝も自前だった。そのときの案内文がのこされているが、「当日券はアウガルテンの大門付近」となっている。いろんな記憶のしみついたわが若かりしころの門前で、モーツァルトがうかぬ顔で売り上げ金を数えている。

奨学金窓口が文学協会に移ってしばらくしてのころだが、若いイタリア人に紹介された。一つちがいの年長で、トリエステ大学講師、ドイツ文学専攻。このたび文学協会の催しで、「ハプスブルクの精神的遺産」と題して講演をする。名前はクラウディオ・マグリス。

瘦せて背の高い、髪の長い青年だった。青い目がルビーのように光っていた。早口でまくしたてるように挨拶をすると、そそくさといなくなった。あっけにとられ、改めてフラウ・ブロノルドにたずねると、「天才坊や」といった意味のひとことが返ってきた。刊行助成金を申請中で、そのための講演ということだった。

一九六〇年代の終わりであって、まだ「世紀末」といった言葉になじみがなかったが、ともに申し合わせたように同じテーマをかかげていた。マグリスはイタリアに帰って、オーストリア文学におけるハプスブルクの遺産を論じた本を出した。私の場合、少し遅れて『ウィーンの世紀末』（白水社、一九八一年）というタイトルになった。お礼にドイツ語のレジュメをつけてオーストリア文学協会に送ったところ、フラウ・ブロノルドの礼状が届いた。かたちどおりの印刷文の下に手書きで、マグリスがドナウの本にとりかかっている旨の短信がしるしてあった。私は一瞬、

「しまった！」と思った。自分のしたかった仕事を、そっくり先にさらわれた気がしたからだ。知られるとおり、ドナウ川はドイツの「黒い森」と、東方の黒海を結ぶ雄大な大河である。その水の帯が、どのような特徴のある空間をつくり出し、どれほどさまざまな文化をはぐくみ、いかなる人間を生み出したか、短章にわけて検証していく。短章はそのまま川沿いに点在している河港にあたる。

ルスチェクはそんな河港の一つで、ブルガリアのドナウ右岸にある。そこで生まれたエリアス・カネッティによると、ルスチェクをブルガリアの町というと、まちがったイメージを与えることになる。ここにはさまざまな人種が住んでおり、一日に七カ国語か八カ国語を耳にすることも稀《まれ》ではないのだ。

そのころカネッティを知ったばかりで、典型的な辺境の子の異質性に呆然とする思いだった。なにしろドイツ語で書いているがドイツ人ではなく、ブルガリアの町に生まれたがブルガリア人でもなく、その母国語は古スペイン語と呼ばれたもの。一五世紀スペインから追放されたユダヤ人が、ブルガリアに移住して、五〇〇年にわたり言語的孤島として保持してきた言葉だった。だからといって古スペイン人というのでもない。

自伝『耳の中の炬火』にくわしく語っているが、このスペイン系ユダヤ人の息子は若いころウィーンで暮らし、カール・クラウスの個人誌『炬火』に入れあげた。一九二〇年代から三〇年代にかけてであって、隣国ドイツでヒトラーの率いるナチ党がぐんぐん力をのばし、やがてオーストリアを併合する。若いカネッティは意気揚々としたナチス同調者たちの生態や、ファシストと労働者の衝突を見つめていた。「ダビデの星」を胸につけさせられたユダヤ人が追い立てられていく。カネッティ自身、その「星族」の一人だった。

そんな日々に群衆の究明を思いついたという。イギリスに亡命後、本格的にとりかかり、二〇年ちかくかけて『群衆と権力』を書きあげた。主題からして政治学、歴史学、社会学、心理学などに及んでも、どのジャンルにもあてはまらない。およそ類のない綜合であって、しかもとびきり個性的な着眼と叙述をとっている。そんな思想家の生地ルスチェクは小さな国際都市であって、ヨーロッパはつねにこの種の町をもっている。地理的には中心に対する辺境にあたるだろうが、離れているぶん、中央の伝統や権威や因習にとらわれることがない。自由の風が吹いている。

文学にかぎらず、何らかの新しい思想や試み、また新しい人間タイプは、おおかたの場合、辺境からきたのではあるまいか。ドイツ文学をドイツ語文学と置き直すと、わかりいい。とたんに世界地図帳とちがった広大な「精神文化圏」地図があらわれる。それは白ロシアからバルト海までひろがり、マグリスの出た南欧トリエステからトルコにまで及んでいる。

私はやっと自分の終生のテーマが見つかったような気がした。おおよその方向が定まった。最後の奨学金を受け取った日だったが、フラウ・ブロノルドに自分のおぼつかない心づもりを報告した。日本に帰れば好きなことだけやるというわけにはいかないが、そこは当地で学んだ世間的知恵を活用するとしよう。フラウ・ブロノルドはかたちのいい脚を組み、真剣に聞いていたが、

「世間的知恵」にやおら顔を上げ、「赤い靴と白い靴」と言い直した。そのときのいたずら娘のような表情を、いまなお私はまざまざと覚えている。

[この章の写真]

チェコの写真家ジョセフ・クーデルカ（Josef Koudelka 一九三八年—）をめぐっては、二〇一三年一一月、東京近代美術館でレトロスペクティフ（回顧展）が開かれたので、なじんだ人もいただろう。初期作品から最近作の「カオス」シリーズまでが並んでいた。実質的なデビュー作『侵攻』は本文で述べたように、ながらく作者名が伏せられていた。みずから二四九点を選んで編集した定本は、ようやく二〇〇八年にプラハで出た（"Invaze 68"）。あきらかに報道カメラマンの写真とは歴然と違っている。「一人のチェコ人」の撮影になるからだ。引用はドイツ語版（"Invasion 68", Schirmer/ Mosel, Munchen, 2008）によった。

II

港の見える丘

――小林太市郎のこと

一九七二（昭和四七）年のこの年――

元日本兵横井庄一軍曹がグアム島のジャングルで発見され、二八年ぶりに帰国。「恥ずかしながら帰ってきました」が第一声。第一一回冬季オリンピックが札幌で開幕した。アメリカ・ニクソン大統領が中国へ飛び、毛沢東、周恩来と会見。連合赤軍五人が軽井沢の山荘の管理人の妻を人質に立てこもり、警官隊と銃撃戦、テレビ中継され、視聴率八九・七％を記録。奈良県で高松塚古墳発掘、極彩色の壁画が見つかった。連合赤軍のリンチ事件が発覚、一二人の死体を発掘した。「共産主義者」としてアメリカを追われていた喜劇王チャップリンが、二〇年ぶりにアメリカに凱旋。大阪・ミナミの繁華街千日前デパートで火事、アルバイトサロンのホステスなど死者一一八人を数えた。アメリカ軍、北爆を強化、北ベトナム全港湾を機雷封鎖。田中角栄『日本列島改造論』発売。日本人の平均寿命が七〇歳をこえる（男：七〇・一七歳、女：七五・五八歳）。北京で日中国交正常化の共同声明。ミュンヘン・オリンピックでパレスチナ・ゲリラが選手村に侵入、人質とともにヘリで脱出。西ドイツ警察が一斉射撃で人質もろともヘリを爆破した。マーロン・ブランド主演『ゴッド・ファーザー』が大当たり。中国から贈られたパンダが上野動物園で公開された。認知老人をめぐる有吉佐和子の『恍惚の人』がベストセラー。

このころ、神戸に住んでいた。

地図をひらくと、よくわかる。東西にゆるやかな弧をえがいて、帯のように細長く町がつらなっている。東から順に尼崎市、西宮市、芦屋市、神戸市。西宮の背後の甲山《かぶとやま》がもう一つのつらなりのはじまりで、西端の摩耶山《まやさん》まで、高取山、高倉山、鉢伏山、鍋蓋山《なべぶた》とつづく。一般には、ひっくるめて六甲山だ。それぞれの山を水源とする主だった川は住吉川、石屋川、生田《いくた》川、宇治川、妙法寺川。水源から河口までの距離が極端に短いので、かなりの傾斜を奔流となって下っていく。

西宮市から西の町はすべて六甲山の山裾にひろがっており、どこも坂の町である。通りは風通しがいいし、よく陽が当たる。町は明るくて、あっけらかんとしている。それは住人の性格にも影響するらしく、「明るくて、あっけらかんとしたのが」――と、少し誇らしげに、また少し皮肉まじりに地元誌が述べていた――「わが神戸っ子の特徴である」。

そういった特徴は、はじめて訪れた者には誰であれ、すこぶる印象的にうつるのだろう。いち早く都市風土学を提唱した橡内吉胤《とちないよしたね》は昭和九（一九三四）年刊行の『日本都市風景』（時潮社）のなかで、阪神間の「特異な市街地勢」について述べている。「間口が広いわりに奥行のない、わが国の都市のなかでも稀に見る地形」をそなえており、何かにつけてこの「地形的特徴」を忘れることができないというのだ。

刊行の四年後、昭和一三（一九三八）年七月、まさにその地形的特徴が大災害を引きおこした。のちの地理学者は神戸を語るとき、きっとこの災害から説き始める。

その年の六月末から、台風くずれの熱帯性低気圧が梅雨前線を刺激して局地的豪雨をもたらした。関東地方では利根川流域を中心にして、各所で河川が氾濫した。関西では近畿地方、とりわけ神戸市ではすべての河川が氾濫し、六甲山地の南側山麓（俗に表《おもて》六甲）一帯に未曾有の土砂災害（山津波）をひき起こした。

七月三日から五日にかけて、神戸植物園の記録では総雨量616㎜。四日の夜は小康状態だったが、五日の早朝から雨が激しく降り始め、午前一〇時ごろ、各地でいっせいに崖崩れを起こした。河川という河川に大量の土砂と流木が流れこみ、あふれ出て、流域の家屋を巻きこんだ。とくに東の住吉川の土砂量が多く、道路、鉄道がことごとく切断された。神戸市中心部の生田川や宇治川は下流が暗渠となっていたため、これがせきとめられて被害を大きくした。被災家屋は全家屋の72・1％、約一六万戸、被害人口は当時の全人口の72・2％、約七〇万人に及び、死者六一六人。日本における大都市土石流災害の最初の事例とされている。阪神・淡路大震災が起こるまで、神戸で災害といえば、昭和一三年のケースをさしていた。

ヨーロッパからもどってくると、勤め先の大学が大学紛争で封鎖されていて秋の授業が始まらない。同僚たちは連日、会議と対策に明け暮れしていたが、こちらは竜宮から帰ってきた浦島太郎であって、何が何やらさっぱりわからない。前年に東大や日大で火をふいた紛争が、みるみる全国の大学にひろがり、バリケード封鎖があいついでいることは風の便りに聞いていた。学園の民主化、処分撤回、学寮問題、大衆団交、全共闘結成、抗議集会、バリケード占拠、全学総決起集会、全学無期限スト突入……当事者には目の色かえる出来事だったかもしれないが、遠くからながめているかぎり、大学という小さな別天地のなかのツノ突き合いのような気がした。チェコ事件のような国家間の対立現場を身近に見ていた眼には、「学園闘争」という名のお祭りに思えてならない。とりわけ自分が立ち会ったのが大学紛争の終末期だったせいもあるだろう。国会で大学臨時措置法（いわゆる大学立法）が成立、大学の閉校が可能になったとたん、スト解除があいついで、教官・学生の対立がウソのように消え失せた。

その間のことだが、近所の不動産屋から耳よりな話を聞いた。須磨に近い海辺の別荘を好きなように使っていい。留守番がわりで、家賃は格安。「留守番がわり・家賃格安」はウィーンで味をしめたばかりだったので、さっそくとびついた。もっとも、不動産屋もくわしいことは知らないらしく、仲介を引き受けただけだという。

ともかくも不動産屋同道で、別荘の持主の住む神戸の山の手の屋敷町を訪ねていった。曲がりくねった急坂の上の台地にシャレた洋館があって、広いテラスに港町特有の眩しいような陽光がさし落ちていた。主人は小柄な老人で、大阪の商社創業者の二代目とかだった。私はその老人から別荘はさておき、阪神間の昔ばなしを聞いた。苦楽《くらく》園という風雅な名前の土地のこと。六甲山の南東麓にあたり、ラジウム鉱泉が発見されて以来、旅館や大阪商人の邸宅が建ち並ぶ高級住宅地だったが、「例の大水害」で、すべてが埋没した。

「例の大水害?」

けげんそうに訊き返すと、老人はコクリとうなずき、「若い人はごぞんじあるまいが」とことわってから、ひとくさり昭和一三年の山津波の話をしてくれた。六甲山は全山花崗岩《かこうがん》であって、地下深くまで風化がすすんでいる。それは六甲山の急な斜面にそって帯状にのびており、大雨にあうと当然のことながら総崩れになる。老人によると、ちょうどそのころ、市街地が山の斜面をのぼり始めたころで、表六甲のほぼ全域にわたり市街化がすすんでいた。住民は災害に対してまるで無頓着で、それがなおのこと被害を大きくした――。

私は「苦楽園」と聞いて谷崎潤一郎を思い出していた。関東大震災で東京を脱出した一人で、関西に移り、たしか、しばらく苦楽園に住んでいた。住吉川沿いの高級住宅地の岡本にいたこともある。そのせいで谷崎潤一郎は神戸大水害の被害状況に強い関心があったのだろう。小説『細雪』ではストーリィを置き去りにして、豪雨のはじまりから土石流に巻きこまれた人々のことまでくわしく書いている。住吉川上流の「数十丈の深さの谷」が、一日にして土砂と巨石で跡形もなく埋まってしまった。国道の橋の上に「皮が擦りむけて丸太のようになった大木」が累々とかさなっていた。あるいは「甲南アパートの前の多くの死骸」のこと……

そのことを話すと、老人は膝をたたいて同意した。父の商社を継いで駆け出しのサラリーマンだったころで、自分も無頓着そのまま、いつものように阪神電車に乗るつもりで駅に向かったところ、地下線に濁流が流れこんで多くの乗客が溺死したと聞かされた。

土石流の通路になる河川敷をせばめ、下流を暗渠にしたことから土砂や流木があふれ出たのを教訓にして、神戸市は復旧にあたり、河川の大改修をした。「三面張りの神戸の川を見たか」と老人に問われた。川底と両側面をコンクリートで固めたもので、私はだだっぴろい、無数の段差をもった無粋な川に、ほんのちょっぴり水が流れているのを不思議がっていたものだが、老人によると、それこそ大水害のあとの河川改修によるものだった。

それから不動産屋と海辺の別荘を見にいった。私鉄の駅前の小さな商店街を抜けると、海岸にのびる通りに出た。アスファルトの道がつきると公園があって、背の低い松林がつづいていた。松林が切れたところにペンキのはげた洋館があった。そのとき、どこか小国の領事館を連想したのは、玄関の星形の飾り窓のせいだろう。色ガラスがはめこんであって、まわりに幾何学文様が刻まれていた。

玄関を入ると、通路に砂落としのシュロを編んだ敷物が敷かれていた。西向きの部屋の丸窓から明るい西陽がさしこんでいた。二階の廊下のつきあたりに小さなバルコニーが突き出していた。ドアを引きあけて外に出ると、松林に風が吹いているらしく、白い三角の砂けむりが立っていた。鍵をあずかったのをいいことに、それからしばらく、毎日のように別荘を訪れ、バルコニーからのながめをたのしんだ。表六甲はすでに開発の余地がなく、神戸市が大がかりな海岸の埋め立てにとりかかったころで、砂利運搬船や浚渫《しゅんせつ》船が、ひっきりなしに往き来していた。何の用をはたすのか、巨大な起重機をそなえた黒い鉄の船が、おどろくほど近いところをノロノロと通っていった。

そのあと足の向くままに、「間口が広いわりに奥行のない、稀に見る地形」を歩きまわった。東西は平坦だが南北は複雑な高低をもっており、あるところは老人の背骨のように突き出している。またあるところは女性の陰部のように窪んでいた。地理学では、「山嘴《さんし》」といったり、「地壁」と呼んだりするらしいが、急坂をのぼると、市街地がやにわに消え失せ、城壁のような高みに出た。と思うと道が急角度で落ちこんで、坂にへばりついたアパートの屋根の真上にとび出したりする。肩で息をしながら佇んでいると、洗濯物を干していた女性が、こわばった顔でこちらを見上げていた。

秋風が吹き始めたころ、機動隊が導入されてバリケードがとかれ、授業が始まった。タコ足大学といわれていたのが、六甲山の高台一帯にキャンパスが統合された矢先で、教室の窓から港が見えた。

「イッヒ・シュトゥディーレ・ドイチュ（私はドイツ語を学びます）」

学生は、まるでやる気がないのだった。半分は眠っていた。半分はぼんやりと教科書を見つめていた。私は自分を励ますようにして大声をはりあげた。

「ヴィア・シュトゥディーレン・ドイチュ・ゼーア・ゲルン（私たちはドイツ語をとてもよろこんで学びます）」

ときおり造船所のあたりから、カン高い金属音が流れてきた。正午には恐竜のうなり声のようなサイレンの音がひびきわたった。沖合いを別府航路の白い客船が、しずしずと通過していく。同じドイツ語の老先生は旧制の弘前高校や松江高校を歴任した人で、すでに定年にちかかった。ものやわらかな話し方のなかに、ときおり皮肉っぽいセリフがまじりこむ。私がうかぬ顔をして過ごしているのを見かねたのだろう、ある日、食事に招かれた。阪神間でもよく知られた住宅地で、不動産屋といっしょに訪れた屋敷町を想像して出かけたところ、駅に近いプレハブの棟割長屋だった。家具が少なく、蔵書もあまりない。なんとなく皮肉のもとを見たような気がした。

なにしろ若いので、大いに食欲がある。先生は自分ではあまり食べず、にこやかにタバコをふかしていた。食事のあと、自室に呼ばれた。書斎というには、多少とも殺風景な部屋で、壁ぎわの半分がつくりつけの書棚になっていた。なにげなくながめていて、その一角が気になった。そこだけが沈んだように黒ずんでいる。先生は立ち上がると、そこから数冊を抜き出してきた。

ずっとのちのことだが、先生の死後、追悼録が編まれたとき、私はそのときの思い出を書いた。

「フランツ・カフカの本だった。いずれも小冊子のように薄っぺらなもので、ごく少部数が出た」

最初の小品集『観察』は一九一二年、次の短篇『火夫』が一九一三年、一九一六年、短篇『判決』、一九二〇年の短篇集『田舎医師』が、わずかに本らしい本で、一九二四年の短篇集『断食芸人』が遺作になった。

いずれも初版で、さらに隣合って、カフカの死後に友人マックス・ブロートが編んだ最初の『フランツ・カフカ著作集』が揃っていた。一九三四年の刊行で、隣国ドイツではヒトラーが政権につき、ナチ党が公然とユダヤ人排斥を叫びだしたころである。そんな時代に、チェコ生まれの無名のユダヤ人作家の遺稿があわただしくまとめられた。どれほどの部数だったか不明だが、かぎりなく少なかったことはたしかである。数年後、チェコはナチス・ドイツに併合され、ユダヤ人の痕跡は徹底して消し去られた。

手にもったまま、しばらく信じられない思いだった。さぞかしあっけにとられた顔をしていたのだろう、先生は人なつっこい笑顔で説明した。

「これは古書ではありませんよ」

そもそもカフカの初版本は古書市場にめったに出ないし、仮に出ても目の玉がとび出るほど高価である。自分には買うだけの資産もなければ酔狂もない。

「カフカはボクには同時代の作家でしたからね」

大学を出るとき、卒業論文にカフカを選んだ。ゲーテやシラーが本筋のなかで、あえて現代作家にした。雑誌の書評で「フランツ・カフカというプラハのドイツ語作家」が死んだことを知り、その遺作『断食芸人』が出たところだった。とりよせて読んだところ、ひどくおもしろかったので、テーマとして届け出た。卒論に現代作家をとりあげた例がなく、そのうえ誰も知らない作家なので教授たちの不興を買って、二年ばかり教師の口にありつけなかった。

老先生の「フランツ・カフカ論」は、日本語で書かれた、もっとも早いカフカ紹介であり、世界的にみても並外れて早く世にあらわれたカフカ文献だった。弘前高校の教師のころ、ブロート編集の著作集を知って、「なんの気なしに」買い求めたという。

「戦後、にわかにカフカ研究家があらわれました」

そのときの言い方は、こころもち辛辣だった。サルトル、カミュの実存主義とともに世界的なカフカ・ブームが始まった。著作権をもつユダヤ人出版社がアメリカに亡命していたことから、翻訳権をめぐり、熾烈な争奪戦が演じられた。最初の邦訳『カフカ全集』が二〇人以上の訳者でなされているのは、それだけ刊行を急いだせいだろう。一夜にして「カフカにくわしい人」が誕生して、出版と翻訳をとりしきった。先生は小品数篇の末席をあてがわれた。テクストと呼ぶべき本がなく、コピー機などもとよりなかったので、見本の一冊をページごとにちぎって各訳者に渡したといわれている。

「東京というところは恐いところですね」

そういいながら、しかし地方に居ずっぱりはいけない、自分のような年寄りはいいとして、若いときはやはり「中央」へ出ていかなくてはなりませんと、いつものおだやかな口調で言った。それから黙ったまま、だいだい色の明かりの下で安タバコをふかしていた。


神戸の三宮《さんのみや》駅は高架駅で、阪急電車は鈍い轟音をひびかせながら、戦前からの古風なビルに入っていく。ドアが開くと、乗客は一目散に階段を駆け下りた。

私も阪急電車によく乗った。三宮駅に降りると、人の流れからこぼれ出て階段をのぼっていった。というのは、その古風なビルの三階と四階部分に映画館が入っていたからである。それはまるで線路上にまたがり、宙吊りになったぐあいだった。だからそこで映画を見ていると、合間あいまに遠い地鳴りのような音が聞こえ、そのたびに建物全体が身ぶるいするかのようだった。

当時、その映画館の支配人は、よほど洋画好きだったのだろう。客からアンケートをとって特集を組み、あまり一般受けしそうもない名作を上演してくれた。おかげで私はあるときなど、トリュフォーの『大人は判ってくれない』や、ルイ・マルの『死刑台のエレベーター』や、シャブロルの『いとこ同志』や、ゴダールの『勝手にしやがれ』といったフランスのヌーヴェル・ヴァーグ映画をたてつづけに見ることができた。

支配人はまた月刊でタブロイド版のファン新聞を発行していた。そこに私はイングマル・ベルイマンの『野いちご』評と称して短文を書いた。おもえばわが名で活字になったエッセイの最初の一つだった。

やなせたかし「最後の人員整理」
(『週刊漫画サンデー』昭和 44 年 9 月 24 日号)より
『現代漫画 15　漫画戦後史Ⅱ　社会風俗篇』筑摩書房、1970 年所収

　この映画に登場するのは人間ではないのです。植物なのです。それも春ともなるとカッと葉管をたぎらせて太陽に向ってそそり立つ草木ではなく、蝋細工の――そう、マダム・タッソーの陳列館にあるのと同じしろもので、浮世のちりをうっすらとかぶり雀がまちがえてそこに巣をつくりかねない、そんな蝋細工の植物なのです。北欧の白夜にあるとしもなき影を曳き、銀笛の伴奏にあわせて男や女たちが声低く古謡を歌っている森影に凍りついた細工の花の美しさ。

　この映画の思想ならひと口で言えます。祖母の口ぐせと同じなのです。つまるところ、「歳をとるのはなんて哀しいことなんだろう！」

すっかり黄ばんだ切り抜きを読み返すと、ひとりよがりにあきれ返る。鼻もちならない。それでも一つだけ許せる気がするのは、これを書いたとき、私は映画評論にあふれている高尚で難解な「ベルイマン解読」にウンザリしていたらしいのだ。まず理論というか理屈があって、おそろしくうがった意味をさぐり当て、納得しなくては映画をたのしめない人にとって、「難解な」ベルイマンは打ってつけのようだった。だが私には、硬直して紋切型じみているのは、ベルイマン解読であり、映画をつくった当人は自作に対して、はるかに柔軟で批評的であるような気がした。だからレトリカルな短文に、ダメ押しのようなレトリックをつけてしめくくった。「わずかに人間らしいのは、主人公の車に乗りこんできて、のべつ喧嘩をしていた御夫婦です。私はその夫婦をみていて心うたれました。それというのも、すっかり身につまされたからでしょう」

『処女の泉』に始まって『沈黙』『野いちご』『ペルソナ』『第七の封印』。どれといわず刺激的な映像言語が示されていた。若さのひとり合点はともかくとして、はじめて接したときの新鮮な驚きを、いまなお私は忘れないでいる。それはヌーヴェル・ヴァーグ（「新しい波」）と呼ばれた一連の映画から受けた驚きと共通したところがあった。およそ思ってもみなかった角度から経過が描かれて、現実が未知の相貌をもって現れる。

だが、ベルイマンはあきらかにヌーヴェル・ヴァーグとはちがっていた。この北欧人は、フランスの若手映画作家たちが愛好したクローズアップや、手持ちのカメラによる移動撮影や、ストップモーションといった新しい技法を用いなかった。現代に背を向けて、ベルイマンがとりわけ好んだのは説話や伝説にもとづいた異常の物語である。それを丹念に、まるで舞台のような正攻法で描こうとした。

「言葉が眠るとき、かの世界がめざめる」

カール・クラウスが、あるところで述べていた。まったくちがった文脈にせよ、私はたえずクラウスの言葉を考えていた。日常の言葉が眠ったときの死のように沈黙した世界。『ペルソナ』においてアップの連続で示された同じ一人の、と同時に無数の顔は、あきらかに正常と接した異常さが――あるいは、その逆が――こめられており、それがあざやかに視覚化されていた。死のような沈黙に向けて、タイトルどおりの「沈黙」を映像化しようなどと、なんと大胆なことをしたのだろう。饒舌が、そして饒舌のみが幅をきかせる二〇世紀に、みごとに沈黙のスタイルを商品化した。この現代にあっては、沈黙のスタイルほど雄弁なものはないことを、よく知っていたからにちがいない――。

懐のさみしいドイツ語講師のすることといえば、町をほっつきまわるか、映画に行くか、図書館に出入りするかであって、むろん、毎日のように大学附属の図書館に出かけていた。

本の選択にあたっては生来の悪癖で、いたって気まぐれだった。興味の赴くままにカードをくって、これと思うものを借りて帰る。そのうち、あることに気がついた。気ままに借り出してみると、そこにしばしば「寄贈図書」の分類レッテルがついていた。さらに中扉に「小林文庫」とスタンプが捺されていた。自分の気ままさが、ある読書家のそれと似ているらしいのだ。もっとも、こちらのささやかな知的放埒《ほうらつ》とくらべ、その人のひろがりは疑いもなく、豪儀な知的エピキュリアンの様相を呈している。気になったのでベテラン司書にたずね、寄贈目録を探してもらって、そして小林太市郎に行きついた。

「小林太市郎とはいかなる人物であるか。多くの日本人は、彼についてほとんど何も知らない」

第一期と銘打った――そして第一期のみで終わった――『小林太市郎著作集』（淡交社）の一冊に、哲学者の梅原猛が解説をつけていた。明治以後の代表的な美学者のなかで、深田康算《やすかず》とくらべて小林太市郎は、その思想の独自性と体系性において数段すぐれていた。阿部次郎とくらべ、東西の、とりわけ日本・中国の美術に対する造詣において、はるかにまさっていた。大西克礼《よしのり》とくらべると、美に関する感受性において段ちがいにするどかった。わけても体系的な思考能力の点で、小林太市郎はたぐいまれな学者だった。にもかかわらず、ほとんどといっていいほど知られていない。ついては「彼自身の方にその責任の一端があることはたしかである」。

この解説者によると、小林太市郎は「一種の自己韜晦者《とうかいしゃ》」であって、晩年には神戸の大学に職を奉じたが、教授会には一度も出てこなかった。そもそも赴任にあたり、教授会に出席しないのを条件とした。小林太市郎はまた学会にもほとんど出席しなかった。学会にも教授会にも出席しない教授が、アカデミズムにおいてボスの地位を占めるなど、とうていあり得ない。しかもその発想はするどく、学問は微に入り精をきわめ、凡庸な学者の一生の成果を、たちどころにブチ壊してしまいかねない。はなはだ危険な人物であって、「異端の学者として敬遠されるべき存在」に定められていた。

小林太市郎と会ったのは一度きりだが、赤ら顔で小ぶとりの男だったと梅原猛は述べている。学者というよりも「商家のダンナ風」の印象を受けたというのだ。そののち著書を知るに及んで、「少年の如き新鮮な欲情を、一生いだき続けた不思議な老人」を見出した。

大学の同僚であった哲学者橋本峰雄によると、風貌は河目悌二描くところのドリトル先生とそっくり、広い意味での「エロスのかたまり」という感じだった。蔵書を大学へ寄贈してもらうため、何度か遺族を訪れて、小林太市郎が「鳴呼絵《おこえ》」、つまり春画の名手であったことを知った。「晩年の小林さんが狩野亨吉ばりに孤独な書斎で、おそらくは深夜、そういう〈作業〉に没頭されていたという事実は、まことにさもありなん、と思わざるをえなかったのであった」

小林太市郎は明治三四（一九〇一）年、京都の生まれ。生家は代々、京都御所お出入りの油商人で、屋号は越後屋。父の代に呉服商に転じ、西陣の織元として手びろく商いをした。その豊かな財力によってだろう、学問好きの息子は京都帝大哲学科を出たあと、三年間ソルボンヌに留学。帰国したのが二五歳のときで、創立準備中の大阪市立美術館の嘱託になった。非常勤の気楽な勤めであったらしい。二七歳のときに結婚。以降、三五歳で同美術館の学芸員になるまで――また以後も――もっぱら親のスネをかじっていた。小林太市郎のモットーにいわく、「親のスネはかじれるだけかじれ」。

学芸員としては陶磁部門を担当。本来、当人の希望した部門ではなかったようだが、精力的に仕事をした。美術館の記録によると、支那名陶瓷展覧会、支那古明器俑像特別陳列、柿右衛門及伊万里陶瓷特別展など注目すべき展覧会が、この学芸員のころに集中してひらかれている。同時に講演会を催して「支那陶瓷の鑑賞」「琴棋書画」「宋代の芸術」「寒食詩巻に就て」などのテーマで講演をした、同じ美術館の学芸員だった人によると、当時としては「先人未踏の分野に挑戦した意欲的な仕事」だったという。

四五歳で大阪市立美術館を退いてからは、もっぱら京都・西陣の生家で読書三昧にすごした。続々と小林太市郎の著書が刊行をみたのもこのころであって、『大和絵史論』『北斎とドガ』『禅月大師の生涯と思想』『支那と仏蘭西美術工芸』『中国絵画史論攷』……。いずれもが四〇〇ページ、ときには六〇〇ページをこえる。昭和二〇年代におそろしく高尚な仕事を世に問うたわけだ。誰もが今日の食べ物にもこと欠いていた時代であって、きれいさっぱり無視されたのも当然である。

小林太市郎のとてつもない学識を知るには、現在入手できるほとんど唯一の書、ダントルコール著・小林太市郎訳注『中国陶瓷見聞録』（平凡社・東洋文庫、一九七九年）がもっとも手っとりばやいかもしれない。

著者は正確にはダントルコール神父といって、フランス耶蘇《やそ》会が中国に派遣した宣教師である。一六六二年、リヨンの生まれ。中国に向けて旅立ったのが一六九九年三月。七月末、広東着。清朝康熙帝の御世で、中国暦でいうと康熙三八年にあたる。パリ耶蘇会布教部理事オリー神父宛の第一信。

「時折は景徳鎮《けいとくちん》に滞在して新しき信者の心を培《つちか》ううちに、かの世界各地に伝播して異常なる賞讃を博しつつある美しき瓷器《じき》の造らるる方法を実地に研究仕《つかまつ》り候」

景徳鎮は中国訓みではチン・トー・チェン。古くから「玉器」の産地として栄え、フランスにもさまざまな逸話がつたわっていた。幻の現地に入り、フランスの宣教師は、さぞかし好奇の目を輝かせて、伝説的な焼き物の町を歩きまわったのだろう。ダントルコール師は勉強好きだったので、すぐに現地の言葉を習い、古書も読みこなした。

「斯《か》くして、此の絶妙の技術の各部に就きて十分正確なる知識を得たる事と存じ候えば、多少の自信を以てそれを記し可レ申《もうすべく》候」

一神父の見聞きした記録だが、これがなまなかな翻訳者の手におえるしろものでないことは、すぐにわかるだろう。フランス語、それも三〇〇年以上も前のフランス語が読めなくてはならない。しかも異国に赴任した宣教師が本国に送った手紙であって、まわりくどい表現や、宗教者に独特の言いまわしでつづられているのだ。

内容が中国陶瓷をめぐっているからには、訳者もまたその方面の知識をそなえていなくては何のことかわからない。中国語を習得した耶蘇会士は古書を引用し、言及している。訳者は欧文のつづりから当の古書を復元し、漢文にもどして引用しなくてはならない。

ほんのちょっぴり右にあげた訳文からもわかるとおり、訳者はいわば「三〇〇年前の日本語」の調子で訳している。古い通信文の古めかしさを訳文で再現しようとした。それができる十分な日本語擬古文の知識があってのことである。

さらに本文に添えて訳者はくわしい訳注をつけた。たとえば通信文冒頭の三行に対して、訳注は三五行に及ぶ。つづく本文四行に対して訳注は一六行、そのあとの本文二行に訳注四七行、さらに三行の本文に対して七ページあまりの訳注が割って入る。出だしの部分だけでなく、本文・訳注の関係は最後までかわらない。本自体は訳書のつくりだが、あきらかに著書というものだろう。訳者は原文を補うかたちで中国陶瓷の技法、歴史、中国と西欧との交流、ヨーロッパ文化に及ぼした中国の影響を縷縷《るる》述べていった。学芸員として陶瓷部門を担当したことが役立ったわけだが、和漢洋にわたる該博な知識をそなえた人が、異国の文をかりてチラリと自分をのぞかせたぐあいなのだ。

付属図書館のカードで文庫を知った知的放埒者が、相手の途方もなさに呆然としたのはいうまでもない。さしあたりは、それどまりだった。エロスの要素の色濃い深層心理学をとりこみ、首尾一貫して体系化した小林芸術理論を知ったのは、ずっとあとのことである。

神戸にいた六年間に、私はカール・クラウスの『人類最期の日々』とエリアス・カネッティの『眩暈《めまい》』の翻訳をした。どちらも六〇〇ページをこえ、しかも作者はまるきり知られていない。幸いにも奇特な版元が出してくれた。献本していると印税が0に近づき、さらに赤字になった。

「若いときでなくてはチカラワザはできません」

老先生は、そんな言い方で励ましてくれた。そのうち、東京の大学から声をかけられた。先生はすでに定年で、よその大学にお勤めだった。

「そりゃあよかった。いつまでも一つところはいけません」

少しはずんだ声が電話口にひびいた。

［この章の挿絵］
神戸に住んでいたときだが、『週刊朝日』が懸賞漫画を募集した。賞金は当時としては破格の一〇〇万円で、そのため「一〇〇万円懸賞漫画」として話題をよんだ。「若い新人発掘」がキャッチコピーだった。二〇代半ばすぎは「若い」に該当する。辻まことの漫画が好きで、辻まことを通してアメリカのスタインベルクやフランスのシャバル、ボスクを知った私は、彼らをタネ本にしてナンセンス漫画に仕上げて投稿した。「悪くても佳作」はとんだうぬぼれであって、審査員はタネ本など、お見通しだったのだろう。書店の立ち読みで当選者発表を知ったが、選外佳作にもとどかなかった。

当選　やなせたかし「ポオ氏」

若い新人発掘のはずが、当選者が五〇歳ちかい人と知って、何やらダマされた気持で週刊誌をもとにもどし、それでもって神戸のヒョーセツ投稿家は一〇〇万円とも漫画ともおさらばした。

何十年かして『アンパンマン』の作者が、あの一〇〇万円漫画家と知ってびっくりした。警抜な諷刺漫画家の賢明な転身である。日本のジャーナリズムには、諷刺漫画を正統に評論する気などさらさらないのである。

東京地図帳

——日本シリーズ第四戦

一九七七（昭和五二）年のこの年——

田中角栄元首相らを被告とするロッキード裁判が始まった。パリで服飾デザイナーの森英恵が、オートクチュール最初の東洋人メンバーとなってコレクションを発表。石原慎太郎環境庁長官が水俣病認定申請者の統一行動に対して、「ニセ患者」発言をした。ミス・ユニバース・コンテストで史上初の黒人ミス・ユニバースが誕生。北海道の有珠山が突然噴火。プロ野球巨人軍の王貞治が本塁打の世界新記録756本を達成。日本航空のパリ発東京行DC8型機が経由地のボンベイを離陸直後に日本赤軍によりハイジャックされ、バングラディッシュのダッカ空港に強行着陸。犯人は拘留中の同志九人の釈放と身代金六〇〇万ドルを要求。坂東玉三郎が『オセロー』にデスデモーナ役で出演。厚生省が日本人の平均寿命、女性七七歳、男性七二歳と発表。

一八歳のとき、はじめて東京にやってきた。北区滝野川の安アパートが振り出しだった。そのうち板橋に引っ越した。つづいて巣鴨のお地蔵さんの近くに移った。それから西にとんで世田谷区三軒茶屋。次が東にもどり豊島区雑司ヶ谷。ここが気に入って四年あまりいた。そのあとが文京区本駒込。ひとり者の気安さで、「東京」をつまみ食いするように転々としていた。

神戸とウィーンの六年半をはさみ、ふたたび東京にもどってきた。世帯をもち、子どもが一人。つづいて二人目が生まれた。さしあたりは国分寺市高木町。ついで同市並木町。そのあと三鷹市に分相応の家を見つけ——履歴書ふうにいうと——現在に至っている。

はじめて東京に出てきたとき、ひどく面くらった。関西の城下町に育った者には、まわりにたえず目じるしの山があった。町外れを川が流れていた。目を上げると、スックと城がそびえている。

ところが東京ときたら、まるきり山が見あたらない。目をあげても、まわりは家ばかり。滝野川に川は流れていなかった。「山」の名にひかれて近くの飛鳥山《あすか》へ行ってみたが、それは山というよりも、ちっぽけな丘だった。目の下をひっきりなしに電車が通る。貨物列車がながながと通過する。不思議な獣のうなり声のようなひびきがつたわってきた。「大東京」が蒼茫としてひろがっていた。

上京した若者のおおかたが体験することにちがいない。何か落ち着かず、じっとしていられない。何度も引っ越しをしたのは、犬があたりを嗅ぎまわるようにして自分の居場所を探していたのだろう。

世田谷に移った理由は、はっきりしている。三軒茶屋に近い、玉川通りから折れこんだところだった。戦後すぐ引き揚げ者用につくられた寮が空いて、主に学生を入れていた。条件がかわっており、「母子家庭」であること。入寮にあたり、父親のいない証明書持参で面接を受けた。

わざわざそんなところを選んだのは、朝夕の賄いつきでタダのように安かったからである。そのせいか、仕送りのない学生が多かった。学校に行くよりもアルバイトに忙しく、食堂の黒板に求人情報が書いてあって、ドンブリ鉢に盛りきりの御飯を食べながら、目は黒板をにらんでいた。

東急玉川線というのが渋谷と三軒茶屋を結んでいた。名前は立派だが玉川通りを走る路面電車で、ほぼ都電と同じスタイル。都電は黄色だが、こちらは緑で、シャレているようでもあれば田舎風にも見えた。

一九六〇年代に入ってのこと。モータリゼーションが進みだしたころで、旧来の道路ではおっつかない。車がこみ合ってくると、電車もノロノロしか走れず、どうかすると歩いている人に追い抜かれる。神泉《しんせん》の交差点で渋滞にぶつかると、大きな図体が止まったきりになった。気のせく人はとび下りて、渋谷駅に向かって歩き出した。車体に付いているTKKのマークを「トってもコんでコまる」と読んでいた。

母子寮の一年は、何ひとつい思い出がない。行き迷ったように立ち往生している車体は、当時の自分そのものであって、なおのこと遠い記憶に鮮明に残っている。

　それでも一つだけいいことがあった。ノロノロ電車のことは天下に知られていたから、バイト先に遅れても言いわけが立った。神泉あたりでとび下りる人の後を追っても、若さは気まぐれであって、渋谷に向かうとはかぎらない。山手通りを左に入ると松濤《しょうとう》、右に折れると代官山、どちらも坂道の多いお屋敷町で、ブラつくのにちょうどいい。古風な西洋館を覆うようにツタがからみついている。幼いころに親しんだ江戸川乱歩が甦ってきた。山高帽に黒い目隠しをつけた怪人二十面相が、いまにも窓辺にあらわれる――。

　どこであれ犬のようにほっつき歩いたのは、未知の東京がけっこうおもしろかったからである。そのうち気がついた。雑然とした家並みと見えたところに古い瀬戸物屋があって、壺や鉢から笊《ざる》のようなものまで商っている。それは郷里の城下町でも、もはやお目にかからないたぐいの店だった。滝野川のアパートの近くには一里塚があって、慶長九（一六〇四）年の年号が刻まれていた。少し歩くと古河庭園というのに行きあたった。「銅山王」といわれた人の旧邸だそうで、イギリス人建築家コンドル設計の洋館があった。階段状の庭にツツジが咲き乱れていた。

　雑駁な駅前と思いこんでいた板橋駅のすぐ前に、ある日、近藤勇と土方歳三の墓碑を見つけた。板橋刑場跡だそうで、明治と年号が改まった年に近藤勇が処刑された。新撰組の生きのこりが追慕の碑を建てた。

　三軒茶屋は、さびしげな地名とは裏はらに車と人でゴッタ返していた。ともあれ二つの通りの分岐点に、かつてはたしかに三軒の茶屋があって、大山詣の人が行きかいしたらしいのだ。参詣者が足をのばしたところだろう、近くの太子堂に目青不動が祀られていた。年の瀬には旧代官屋敷の近辺で昔ながらのボロ市が立った。

三軒茶屋から下北沢はすぐのところで、いまはジーンズや超ミニの娘や若者が劇場のまわりにむらがっている。同じ近さに松陰神社があり、安政の大獄で処刑された吉田松陰や頼《らい》三樹三郎が眠っている。彼らは幕末のジーパン族といっていいのである。

雑司ヶ谷のアパートは鬼子母神《きしもじん》の門前筋にあって、けやき並木の両側にブリキ職人や紳士服の仕立て屋が住んでいた。境内には樹齢五〇〇年とかの大イチョウがそびえていた。通称「子授《こさず》けイチョウ」、あるいは「子育てイチョウ」といって、若い母親が乳母車を押してやってくる。拝殿にかかった額は、昨日描かれたように生々しい。ヘソの緒を納めるお堂があって、黒ずんだ小箱がぎっしりとつまっていた。

池袋の繁華街とは、つい目と鼻の近さなのに、まるで別天地のようにちがっていた。昔ながらのチンチン電車が走り、「面影橋《おもかげばし》」といった風雅な停留所があった。ある夜、ふと雑司ヶ谷のアパートまで歩くつもりになり、面影橋でとび下りた。暗い裏通りを歩いていると、町工場の入口のようなところに石碑があった。街灯の明かりにすかしてみると、「山吹の里」碑だった。太田道灌が鷹狩りにきて、にわか雨にあい、農家の娘に蓑を借りようとしたところ、娘が古歌に託して山吹の一枝を差し出したとか。「――みのひとつだになきぞかなしき」。突然、古江戸と対面したぐあいで、しばらくけげんな思いで暗い通りに佇んでいた。近くの銭湯から湯を流す音や桶の音が聞こえてきた。

寺山修司が自分の編んだ『日本童謡集』（光文社、一九七二年）のはしがきに述べていた。いやなことがかさなるとワシは唄をうたうんですと、ジャイアント馬場が言ったという。「何の唄？」ときくと、「砂山ですよ」と答えて唄いだした。

海は荒海
向うは　佐渡よ
雀啼《な》け啼け　もう日は暮れた

新潟出身の馬場にとって、それは望郷の唄でもあるのだろうと寺山修司は考えた。平均的なものを優先する社会にあって、彼のような規格外の大男は、どのような疎外にさらされてきたか。「もはやヘラクレースのような英雄は、見世物にしかなれない」のである。

その寺山自身、青森からの上京者で、東京に住みつき、もっとも前衛的な仕事をつづけながら、何年たっても青森訛が抜けなかった。いわば永遠の「半東京人」であって、黒いトックリのセーターからのぞいた顔に笑いが浮かんでも、口元には、たえずヨソ者を意識したこわばりがあった。

その全身には、片足で立ちつづけている人のあやうさがあった。

　私もまたそんな半東京人の一人である。三〇代はじめの再度の上京以来、半生にわたり東京に住み続けている。にもかかわらず半身はいぜんとして身元不明というほかない。どんな歳月を経ようとも、自分にはここは未知の町である。世帯をもち、住民税を払う身になって気がついたが、出入りの酒屋は新潟の生まれで、おりにつけ「越」のつく酒をすすめにきた。水道屋のおやじは、あきらかに秋田訛だった。美容院の女主人は愛知県の知多半島から出てきたと聞いている。建材店は「伊勢屋」の屋号の示すように三重県出身。亡くなった薬局の主人は信州人で、見るからにリチギ者だった。

　この東京という町は、まったくオカシなところなのだ。ここには地方町の大半が失ってしまったような年中行事が厳然として生きている。一月は鳥越さまのどんど焼、亀戸天神のうそかえ神事、二月はだるま市、柴又帝釈天《たいしゃくてん》の庚甲祭、四の日ごとに巣鴨のとげ抜き地蔵は老幼男女の「幼」を除いた人であふれ返る。四月は花見、五月は神田祭りに浅草の三社祭り、六月は山王《さんのう》さま、七月は入谷の朝顔市、ほおづき市……お祭り好きは吹く風が冷たくなると、なおのこと落ち着かない。しょうが市、べったら市、お会式《えしき》、酉《とり》の市、ボロ市、羽子板市、しめくくりが歳の市。

　浅草・伝法院通りの「よのや」では、今日も職人がツゲの木で櫛《くし》を作っている。足袋は新富町の大野屋に健在だ。豆凧《まめだこ》は向島、佃煮は名前どおり中央区佃の産。長命寺の桜もち、元祖、空也《くうや》最中《もなか》、日本橋室町のはんぺん、にんべんの鰹節《かつおぶし》、日暮里の羽二重《はぶたえ》団子……。

イタリア料理やインド料理のかたわらに名代の蕎麦屋のノレンがひるがえっている。ギリシア料理とスペインのシェリー酒とチーズ・フォンデュと、根岸の豆腐料理やいせ源のあんこう鍋が並んでいる。本家ぽん多のトンカツ、中江のさくら鍋、駒形どぜう、王子・扇屋の玉子焼、ぼたんの鶏《とり》すき、ももんじやのしゃも鍋。およそちぐはぐな風景だが、このちぐはぐさこそ世界都市TOKYOの何よりの特色なのだ。

このオカシな町で何度も恋をし、人と会い、人と別れ、仕事をしてきた。気がつくと半身にしのばせた「お国」は淡い幻景のように遠くなったのに対して、この東京こそ自分が見つけた故里といっていい。どうかすると、もの心ついてから、ずっと自分はここにいたかのような気がしてくる。おそろしくひねこびたものであれ、太宰治が万感こめてつづったような「東京八景」ができなくもないのである。

上野の地下道を通ると、なぜか急に散髪がしたくなる。カレーライスが食べたいし、昼間からイッパイやりたくなる。不忍池のボートに乗りたいし、弁天さまのうしろの茶店で、オデンにビールといきたい。石段を上がった先の清水堂《きよみずどう》の張り出しで風に吹かれていようかとも思うし、噴水わきのベンチで空をながめているのもいいかと思い直したり、西洋美術館で名画と対面するのも悪くないと考えたり、かと思うと清洲橋通りのゴチャゴチャした通りの銭湯であったまって、小さな寺がさびしげに並んでいるあたりを散歩したくなったり、まるでとりとめがない。どうして上野にくると、こんな欲ばり人間になるのか、自分でもわけがわからない。

日本橋界隈にくると、足の運びがノロくなる。高島屋のビルの裏手に、そのころ恋人が勤めている事務所があった。私がアルバイト先でもらったばかりの給料袋を見せると、彼女はもの慣れた手つきで百円札をかぞえた。かぞえ終わると最後の一枚をピッと指先で鳴らした。私はそんな姉さん女房気どりの彼女を好ましいと思いつつ、屈強な女の兆しをのぞかせている首すじや胸元に恐れを感じはじめていた。

　恋人が盲腸の手術で入院したとき、銀行の通帳と印鑑をあずかって日本橋支店へ預金を出しに行った。窓口の行員は色のあせたヤッケ姿の男と、女名の通帳をしげしげと見くらべた。残金の少ない預金通帳がいとしかった。

　橋の上のブロンズのキリンの下で、タバコを吸いながら、ひと思案した。三越のライオンの前で、もうひと思案して、それからエスカレーターで女性下着の階に上がり、奮発して高級パジャマを買った。女店員が念のため、うす桃色、ヒダ飾りつきの女性用パジャマをひろげてみせたとき、「病気見舞なんです」と、問われもしないのに吃りながら言いわけをした。

　気どってばかりいた。ウソだらけの、いじけた青春で

その日暮しの手帖
●暮しの手帖風「良識外」の作り方
その日
暮しの手帖
february
1976
これは　あなたの手帖です
この中の　どれをとっても
あなたの暮しには役立ちません
でも　こころの底ふかく沈んで
いつか　あなたの暮し方を変えてしまう
ということもないでしょう
これは軽蔑され捨てられる為の
あなたのその日暮しの手帖なのです

『ビックリハウス』（パルコ出版）1976年2月号より

クラウス・シュテック
「美しいハイデルベルクへおいでなさい」

あって、そのうちたわいないない喧嘩のあげくに別れてしまった。

霞が関から、ゆるやかな台地をいちど下り、再び盛り上がったところが愛宕山。海抜わずか二六メートルだが、江戸時代を通じて、もっとも眺望のいいお山だった。正面に胸を突く石段がせり上がっている。全八六段。若いころはひと息に駆け上がったが、このところは二度ほど中休みをとらないと登りきれない。当今は、まわりに衝立てのようにビルがひしめいていて、そのなかでうっそうとした古木につつまれ、本殿はさながら深海の竜宮といったふぜいである。かたちどおりのお参りをすませると、何やら聖務を果たした気分になる。

〽愛宕の山に入りのこる
　月を旅路の友として

大東京の片隅で人生の旅路をかさねてきて、足が次の行き先を知っている。おぼろ月を仰ぎながら、トコトコと虎ノ門。古風な洋食屋の雰囲気の店があって、テーブルにつくと、それだけでもう幸せになる。ビールを飲みながら、支配人とちょっとしたやりとり。それは酒の神への手向けである。特製コロッケは四〇年つくりつづけてきた職人の手わざだそうだ。エーデルピルスのエーデルは「高貴な」という意味のドイツ語だが、淡い黄色のコロモをまとったコロッケも、高貴というのがふさわしい。合わせるようにビールの泡が、わが口元に白いレースをつくっている。

自分の見つけた故里のはずながら、たまに冬の夜などは、ふと風の音を聞きつけたりした。東京郊外の住宅地が深い眠りについていているころ合いである。ピューといったひびきをたてて吹きつけてきて、屋根をゆるがすように強まったかと思うと、潮が引くように弱まり、また改めて音高く吹きつける。隣家の物干し台の竿が風にあおられて、カラカラと音を立てて落下した。

クラウス・シュテック
「窒息死まで、とこしえの愛を誓う」

関西育ちの自分には、あきらかになじみのない風である。いくら体験しても異質の現象であって、姿の見えない敵を感じとった小動物といったふうに、じっと身をすくませて耳をそば立てていた。ひとしきり、天地をとどろかすように吹きつけてくる冬の東京の空っ風には、火事におびえながら聴き耳を立てていた江戸の歴史がすけて見えた。とたんにヌッと未知の東京が顔をのぞかせてくる。

あるいは老舗の蕎麦屋で、口がひん曲がるようなツユを口にしたときだ。私には佃の佃煮は辛すぎる。薬研堀の七味唐辛子は、たとえ目の前にあっても振りかけたことがない。知人が訛のある言葉で江戸っ子風に話すのを聞くと、いたたまれない思いがする。わが身のカリカチュアを見るようであるからだろう。

自分にとって東京が住みいいのは、たえず未知の部分があるからだ。なじんでもなじんでもなじみきらない、生理に根ざした疎遠さがある。それがまた反転して、自分だけの「未知の東京」をつくり出す。

都下国分寺市に住んでいたのは、三〇代の五年あまりである。東京の大学に職を得て、妻と幼い子二人の四人家族。小さいながらも庭つきの中古の家を手に入れた。平穏な毎日だった。

ある日、関西の港町の消し印のある手紙が舞い込んだ。私はこっそり、その手紙をポケットに入れて散歩に出た。当時、東京郊外のそのあたりは、武蔵野のふぜいがわずかながらに残っていた。道の両側に農地がひろがっていて、タオルを首に巻きつけた人が、農道づたいにリヤカーを引いていく。枝道にそれると、かなりの広さの雑木林に入っていった。ひとけない林のなかに、ドングリのイガイガが一面に落ちていた。

「あなたのいないこの町はさびしすぎます」

見慣れた、しかし、しばらく忘れていた筆跡だった。右上がりの、やや稚拙な書体が、耳元でささやきかける。

「とりあえず身を移して、仕事はそれから……」

お尻の大きな、ずん胴のからだを思い出した。肌が白い。少女のような小さな乳房。私は林のなかで二度、三度と読み返し、手紙を手にしたまま思案した。

背の低い栗林を抜けると、用水の溝が走っていた。かなたのケヤキの大木の列が、かつての奥多摩に通じる旧道を告げていた。桜の古木が用水に枝を差しのべている。ときおり旧道からトラックのエンジン音がする以外、あたりはしんと静まり返っていた。少し風が起こると、桜の葉波がサワサワサワと音を立てた。

時効ずみのこと。そのはずなのに、まるでわざと忘れたふうの書き方が腹立たしかった。いちどポケットに収めた手紙をとり出して、こまかく裂いて用水にちらした。白い破片は流れのゆるい水にのって、しばらくユラユラしていたが、そのうち暗渠に消えていった。西の空を太陽が血のように赤々と染めたころ、私は急ぎ足でわが家にもどった。

ただそれだけの話である。月に一度、駅前の中華料理店で夕食をとるのが、つましい一家の豪遊だった。そのころは五千円札一枚で親子四人が、けっこう品数がとれたのである。

七回を終わって1対1。緊迫した投手戦で、阪急は稲葉から山田、巨人は堀内、小林とつないだ。忘れもしない、一九七七年一〇月二六日、水曜日。所はドームになる前の後楽園球場。日本シリーズ第4戦。記録には、試合時間三時間二五分、観客四万二四三三人とある。

八回表、阪急はヒットが一本出たが、あとは三者凡退。私はラジオを聞きながら出かける支度をした。といってもいたって簡単で、テキストをカバンに入れるだけ。それからヒゲを剃る。服を着がえる。そのころ勤めていた大学にはⅡ部という夜間コースがあった。授業の始まりは六時。

八回裏、巨人の攻撃。土井セカンドフライ、王ショートゴロ。ヒゲを剃っていると、なぜか悪い予感がした。次の瞬間、心臓が凍りついた。張本の一打が外野にとんだ。左中間に上がって、そのままフェンスをこえた。

ガックリした。目の前が真っ暗になった。地球の滅亡よりも、なお強烈なショックだった。腹が立ち、悲しかった。ナンタルことだ！　あとはおさえても、阪急の攻撃は九回の一回だけ。

「流れが変わりましたネ！」

アナウンサーの声が弾んでいる。上ずっている。よろこびを隠しきれないふうである。

「ハイ、変わりました！」

解説者の声も上ずっていた。ともに巨人びいきであることは、火を見るよりもあきらかだった。三戦終わって阪急の二勝一敗だった。四戦目をものにすれば大手がかかる。わが阪急、絶対有利。しかし、2対2のタイとなれば話はべつである。八回裏の勝ちこし、さらにそのまま押しきったとなると勢いがちがう。

「五分五分、いや六対四ぐらいで巨人が優位に立ちましたネ。いや、オモシロクなりました」

なにがオモシロイものか。アナウンサーと解説者は、もう試合が終わったような口ぶりだった。観客席からも晴れやかな安堵のあとのザワめきが、マイクを通してつたわってきた。なにしろ後楽園である。四万余の観客の九割九分までが巨人ファンだった。全国のファンの比率も似たようなものだった。

私は石のように重い心で物置きから自転車を引き出した。もよりの駅はＪＲ国立《くにたち》駅で、自転車が手っとりばやい。心と同じく足も重い。狭い道の両側にマッチ箱のような家が並んでいる。小市民が必死の思いで手に入れて、なけなしの幸せを実現した。その幸せがバットひと振りで、もろくも崩れたぐあいなのだ。秋の陽は西に移り、赤々とした午後の陽ざしが家々の窓を照らしていた。

悲しみをこらえながら考えた。阪急はながらく万年四位のチームだった。灰色を思わせる地味なチームはファンも乏しかった。それがどうだ、闘将西本幸雄のもとにガラリと変わった。イダテン福本をはじめとして、個性あるスターが続々と出てきた。大熊、加藤（秀）、長池、マルカーノ、中沢。ピッチャーにベテラン足立、米田、天才サウスポー山田、剛球山口。そうやってパリーグの常勝チームにはなったが、日本シリーズではいつも川上哲治の巨人にはね返された。何度、涙をのんだことだろう。それが知将上田のもとに念願の日本一をかちとった。昨年のあのよろこびを思えば、心は慰むというものだ。いまはひたすら、昨年のことを思い返しているとしよう——。

酒屋の前に配達用の軽トラがとめてあった。運転席のカーラジオがつけっぱなしで、九回表、島谷、セカンドゴロ。大歓声がわきおこり、ラジオの声がかき消される。

「あと二人ですネ！」

アナウンサーが興奮していた。解説者はわざと冷静をよそおい、もったいぶった調子で「ほぼ決まった」と言った。小林から新浦をはさんで浅野につないだのが正解だった。新浦は気が弱い。ここはやはり浅野の速球がものをいう。

「ワッ」とまた大歓声がおきた。阪急期待のマルカーノ、ピッチャーゴロ。あとひとり、あとひとり。

私はまた自転車にまたがって、ノロノロとペダルをこぎだした。何も思うまい。何も考えまい。いさぎよくあきらめる。駅前の電機店の前を通りすぎるとき、アナウンサーの声が聞こえた。藤井がフォアボールで出て、ツーアウト、ランナー一塁。藤井の代走に蓑田《みのだ》。

「ミノダ？」

聞き慣れない名前だった。中沢の代打に高井。店先のテレビは、下腹がでっぱりかげんの男を映していた。代打の切り札で、スウィングの速さときたら球界一。しかし、名うてのドン足である。いまさらドン足男が登場して、どうなろう。

自転車置き場に自転車をとめて、改札を入った。吉祥寺駅で京王・井の頭線に乗り換えて渋谷。

その大学が多摩に移転する前で、降りるのは渋谷から五つ目、乗車時間、約一〇分。

「八回の1点がなァ」

くやしさがこみ上げてきた。山田久志ともあろうピッチャーが、ポンコツの張本なんぞにホームランを打たれるなんて！　そもそも山田のスイッチが早すぎた。初戦で九回完投しての中三日ときている。あそこはやはり稲葉でズッといくべきだった。上田は勝ちをあせったと言われても仕方あるまい。

電車は下車駅に近づいていた。エート、何をしにきたのだったか？　そうそう、授業、授業。それにしても、あの1点が痛かった。エート、テキストはどこまで進んでいたっけ？

駅に着いた。駅前にパチンコ屋と本屋が並んでいる。大学は、やや上り坂を五分ばかり行ったところ。II部は九時までつづく。いつも校門の少し手前の蕎麦屋で腹ごしらえをしていく。

パチンコ屋の店先に横長の紙が貼り出してあって、スコアが書きこんである。私はウツロな目でチラリと見た。足がとまった。心臓がとび出すほど動悸を打った。じっと見た。一度まわりを見まわし、気持を落ち着けてから、やおら見直した。夢ではない、九回表、阪急4点。巨人ゼロ。5対2でゲームセット。

パチンコ屋のおニイさんが店先でタバコをふかしていた。私は用心のため、巨人ファンを装って声をかけた。

「巨人、負けたの?」

「アア」

おニイさんはつまらなそうにタバコの煙を吐き出した。

「しょうがないなァ」

呟くように言って、歩き出した。胸の底から、よろこびがこみ上げてくる。いつもの蕎麦屋に入った。念のため、店のおばさんにさりげなく問いかけた。

「日本シリーズ、どうだった?」

「巨人、負けたヨ」

「ヘェー、そうなの、そりゃ残念だ」

からだが宙に浮いていた。いつもの蕎麦はやめにして、ビールと冷奴。即座に心を決めて、大学の事務に電話をした。よんどころのない急用のために、本日は休講とさせていただきたく……。

蓑田の果敢な二盗。高井のヒットで本塁突入。ナダレのような阪急の逆転劇は、蕎麦屋の隣の焼鳥屋のオンボロテレビで見た。夜のスポーツニュースまでお銚子のお代わりをしながら、ながながとすわっていた。そして何度も何度も、よろこびを噛みしめた。たぶん、死の瞬間まで、おりにつけあのシーンを、たのしく噛みしめつづけることだろう。

[この章の挿絵]

このころ、『ビックリハウス』というパロディ雑誌があった。切り抜きにメモを怠ったので、どこから、またいかなる人によって出されていたのか知らないのだが、たとえば『暮しの手帖』パロディでは「その日暮しの手帖」と題して、暮しの手帖風良識を軽妙にからかっていた。その雑誌の季刊「SUPER」に、西ドイツ（当時）のパロディスト、クラウス・シュテックを紹介した（一九七八年春号）。諷刺雑誌『パルドン』に特集されていた「だまされないためのだまし絵」をとりあげた。ドイツでも戦後経済の高度成長の副産物である公害が問題になりかかっていたときで、『パルドン』誌ではパロディに先立ち、自然破壊を告発する前文がついていた。

「育つものは切りとられ、流れるものはせきとめられ、芽ばえるものはつみとられ、生まれるものは絞め殺される。二十世紀フォックス社のホラー映画ではない。二十世紀の恐怖映画は、われわれの只中にあり、当サスペンスの主役は国土開発庁、登場人物は西ドイツ全国民……」

以下、ホラー映画の撮影現場の報告のかたちで「国土の侵食」が示されていく。

日本では水俣病をはじめ、深刻な事態のなかで多数の公害患者が生まれていたにもかかわらず、ジャーナリズムの取り組みに鈍かった。個々のケースをとりあげても、一つの根本的なテーマに集約しようとはしない。ましてやパロディの手法で問題点を視覚化してあぶりだすけはいなど、まるでなかった。情報の根っこの掘り出し方が天と地ほどにちがっていた。そのことをいうための紹介だった。『パルドン』は一九六一年の創刊で、はじめは薄っぺらな小冊子だったが、一〇年あまりで一二〇ページの堂々とした月刊諷刺雑誌に成長していた。私はそこの画文体による知的な攻撃性が羨ましくてならなかった。

ビリヤードの球とトカゲの尻尾
——諷刺の文学

『諷刺の文学』は書き下しで三年ちかくかかった。正確にいうと、そのうちの二年半は準備ばかりしていた。下書きはどっさりできたが、まとまるまでに至らない。白水社が「白水叢書」というシリーズを始めるにあたり、編集長から問われたのが、そもそもの始まりだった。「何を書きたいか、書きたいものがあるだろう」。小声で「諷刺文学」と答えた。諷刺をテーマにヨーロッパの二〇〇〇年をめぐってみたい——。

そのとき、三〇代半ばだった。若さはとっ拍子もないことを思いつく。思いつくだけではなく、さっそく実践にとりかかった。

予定では新シリーズの早いころの一冊となるはずなのに、さっぱり原稿が上がってこない。編集長はいっしょに山登りに行くような間柄だったが、モゴモゴと言いわけをするたびに、しだいに催促の声が険しくなった。

「ダメじゃないですか、そんなことでは」

　二年たち、三年目に入って、もうおみかぎりというせとぎわに、おおかたの原稿が一気にできた。一九七八年一一月刊。初版のあとがきには、「夏の終わりとともに書き始め、ほぼひと月、むやみと熱中して書き上げた」となっているが、三〇〇ページにちかいものが、そんな短期間に書けるはずがない。下書きとして用意して、いつまでもいじくっていた草稿が手を離れたまでであって、念入りにいじくればいじくるほど、よくなるわけではないことに気がついた。

やっとハラをきめて、これまでに書いたものをつないでいくと、なぜかスラスラとまとまっていく。ほんの何行かのつなぎをするだけで、べつの二つがまとまりのある一つになった。ちゃんと橋渡しされて筋道がついてくる。さらにべつの下書きが、とぎれたところを補っていく。もつれにもつれていたはずの糸玉が、みるまに糸巻きに巻きとられていくぐあいで、自分でもあっけにとられる思いだった。その作業はたしかに夏の終わりの「ほぼひと月」ぐらいで、すぐさま印刷にまわり、その年の一二月に本になった。ともあれ遅れに遅れたので、シリーズの早いはずの刊行が、「白水叢書　33」となっている。編集長に「おだてられたり脅かされたりしなければ、いつでき上がったものか、わからなかった」と謝辞に述べたのは本当のことである。ただつづくくだりは、負け惜しみでつけた気がする。「正確にいえば、このひとは脅してばかりいた。私はあたかも身に覚えのない借金に苦しむ負債者のような心境で仕事に励んだ」

諷刺というテーマに熱中する下地はあった。学生のころからウィーンの諷刺家カール・クラウスを読んでいた。その当のウィーンに自分も住み、諷刺家が諷刺の対象とした新聞や雑誌を、ウィーン市立図書館の奥まった書庫から出してもらって調べたりした。

その間、たえず感じていた。一人の諷刺家にかぎるだけでは、もの足りない。それはまた自分の本来の関心からも少しズレているような気がする。諷刺という批評のかたちは文学にかぎらない。歌や絵、ビラ、ポスター、手紙、舞台のセリフなど、実にさまざまな表現をとるものだし、時と場、対象に応じて微妙に変化する。なにしろ、とびきり自由な技法のジャンルであって、時代が硬直すると、にわかにこのいたずら者は元気になる。独裁者が登場したりすると、水を得た魚のように活気づく。といって諷刺の歴史をつづってみてもつまらない。やたらに名前と作品名が並ぶだけで、そんなものを誰が読みたいと思うだろう。たとえ古典ギリシアや中世にさかのぼるとしても、とりあげた対象が何らかのかたちで現代とかかわりをもたなければ意味がない。

白水叢書はどれもうしろのカバーに、その本の特色をキャッチフレーズ式につけていた。『諷刺の文学』の場合、文学辞典式にいうと、それは「笑いの手法によってエセ価値や世の矛盾をあばき立て、権威をくじいて愚劣を名ざしする文学的な試み」となるがと書き出して、担当編集者は頭をかかえたのではあるまいか。構成と叙述がひと筋縄ではいかないのだ。やむをえず「本書は、歴史的記述をとらず、テーマもことさら限定せず」と、書かれていないことを力説して、こう続けた。「ジャンルの多様性をしのばせながら、方法としての諷刺の文学を語る〈私的文学史〉」。

私的文学史をわざわざカギカッコでくくったところなど、苦心のあとがしのばれる。ついては『ガリバー旅行記』『八十日間世界一周』などの作品、パスカルやコメディア・デラルテといった素材をもとに、「新時代の到来を告げるものとしての諷刺の文学を楽しく、明快に語る」というのだが、本来は大人向けに書かれた『ガリバー旅行記』は諷刺文学にあたるとしても、ジュール・ヴェルヌのたのしい世界旅行が、どの点で諷刺だというのだろう？「イタリアにわか」とも訳されるコメディア・デラルテが、にわか芝居におなじみの諷刺性をもつとして、『パンセ』の作者パスカルが、どうして「諷刺家」の看板を背負うことになるのか。

シーザー暗殺事件のあと、キケロは気にして訊ねたという。巷の喜劇役者がこの事件をいかにとりあげ、民衆がそれにどのような反応を示しているか。このエピソードはいかにもキケロの鋭敏な政治的本能を伝えている。あきらかに彼は政敵よりも民衆を恐れた。笑いにこめられたエネルギーが、いつ何どき行動に転化するかもしれないことをよく知っていた。とともにそのエピソードはまた、諷刺の力をも告げている。笑いを強力な武器とする批評の技術が、古代ローマにすでに根を下ろしていたことを示している。

諷刺はいわば車輪の小さな乗り物だろうが、しかし、これはおりにつけ歴史を転がした。つねづね転換期にお目見えする変わりダネであって、ギリシア末期が喜劇作家アリストファネスを生み出したように、ローマ末期は悪党小説《ピカレスク》の原型である『サチュリコン』の作者ペトロニウスをもたらした。フランスの中世末期が揶揄に満ちた遺言詩人フランソワ・ヴィヨンを生み出したように、ドイツ中世末期は軽妙な阿呆《あほう》文学を誕生させた。いずれも現存するもの、古びたもの、膠着したもの、嘲笑に値するものをとりあげて、クッキリと時代の断層をのぞかせる。この滑稽なおどけ者の出現はキャッチフレーズのいうとおり、「新時代の到来」を予告するものにちがいない。

イタリア語に「カリカーレ」という言葉がある。積みかえる、移しかえるといった意味だが、そのあたりが「カリカチュア」の語源らしい。まずは人の顔や体や衣服を移しかえる。その際、ちょっとした手続きをほどこした。ある一点をゆがめたり、拡大して強調したり、全体を誇張したり、あるいはまるきりべつのものと取り換えた。

そのようにしてひと目で正体なり特徴なりをわからせる。おのずとそこには批評が入り、笑いがまじりこむ。たのしく、あるいは辛辣《しんらつ》に笑わせながら、人や世の中を槍玉にあげる、おなじみの諷刺技法の一つである。

ごく身近な、古典的な諷刺の一つに、伝鳥羽僧正の「放屁合戦」がある。近江の名刹三井寺につたわる絵巻で、ふつう武具に身を固める合戦が、丸いお尻まる出しのオナラのこきかけに模様替えさせてある。

まずは合戦にあたっての作戦会議だ。武器、弾薬の準備だが、尻の穴を砲として発射するわけだから、おイモ類をしこたま腹につめこむ。戦闘開始の先陣切って号砲一発、相手方の頭上にこき放った。

おあとは名のある手だれが妙技をふるってオナラをこきつける。散弾では効率が悪いとあって、大きな袋に何人もが屁をこき入れ、袋の口をしばり、とっておきの大砲にした。ズドンとくると、戸板を防壁にしてみても、屁力がなんなく打ち破る。後陣が大うちわで煽り立てて援護射撃――。

鳥羽僧正の筆とつたわっている。有名な「鳥獣戯画」の作者とされる人物である。ともに確証はないが、『古今著聞集』に「諷刺的な絵を描いた」としるされており、その面でもよく知られていたのだろう。なんとも才気あふれる坊さんがいたものだ。

まんざら遊びというだけではなかっただろう。近江の三井寺と京の延暦寺とは御所をはさむ二大勢力であり、争いがたえなかった。僧は同時に僧兵であって、ことあれば、いで立ち勇ましく押し出していく。リキみ返った両陣営のツノ突き合いを、お尻まる出しのオナラ戦争に移しかえた。キリスト教世界では「十字軍」と称する戦闘集団が、神の名のもとに殺戮に精出していたころである。同じ戦いでも尻まる出しのこきくらべの絵図は、世界に誇れる文化的記録にちがいない。こちらの武人は尻はまる出しでも頭には烏帽子《えぼし》はちゃんとかぶっていて、つつしみを忘れない。諷刺の一例として準備はしたが、結局のところ、オナラ合戦など入れる余地がないのだった。

中世末期フランドルの画家ブリューゲルに「大きな魚が小さな魚を食う」のタイトルのついた銅版画がある。小舟が浮かんでいて、祖父、父、孫の三代の家族が乗っている。祖父が孫に「エッケ（見よ）」と指さしている。大魚が小魚を呑み、小魚がさらに小さな魚を呑みこんだ。よく見ると大魚の腹を切り裂いたナイフにマークがついていて、「世の中」の意味。いつにかわらぬ世の中のしくみを、寓意をこめて図解した。銅版で刷られて、広く流布したと思われる。

同じく準備はしたが使わなかった一つにゴヤがある。シリーズ名を「ロス・カプリチョス」といった。ゴヤ自身が「マドリット日報」に予告したところによると、「気まぐれな主題による版画集」、計八〇枚の連作で、当時のスペインの社会や政治をからかい、人間の愚劣さの見本帖にした。

その一つでは、顔は人、体は鳥の生きものが、羽根をむしられ、うつ向いて逃げ出すところだ。若い女がほうきで追い立てている。うしろから老婆二人がながめている。ヤリ手ばあさんだろう。その口車にのせられ、女の甘い言葉のままに欺かれた連中である。下心ある男どもを、まんまと引きずりこんで丸はだかにすれば、もう用ズミ。右上にフクロウが見える。知恵のシンボルだが、死を告げる鳥でもある。

大画家ゴヤの手になる戯画、あるいは漫画であって、いまなら女の口にフキ出しでセリフがつくところだ。「さあ、さっさと出ておゆき。おあとがつかえているからね」

カリカチュアによる諷刺は見えないものを見せるわけではない。ちゃんと見えているのに、人が見ようとしないものを見せるものだ。つまりは目の訓練、視力の学校である。

『諷刺の文学』では「絵文字の諷刺」の章に顔を出す。一九三〇年代のドイツで、多くのフォト・モンタージュを通してナチスを痛烈に諷刺した画家ハートフィールドをとりあげた。図版の一つは一九三二年の作で、チョビ髭、ナチスの制服のアドルフ・ヒトラーが大きく口をあけて演説をしている。胸がレントゲン写真にとり代えてあって、ノドから腹いっぱいにつみ上がった金貨が鉤十字ごしにはっきり見える。タイトルは「超人アドルフ――金を呑み、ブリキを吐く」。
ドイツ語のブリキは「タワごと」をも意味している。ヒトラーはニーチェの超人思想を好んで引用した。その「超人アドルフ」が財界と結託して仮想敵国を言いたて、軍備増強へと追いやっていく。

モンタージュの素材になったのは日常の報道写真である。ハートフィールド自身は一度もカメラを手にしなかった。素材の組み合わせによって日常に見えないもの、見えているのに人々が見ようとしないものを見せつけた。「超人アドルフ――金を呑み、ブリキを吐く」のポスターは、進歩的文化人ハリー・グラーフ・ケスラーの支援のもとに全ドイツの広告塔に掲げられた。翌年一月、ヒトラーが権力の座につくやいなや、広告塔のポスターはむしり取られた。復活祭の日曜日、ハートフィールドが住居にもどったとき、ナチス突撃隊（SA）に襲われた。裏の窓からとび下りて逃れ、身一つでベルリンを出て亡命の途についた。

無数の下書きができたというのにちっともまとまらなかったのは、肝心の諷刺というものがよくわかっていなかったせいだろう。いかにも批評文学の一つであろうが、ではそれはどの点で批評と異なるのか。特定の個人の愚かさや滑稽をとらえる。あるいは人間に通例の愚かさや滑稽をとらえ、社会の不正を攻撃する。その際、諷刺家は裁き手の姿勢をとるかもしれず、あるいは戯作者の皮肉な方法によるケースもある。諷刺をとりあげて厄介なのは、作品自体の文学性と同時に、現実の変更を意図した実用性をもつことである。では、諷刺の原理といったものを、どのようにとらえ、どうすればわかりやすく伝えることができるのだろう?

教訓的な諷刺もあれば文学的な諷刺もあり、当然、両者はしばしばまじり合っている。まじめな諷刺にもコミカルな特性があり、コミックを前面に出した諷刺にも、きわめてまじめな側面があって、これもまた複雑にまじり合っている。研究論文ならば、コミックな諷刺、まじめな諷刺、両者のまじり合った諷刺の三つに分類し、さらにまた対象に従って、宗教諷刺、政治諷刺、学問諷刺、モラル諷刺、以上の四項にあてはまらない特殊な諷刺の計五つに分類ができるだろうが、私はべつだん研究論文を書くつもりなど毛頭なかったのである。

ヨーロッパの学者の本には、諷刺は古典ギリシアにはなくて、古代ローマが生み出した唯一の新しい文学だと主張されていた。そう言われればそんな気もするが、私は古典ギリシア人テオフラストスの『人さまざま』に手のこんだ諷刺を見ていたので、学者の説をうのみにはできない。ともあれ、古代ローマ人が好んだ寸鉄詩や警句詩は、棘《とげ》を含んだ滑稽や愚かさを後世に伝えてくれる。諷刺的なアフォリズムは、一七世紀フランス・モラリストの時代に隆盛をみたが、端源をさぐると古代ローマの諷刺詩にいきつくだろう。

ペトロニウスの『サチュリコン』は諷刺性の濃い悪党小説であって、それは時代をくだり、一七世紀のスペインのピカレスク小説や、ドイツの阿呆文学につらなることは先に述べたが、ではルキアノスのウソっぱちをつらねた『本当の話』は、どう位置づければいい？　ホラ話の元祖として『ガリバー旅行記』やシラノ・ド・ベルジュラックの『日月両世界旅行記』などと系譜立てができないか。さらに下ってはH・G・ウェルズのSFやアナトール・フランスの『ペンギンの島』、ジョージ・オーウェルの『一九八四年』はどうなのか。ホラテウスの書簡体の散文は、宗教改革直前に出廻った怪しげな宗教論争の手紙の手本のようだし、とするとモンテスキューの『ペルシャ人の手紙』やパスカルの『プロヴァンシアル』だって諷刺の領域に入ってくる。下書きばかりできて全体がさっぱりまとまらないのは、全体をとりまとめる原理が欠けているせいではないのか。

さんざん往き迷ったあげく、私はこのA・B二つの原理を立てることにした。

A　ビリヤードの球の原理

B　トカゲの尻尾の原理

ビリヤードの球は一つを突くと、単に突かれて転がるだけではない。反転して、突かれたのと同じ力でもどってくる。諷刺能力を言いかえたかのようで、器官が刺激されると、異常な能力に高まって反転する。そして病んだ器官こそ刺激に対して、より敏感であり、反応において、より迅速だとすると、諷刺家の特性が、ノイローゼ患者の無数の連想力とさも似てくる。たしかにノイローゼ状態における感覚は正常なときよりも、ずっと鋭く、はるかに活発で、生きいきとしていて、エスプリあふれているものである。にもかかわらずノイローゼを「神経衰弱」などと訳すのは、エスプリあふれた状態に対する「正常」を誇る側の悪意ある命名にちがいない。

まあ、そんなことはどうでもいい。さしあたり刺激が諷刺的な反転に移る動きをビリヤードの球とする。ではトカゲの尻尾とは何のことか？　知られるようにトカゲは危機に瀕すると、われとわが尻尾を捨てていく。本体から切り離されても活発に動く尻尾を代理としてのこし、その間に遁走する。尻尾を再生する能力をもつからであって、再生した尻尾は旧の尻尾よりも、より太く、より強いことが報告されている。淡水ポリプ類が頭を切られると二つの頭を生み出し、そのためギリシア神話の九頭の水蛇にちなんで「ヒドラ」と名づけられたのとよく似ている。傷害が生殖にひとしく、新たないのちの誕生の役目をになっている。

諷刺はつまり、ビリヤードの球とトカゲの尻尾の原理によるとするのはどうだろうか。往き迷いの三年目に入り、そんなふうにハラを据えることにした。たしかに諷刺の文学においては、大人国や小人国に行き着いたガリバーと同じように、主人公のからだが自在にのびちぢみする。数学や地理が混乱を起こしたり、時間が停止したり、あるいは罰のあとに罪がきたりして、現実の原則が手もなく骨抜きにされる。

まずショックがあって、以後、たえまない反転の状態にある。刺激が栄養素、それを食い物にしつつ諷刺家はノンセンスに執着して、現実を消しゴムで消すように消去したりするものだ。トカゲの尻尾そのままに論理をチョン切り、時間や空間の因果律を手玉にとる。それこそ諷刺作品の実存的原則というもので、笑わせ、ケムに巻きながら、おもしろおかしく反世界をのぞかせる。

若さの勢いはおそろしい。山のような本を積み上げ、せっせと読みながらノートをとり、ノートがたまると下書きにかかった。いぜんとしてまとまる先はわからないが、とりたててまとめようとも思わなかった。そのぶん、自由にノートをたのしめるし、長短とりまぜて書くことができるのを知った。

ドーミエ
「(ルイ・フィリップの) 過去―現在―未来」

とにかく書き継いできて、一九世紀にいたった。ここの舞台はパリと決めていた。「光の都」とうたわれ、まさしく世界の首都だった。多士済済《たしせいせい》のフランスの才能のなかから石版の絵師ドーミエを選んだ。阿部良雄監修の『ドーミエ版画集成』全三巻(みすず書房)といった大きな本も、喜安朗編『ドーミエ諷刺画の世界』(岩波文庫)といった手ごろな本もまだなかったころで、さしあたりウィーンの古書店の目録をひらき、ふところと相談しながら、おそるおそる注文した。そんなふうにして手に入れた一つが、ジェイムス・ルソー作『不滅の詐欺師　ロベール・マケール』で、「挿画ドーミエ」とあるばかりに注文した。

ポケット版のサイズだが、ハードカバーつき、一〇〇ページあまりの諷刺作品はロベール・マケールという「当今に比類のない紳士」に捧げられていた。では、これははたして、いかなる紳士であるか。

マケール氏はある日、パリ中の新聞に大々的に広告を出す。

「ヨーロッパの日刊紙『不可欠』創刊直前！　資本金百万フラン。一口二千株、五百フランで株主募集中、配当五割保証、売り切れ真近！　応募者はお急ぎあれ。『不可欠』予約購読者には特別サービス、文学書百冊進呈！」

払い込みをした新株主に、待てど暮らせど株券はとどかず、予約購読者に『不可欠』は一号もあらわれずじまいで、もとより文学書百冊は送られてこなかった。

「負債者としてのロベール・マケール氏」についても語られており、彼はむろん、負債を帳消しにする方法を考える。一つは耳を揃えて払う方法、もう一つは、まるきり払わないという方法。思案は一瞬に終了、もとより後者が採用された。

ほかにもいろいろなロベール・マケール氏が登場する。弁護士であったり、劇作家になっていたり、公証人をつとめていたり、医者だったり、仲買人だったり、選挙に打って出たり……。当今に比類のない紳士は、どのようにも変身する。何にでもなれて、その実は何ものでもない。ドーミエの挿絵が、この紳士の実態を示していた。さまざまな変身にもかかわらず、ほぼいつも黒いフロックを身につけている。衣服とはいえ、それは汚水管そっくりの黒い容器というものだろう。何にでもなれて、実は何ものでもないモダン・ボーイには打ってつけ。

ドーミエ「立法府の腹」

首には白い立てカラー。黒いチョッキ、ズボンはずん胴、ときに派手な市松模様つき。度外れに幅ひろのネクタイ、そこに銀鎖つきのネクタイピン、あるいは無趣味を絵に描いたような大きな金色の飾りボタン。

全身黒ずくめ。葬式の立会人にそっくりのいで立ちだが、この衣服の滑稽さ、異様さがあまり意識されないのは、これが現代でも「正装」と見なされるものであるからだろう。葬式だけでなく結婚式、就任式、国会議員初登庁、ヤクザの手打ち式……。無個性で、もの悲しい黒ずくめは、どうやら一九世紀の比類のない紳士ロベール・マケール氏に源流を発するらしい。

また紳士には、きまって指先に葉巻がはさまっている。いかにも新興の成金にぴったりであって、棒のように太い葉巻は抜け目のない仲買人や投機家に似合っている。石版の絵師はきちんと、指がつまみとったアクセサリーにも時代のしるしをおびさせた。

ドーミエはこのような人物を有名と無名をとわず、数かぎりなく描きのこした。まわりに数かぎりなくいたからだが、単にそれだけではないだろう。この典型に、一つの黙示を見たからだ。時代がまさに必要とした人間類型であり、それが必要に応じて生み出したスタイルであって、これ以上ないほど的確に「現代」を要約していた。諷刺家はつねに現代に生きる人であって、昨日はすでに用ズミ、明日もまた用なし、軽率に明日を夢見て、今日のペンを鈍らしてはならないのである。

現代の黙示であれば、それを正確に仮借なく描きとめるのが諷刺家のつとめではないか。同時代人がいや応なく示す姿、時代に生きるかぎり示さずにはいられないもの。まさにその実体として諷刺家が記録する。

ドーミエは幸か不幸か、「不滅の詐欺師」が同時に「当今に比類のない紳士」であるような時代に生まれ合わせた。ロベール・マケールという市民的な名前が告げるとおり、これは一介の市民であって、どこにでもいる。往来にも、居間にも、役所にも、広場にも、オフィスにも、教会にも、乗り物にも、カフェにも、大学にも――いまや市民の時代であって、その黒ずくめは、みずからで生み出した衣服であり、時代の思想そのものなのだ。つまり、即物的で、機能的で、退屈で、遊びがなく、個性なく、想像力を欠き、そしてきれいさっぱり良心を欠いている。

ドーミエがパリのジャーナリズムで大活躍をしていたころ、ルイ・フィリップが王位にいた。当人自身が「市民王」と称していた。無能な国王にしては、正確なネーミングをしたものである。たしかに国王は第一の市民にすぎず、市民こそ王さまだった。この王は玉座などではなく都会の雑踏のなかにいる。いそいそと銀行に出入りし、会計簿を検査して、愛嬌をふりまきながら営業にまわっている。あるいは、出っぱった下腹を撫でながら、葉巻をくゆらせつつ、次の投機先を思案している。

一応は仕上げた下書きに「ロベール・マケール氏の変身」とタイトルをつけ、「あるいは拝金主義と諷刺について」の添え書きをした。諷刺家オノレ・ドーミエが見本帳として描きとめた群像こそ、ビジネスと金銭に明け暮れする時代の申し子だったことを、はっきりとひとことで言うためだった。

いま読み返すと、やたらに気どった書き方がハナもちならないし、息せき切ってほかのあれこれも述べ立てており、わかりづらいのだが、三〇代半ばの若さがあってこそできたことにちがいない。そこには現代につづく拝金主義の先触れとして、ゲーテの『ファウスト』第二部のシーンが引いてある。メフィストが紙切れを紙幣に変えるくだり。それから四半世紀のちに自分なりの『ファウスト』訳をつくり、解説を同じくだりの引用から始めたのは、ひそかに関心が持続していたせいだろう。悪魔メフィストフェレス自身、第一級の諷刺家であって、『諷刺の文学』に『ファウスト』をとりあげてもよかったのだが、当時の私には、いかにも扱うのに重すぎた。四半世紀後には軽くなっていたわけではないが、それなりに対応するための足腰は鍛えていたらしい。トシをとるのも、まんざらムダではないのである。

ロベール・マケール型の機能人間が、いまやまさに天下をとっていることは、改めて述べるまでもない。いやでも日々、目の前にいる。「光の都」はもはやパリではなく、アメリカにあり、世界の首都の心臓部を、二一世紀のマケールたちがアタッシュケースを下げ、ケータイを耳にあてて急ぎ足で歩いている。ドーミエの諷刺画の一つが「死なない死者」としてマケール氏を描いていた。「死にはしないし、そもそも死ぬはずがない」と言うのだ。さもあろう、彼らの運命の星は、胸ではなく胸の内ポケットにあり、そこに収まったケータイに、刻々と数字と情報が送りこまれる。

なんとか仕上げた『諷刺の文学』は、その当時、批評の分野に亀井勝一郎賞というのがあって、それをもらった。ゴホービの賞金で久しぶりにウィーンへ出かけ、お世話になった古書店を訪ねたりした。そろそろ四〇歳に手がとどきかけていた。賞などは何のタシにもならないが、下書きからまとめに移る段どりといったものが、おぼろげながらわかったような気がした。そして、もしかするとペンの仕事だけで生活できるかもしれないと――そんな淡い希望を感じはじめていた。

［この章の挿絵］

フランスの国会は太鼓腹のような座席のかたちから「腹」というあだ名がついていた。その腹にすわって布袋腹をつき出した、ひと癖もふた癖もありげな紳士たち。ドーミエは諷刺雑誌『カリカチュール』に、そんな議員諸氏の似顔から仕ぐさ、物腰をそっくり写しとり、なさけ容赦なく人品骨柄の程度までもあばき出した。よほどこたえたのだろう。党派をこえて衆議一決、議会がことをかまえて報道規制にとりかかり、新しい法律で『カリカチュール』を発行停止に追いこんだ。

絵筆一本がどんなに強力な批評の武器となるか、ドーミエはまたとないサンプルである。時代のお歴々たちはさぞかし毎朝、新聞をひらきながらビクついたことだろう。本来、どの新聞・雑誌も、そのようなカリカチュリストをかかえているものなのだ。その一点が、ひと月の購読料にも匹敵するような絵の作者をね。

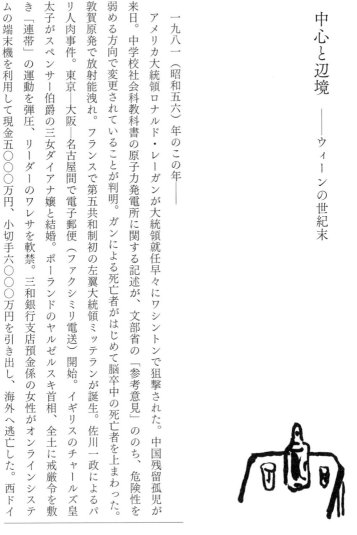

中心と辺境　――ウィーンの世紀末

一九八一（昭和五六）年のこの年――

アメリカ大統領ロナルド・レーガンが大統領就任早々にワシントンで狙撃された。中国残留孤児が来日。中学校社会科教科書の原子力発電所に関する記述が、文部省の「参考意見」ののち、危険性を弱める方向で変更されていることが判明。ガンによる死亡者がはじめて脳卒中の死亡者を上まわった。敦賀原発で放射能洩れ。フランスで第五共和制初の左翼大統領ミッテランが誕生。佐川一政によるパリ人肉事件。東京―大阪―名古屋間で電子郵便（ファクシミリ電送）開始。イギリスのチャールズ皇太子がスペンサー伯爵の三女ダイアナ嬢と結婚。ポーランドのヤルゼルスキ首相、全土に戒厳令を敷き「連帯」の運動を弾圧、リーダーのワレサを軟禁。三和銀行支店預金係の女性がオンラインシステムの端末機を利用して現金五〇〇〇万円、小切手六〇〇〇万円を引き出し、海外へ逃亡した。西ドイツ、イタリアで大規模な反核デモ。ロッキード裁判で元首相秘書官の妻が、元首相田中角栄の犯罪を裏付ける証言、「ハチのひと刺し」と心境を述べた。

森鷗外の『椋鳥《むくどり》通信』は二〇世紀初頭のヨーロッパ文芸事情を伝えているが、そこにおりおり、ペーター・アルテンベルクが出てくる。最初の一つは、一九一〇年三月五日発。（以下の引用は岩波文庫版より）

○交際がきらいでホテルに住んでいるウィインの
Peter Altenberg《ペーター・アルテンベルク》
が病気になった。腎臓病らしい。

同日付の続報。

○維也納《ウィーン》で
Peter Altenberg
が入院した。病気の為めに白髪になった。沈鬱して一時間も泣くことがある。度々《たびたび》司祭を呼んだそうだ。

世紀末ウィーンに数多くいた畸人《きじん》の一人であって、宿なしのノラクラ者。ペーター・アルテンベルクはペンネームで、本名はリヒャルト・エングレンダーといった。富裕なユダヤ人の家庭に生まれ、幼いころ、夏の休みはドナウ川の支流ミュルツ川のほとりのアルテンベルク村で過ごした。そこに可愛い女の子がいた。おしゃべりで、いたずら者。有名な「いたずらペーター」のおはなしから、女の子ながらペーターと呼ばれていた。世紀末ウィーンのボヘミアンはペンネームをつけるにあたり、夢のような幼年期にあやかって〝ペーター・アルテンベルク〟と名乗ることにした。澄んだミュルツ川のほとりから太いドナウの水脈に迷いこんだ流れ者の思いがあったのかもしれない。

五〇をすぎてもひとり者で、「椋鳥」の伝えるとおり、市中のホテルの一室を住居にしていた。ハゲあがった頭に鼻ひげ、格子縞の服にニッカーボッカー。手にはコブのある藤《とう》のステッキ。鷗外は自分の編んだ翻訳アンソロジー『諸国物語』にアルテンベルクの小品を選んでおり、ことのほか関心が深かったのだろう。その後の情報も追っかけている。一九一〇年八月六日発〔第20回〕。

○永く神経病になっていた
Peter Altenberg《ペーター・アルテンベルク》

は、病気は直ったが養生をしなくてはならない。そこで義捐金を友人が連署して募っている。

中年風来坊は友人や知人にせびったり、たかったりして暮らしていた。人々もまた気前よく宿なしを援助した。というのは、いかにもこのペーターは市民社会の落ちこぼれだったが、かたわら、とてもステキな散文を書いたからだ。昼間は寝て夕方に起き出し、夜っぴいて市中を徘徊する。その間に、カメラマンがスナップ写真を撮るようにして、印象深いシーンを目の底にやきつけておく。そのあと夜明けのカフェのテーブルで、ありあわせの紙にそそくさと書きとめた。

そんなペーターのポケットからくしゃくしゃの紙を取り出し、新聞社や雑誌社に持ち込むのが、若いエゴン・フリーデルの役目だった。のちに浩瀚な『近代文化史』を著した文明史家で、ウィーン大学卒の大読書家。彼もまた畸人の一人といえただろう。著述のかたわらマクス・ラインハルト劇団の性格俳優として舞台に立ち、時評や小説を書いた。諷刺的文芸キャバレーの作者でもあった。ウィーンの世紀末をいろどったディレッタントの一人である。

ゲーテの秘書役をつとめたエッカーマンにちなみ、二〇代のフリーデルは「アルテンベルクのエッカーマン」と自称していた。奇妙な二人づれがウィーン市中を徘徊していたわけである。一人は頭のハゲた短躯の中年男、もう一人は背高ノッポの青年で、とんでもないおシャレだった。そのころ宮廷ブルク劇場の裏手にレーベンブロイ亭という居酒屋があって、そこが夜の散索の打ちどめ。深夜営業の居酒屋は娼婦の客待ちの場でもあって、退屈しない。二人組はしらしら明けに中心街グラーベンに舞いもどる。すぐ先がウィーンのシンボル、聖シュテファン教会だ。ペーターの定宿グラーベン・ホテルも、つい目と鼻の先。

ペーターはひところ、人体飛行説を信奉していた。心気が高揚すると、人間もまた飛ぶというのだ。やにわに両腕を翼のようにひろげ、石畳を蹴って走り出す。かたわらで長身の青年が、掛け声をまじえて伴走している。そんなふうにして二人の飛行家は辻を曲がり、ホテルの玄関に着陸した。

アルテンベルクは興奮すると、人の見分けがつかなくなる。ある日の夜明けちかく、居酒屋からの帰りに傘を振りまわしてフリーデルに襲いかかった。未来の文明史家は、やむをえずシュテファン教会のまわりを三周半、逃げまわったらしい。警察調書に、くわしく証言が残されている。
「証人、グラーベン・ホテル夜勤のボーイ、並びに娼婦イーダ、同エスメラルダ」

………………

そんなたのしいエピソードをまじえ、ウィーンの世紀末をまるごと書こうと思い立ったのは、いつごろのことだろう？　本自体は一九八一年に出た（『ウィーンの世紀末』、白水社）。やけにコッたつくりの箱入りで三〇〇ページをこえる。数年がかりで書きためたはずだが、なぜか苦労した記憶がまるでなく、魔法の杖の一打ちで出来あがったような気がしてならない。

きっかけは鷗外の『椋鳥通信』と関連していた。先の引用の「義捐金」のくだりに、鷗外はつづけて、呼びかけに応じた人たちを列挙している。「Bahr《バール》, Dehmel《デーメル》, Girardi《ジラルディ》, Hesse《ヘッセ》, Hofmannsthal《ホフマンスタール》,

Kerr《ケル》, Thoma《トーマ》, Gabriele Reuter《ガブリエル・ロイター》, Max Reinhardt《マクス・ラインハルト》, Emil Orlik《エミール・オルリク》, 伯林の書肆 S.Fischer《フィッシャー》 等である」

ドイツの新聞のトピックスによったせいでドイツの作家や書肆があげてあるが、ウィーン発信の記録では、カフェの当主や酒場の女主人にまじり、次の面々が名をつらねている。カール・クラウス（批評家）、アルトゥーア・シュニッツラー（劇作家）、アドルフ・ロース（建築家）、アーノルト・シェーンベルク（音楽家）、ヨーゼフ・アロイス・シュムペーター（経済学者）……。

ノラクラ者のまわりに、なんときらびやかな名前がひしめいていることだろう。「いたずらペーター」が仕立てた架空のリストではないのである。いずれも同時代人として同じ一つの街にいた。そしてリストはさらに拡大できる。ローベルト・ムージル（作家）、アルバン・ベルク（作曲家）――ちなみにベルクはいずれ「ペーター・アルテンベルクの小品による変奏曲」をつくるだろう――心理学のフロイト、アルフレート・アードラー、元マーラー夫人のアルマ・マーラー＝ヴェルフェル、ルポルタージュ作家エゴン・エルヴィン・キッシュ、精神医ヴァーグナー＝ヤウレク、哲学者ヴィトゲンシュタイン。

任意につけ加えると、オトー・ヴァグナー（建築家）、ヨーゼフ・ホフマン（工芸家）、クリムト、シーレ、ココシュカ、コーロ・モーザーといった画家たち、音楽のマーラーやフーゴー・ヴォルフ。世紀転換期のウィーンに、おびただしい才能が輩出した。さまざまな分野にわたり、特異な個性がひしめいている。それは奇怪なながめですらあるだろう。

一つの都市、そしてある一時期に、どうして百花繚乱の才能が花ひらいたのか。こののち間なしにオーストリア＝ハンガリー二重帝国は率先して世界大戦を引き起こし、帝国はきれいさっぱり消え失せた。そのことからもわかるとおり、政治や外交や経済の領域では実にぶざまな結果しか示せなかったのに、文化の領域は目をみはるような豊かさにつつまれている。いったい、どのような要因がはたらいて、このような不思議な現象が生じたか。

世紀末の風俗なら、ペン先で写しとったようなペーターのスナップ写真を通じてまざまざとうかがえる。男たちはそろって八の字型のひげを生やしていた。ひげの手入れを怠らないのが、紳士たる者のたしなみである。床につくとき、ひげの乱れを防ぐための「ひげバンド」というのをつけた。

外出には「ドロシュケ」と呼ばれる一頭引きの馬車を使った。黒いフロックコートに黒ズボン、首に立てカラー、手には山高帽。世紀末ごろから「ホンブルガー」と呼ばれるフェルト製の帽子がはやり始めた。

女たちは胴をコルセットで締めつけ、腰は「パリの尻」の異名のある腰当てをつけて盛り上げた。ナマの線は隠す一方で、曲線そのものはこれみよがしに強調する。これが時代の思想であって、隠しつつ強調する。あるいは隠すことによって、より強く見せる。

当時、パノラマ館が流行していた。主だった都市に大々的につくられ、評判を呼んでいた。円筒状をしており、おおむね幅三〇メートル、高さ一五メートル。入口から通路がラセン状に上がっていって、エキゾチックな風景や遠い過去が、つぎつぎと目の前にひらけてくる。前に精巧な模型があり、うしろの大きな絵が背景をつくり、上から明かりが射し落ちて、夢幻の架空旅行に誘ってくれた。

往来には鉄道馬車にかわって電車が走り出していた。空にはツェッペリン伯爵の発明になる巨大な飛行船が浮かんでいる。人類は、これまで未知であった空間に突入した。めざましい技術の進歩と発明発見のなかで、もはやこの世に秘密などなくなったと、人々が信じ始めたころである。とともに心霊術が流行した。雨後のタケノコのように新興宗教が産ぶ声をあげ、信者が往来で絵入りのパンフレットを配っていた。一定の手続きを踏みさえすれば、心まで意のままになると考えたせいかもしれない。

ウィーン観光のガイド本にも出ているが、市中ヘレン通りの中ほどにカフェ・ツェントラールがある。元は銀行だったというが、大きな窓と端正な軒飾りをもつ優雅な建物である。通りをはさみ、かつての大公や大貴族の館が立ち並んでいる。そのために「ヘレン（紳士がた、お堅々）通り」の名がついたのか。まっすぐ行くと旧王宮に出る。豪壮なバロック様式の噴水があって、玉ねぎ型のドームが青さびをふいている。

はじめてカフェ・ツェントラールに入った人は、一瞬ギョッとして足をとめるのではあるまいか。正面右手に白い石像が端座して、新聞を読んでいるのだ。ハゲあがった頭、両耳の上に少しばかりの髪、鼻の下にオットセイのようなひげ。人が撫でるせいだろう。頭がおびんずるさまの

ペーター・アルテンベルクの戯画

ようにテラテラと光っている。

　ペーター・アルテンベルクの像である。この宿なしにとってカフェ・ツェントラールは仕事場だった。さらに当人には居間と応接間を兼ねていたようで、ここで新聞を読み、手紙を書き、人と会った。伝説的な常連客に敬意を表して、いまも毎日、給仕が石像の両手にその日の新聞をひろげさせている。

　どのような理由からカフェ・ツェントラールが「ツェントラール（中心）」と命名されたのか、くわしいことはわからない。珈琲一杯でながながと居すわる常連客に占められ、売り上げの点ではともかくとして、精神的な意味合いでは「中心」を名乗る資格は十分にあったと思われる。というのは、二〇世紀に新しく登場した精神分析や、言語哲学や、新音階音楽や、数式経済学は、まさしくこのまわりで誕生した。そして、それぞれの担い手の出所をたどっていくと、奇妙な辺境の地図が描けるはずである。

　フロイトやマーラーやクラウスやシュムペーターはボヘミアやモロヴィアから来た。現代の地図でいうとチェコ西部、及び東部とつながっている。北方のガリシア（現ウクライナ共和国）か

『クウェール・サクルム』

ら出てきた者もいれば、祖父の代にハンガリーの片田舎から移ってきた者もいる。ノーベル文学賞の思想家エリアス・カネッティは一九二七年のウィーン騒乱に立ち会い、その衝撃から主著『群衆と権力』に代表される終生のテーマに往きついたと述べているが、回想記にはまたブルガリアの小都市ルスチェクがくわしく語られている。スペイン系ユダヤ人の多く住む町であって、家では古スペイン語が口にされ、日常の生活はブルガリア語だった。祈りはヘブライ語、父と母はドナウの川船で運ばれてくるウィーンの新聞を愛読していた。

ウィーンの世紀末における才能の輩出には、東洋の島国から見るとお伽噺のような、おそよケタ外れの多言語国家と多言語人間が介在している。ハプスブルク君主国はドナウ帝国とも呼ばれたが、ドナウ川で結ばれた十いくつもの属国や属州をもち、その国歌は常時一一の言語で歌われた。一つの国が同時にミニ・ヨーロッパであって、一つのカフェにも同じ数の新聞が揃っていた。

その伝統は、現在のカフェ・ツェントラールにも細々ながら生きているだろう。ドイツ語、フランス語、英語、イタリア語、ロシア語、それぞれの新聞が独特の閲覧差しにはさんであって、自由に読める。うっかりひろげて、見慣れぬ活字だと思ったら、スロヴェニアの日刊紙だったりする。

文明は爛熟すると、異種変種を生み出してくるものだ。「中心」の人物たちはまた、その身にひそかな「辺境」をかかえていたようなのだ。カール・クラウスは仮借のない文明批評家であると同時に、おそろしく達者な俳優であって、壇上の話術だけで一〇〇〇余の聴衆を飽きさせなかった。シェーンベルクは作曲とひとしく絵を好み、もっとも早い時期に抽象絵画にあたるものを描いていた。詩人ホフマンスタールの後半生は、もっぱらオペラ作りに費やされた。ヴィトゲンシュタインは第一次世界大戦の塹壕のなかで、頭脳を削りとったような『論理哲学論考』の草稿を綴った。父から相続した莫大な遺産は人にくれてやって、自分は高地オーストリアの寒村の小学校の教師になった。この変わり者が生前に刊行したのは二冊きりで、とびきり難解な『論考』と、小学生がカバンに入れておくちっぽけな『ドイツ語単語帳』だった。

ウィーン市中で「ツェントラール」をたずねると、カフェ・ツェントラールへの道筋を教えてくれるが、南の郊外でツェントラールというと、中央（ツェントラール）墓地につれていかれる。これもまた「中心」の一つであって、こちらは死者たちの世界である。広大な公園墓地にはおびただしい墓石が並んでおり、そこに刻まれた名前がまた中心と辺境とのかかわりを語りかけてくる。何代もつづくドイツ・マジャール・スラブ・ユダヤ・ロマン・トルコの血のつながりを告げている。
東のドナウ運河近くで「ツェントラール」をたずねると、超近代的なIBMのビルに案内される。東ヨーロッパ圏を一手に仕切るIBMツェントラール（本社機能）が置かれている。たとえまちがいであれ、そこへ来たのはムダではない。玄関わきに石の銘板がはめこんであって、それによると一八六七年二月一五日、ヨハン・シュトラウス率いる楽団が、ここではじめてワルツ「美しく青きドナウ」を演奏した。そのころ、そこに「ダイアナ温泉」というヘルスセンターがあって、余興にシュトラウス楽団が公演にきた。商売上手な楽長は、すぐ近くのドナウの水を引いたダイアナ興業をよろこばすため、とっておきの新曲を披露したわけである。以来、黄土色のドナウ川の水は、美しく、青くなった。

「ナルキッソス」

『ウィーンの世紀末』に熱中していた三〇代の終わりのころ、年に何度か取材と称してウィーンへ行った。大学の勤めをもっていたので夏と冬の休暇中が多かったが、季節としては春と秋がたのしい。もっともらしい研究題目を届けて、一週間なり一〇日なりの滞在をかちとった。

たえず財布と相談する身の上であれば、手ごろな安宿を見つけなくてはならない。ウィーン市庁舎の裏手、広い環状のリング通りからそれて狭い露地を入った先の右手にあった。小さなホテルで、うっかりすると前を通り過ぎる。古い建物におなじみだが、入口は小さくても奥は深いのだ。おもわぬところに中庭があって、テーブルと椅子が置かれていた。見上げると、小さな四角い空がのぞいていた。

「静かではあっても寂しくはなく、ひとりぼっちであっても見捨てられてはいず、離れていても隔離されてはいない——」

ホテルを住居として一生を送った作家ヨーゼフ・ロートが自分の定宿に着いたときの気持を述べている。旅行中であれ、つかのまのやすらぎを得たときの的確な要約にちがいない。

経営者の好みなのか、それとも改装がたまたま流行と一致したのか、そのホテルは全体がアール・ヌーボー調で統一され、廊下の窓の色ガラス、階段の踊り場、フロアの壁、そんなところに少しうねった曲線と、紋章化した花が見えた。中庭の向こうに中世の砦の残骸のような土塀が突き出していた。リング通りはかつての巨大な城壁の跡であり、位置からすると、城壁の支柱があってもおかしくない。古い都市には、とんでもないところに歴史の忘れ物のようなしろものが、そしらぬ顔で居すわっている。

取材は一日に一カ所、たとえば「本日はウィーン九区ベルク通り」というふうに決めていた。用ありげに書類鞄をかかえて出かけていく。あたまに白い頭巾《ずきん》をつけた、赤い頬ぺたの掃除のおばさんのお見送りつき。

リング通りから少し北へ上がったところ。黒ずんだ重々しい建物の並びのなかにジークムント・フロイトの旧宅があった。正確にはベルク通り一九番地。「泡沫会社時代」と呼ばれた一八七〇年代に建てられたものだろう。見かけは豪華だが、装飾ぐあいが安っぽい。この建物でフロイトは有名な『夢判断』を書いた。精神分析という新しい学問を開いた画期的な著書だったが、出たころは、何であれセックスと関連づけるエロ学者の本としてキワ物扱いされ、六年たっても三〇〇部あまりしか売れなかった。

フロイトの日常については、小間使をしていた女性が証言を残している。彼女がフロイト家に住みこんだのは一九二〇年代になってのことだが、生活そのものはその以前から、さして変わりはなかったと思われる。

朝八時半、玄関のベルが鳴る。通いの理髪師がやってきた。主人のひげを短くつまみ、髪をととのえる。

「こればかりは先生もちょっとおしゃれでした」

朝食が終わると書斎にとじこもって仕事にかかった。昼食のあと、散歩に出る。

取材といっても何を知りたいというのでもなかった。とにかく仕事の現場をたしかめ、足どりに従って日常を再現してみる。その上で著書を読む。あるいは再読する。そんな手間ひまかけたぶん、これまで見えなかったことが見えてくるのではあるまいか。読みとれなかった「秘密」がひらけてこないか。

フロイトの旧宅のあるベルク通りから、ゆっくり歩いて一〇分ばかりのところに、風変わりな石段があって、「シュトゥルーデルホーフ階段」の名がついていた。むかし、このあたり一帯は宮廷画家フォン・シュトゥルーデルの地所で、シュトゥルーデル館《ホーフ》と呼ばれる建物があった。そんなところからの名称にすぎないのだが、かたちが珍しい。二〇メートルにちかい崖を、何重にも屈折した白亜の石段がつないでいる。いちばん下のところに美しい水盤があって、刻まれた獣の口から澄んだ水があふれていた。

石段を上がるとリーヒテンシュタイン通りで、ウィーン大学医学部の分局がある。フロイト私講師は分局に用のあるとき、この石段をのぼっていったにちがいない。作家ハイミトー・フォン・ドーデラーは近くに住んで、毎日のように石段を上り下りしていたのだろう。小説のなかで語っているが、戦後のある日、義足の女が片足の義足を外して水盤で洗っていた。そのときスカートの下にかいま見た「肉感」を述べている。

わが『ウィーンの世紀末』には、章のあいだに「ノート」と名づけた断章が、1から10までの順ではさまっている。仮説を補う役をおびさせてのことだが、「世紀末」の意味合いを、より大きくひろげる役目もあった。一九八〇年代のはじめであって、まだ「世紀末」の用語は現実性をおびていなかった。それがモードのように使われだしたのは、一九九〇年代に入ってからである。フロイトをめぐっては「『夢判断』の世界」と題して五つのテーマにわたっており、ほかの章とくらべて並外れて長い。

ブルトンとフロイト
「イルマの注射」の夢
メフィストの忠告
「朝食の船」の夢
フロイトとブルトン

最初と最後で名前が入れ替わっているのは、アンドレ・ブルトンの夢分析に関する試論「通底器」をダシにしたからだ。ブルトンの分析に対してフロイトは丁寧な三通の礼状を出している。まず通説となっている表面の意味を語り、おしまいに裏の意味で逆転させた。

それはもしかすると、ベルク通りからシュトゥルーデルホーフ階段の一日があずかってのことかもしれない。「く」の字をいくつもつらねたような石段は、書き迷っているなかで、あれこれ思案するのに打ってつけだった。屈折するごとに風景が一変する。のぼりつめて見下ろすと、足下が奈落の底のように落ちこんでいた。

「フロイトの『夢判断』は、長文の一篇のミステリーであり、巧みな謎と、その見事な解明の物語だ」

しめくくりちかくに断言口調で述べている。書き方がそのまま、優雅な石段を駆け下りて帰路についたときの足どりとかさなってくる。それというのも取材は早めに切りあげてホテルにもどり、昼寝するきまりにしていたからだ。夕方から夜は自由時間であって、その愉しみにそなえておく。この点ではそっくりノラクラ・ペーターの方式に従っていた。

ホテルにもどると、フロントの女性がにこやかに鍵を渡してくれる。古い建物の鍵は、お伽噺の魔法つかいが腰にさげているように大きくて頑丈である。額にシワをよせて帳簿を点検していた支配人が、チラリと視線を走らせ、ついでニコリとした。何用とも知れずやってきて、何日も逗留する東洋人が、まがりなりにもドイツ語を話し、またきちんと支払いをすませていくことを知っている。

「何か御用は?」

何であれ頼みをきいてくれるだろう。銀行をそっくり買い取るといった用件にも、即座に動きかねないだろうが、こちらの御用は夜のブルク劇場のチケット一人分といった程度のこと。その用向きを、まるで銀行を買い取るときのような真剣な顔できいてくれる。

ホテルの前の通りは先っぽが袋状に挟まっていた。知らずに入ってきた車は不興げにフルスピードでバックする。そのあとあたりはしんと静まり返っている。夜の店はどこにするか。その前に昼間見つけた古書店をひやかすのはどうか。さしあたってしけこむカフェ。広告塔に、ひとり芝居のポスターを見かけたが、さて、どうしたものか。そのうち、われ知らずやすらかな午睡に入っている……。

支配人の額のシワが気になっていたが、心配が的中して、四年目に送ったＦＡＸは届かなかった。古くからの友人に相談すると、ウィーン市中の古いホテルを見つけてくれた。

「エレベーターは五階までだけど、いいね？」

その上の階は階段で上がる。最上階は値段がグンと安いのだ。友人によると、わけありのペアが昼間のアバンチュールに利用することもあるとかで、こちらとしては願ってもない。部屋は狭いが小さなテラスがついていて、そこに立つと旧市街の建物の屋根がよく見えた。さまざまなかたちの、しかし奇妙に秩序立った煙突が幾何学模様を描いている。ま向かいの建物の軒飾りのレリーフは、ギリシア神話に出てくる海の怪獣らしく、髪が水蛇のようにうねっている。風雨にさらされ、鼻がピラミッドのように尖っていた。

ある日、となりのテラスから、ソプラノのふるえ声で話しかけられた。痩せた老女だった。髪が雪のように白く、きちんとした、いかにも古風な身なり。手首に銀色のブレスレットをつけ、手にオペラグラスをもっていた。それでもって向かいの建物をながめていたそうだ。

そこにかつて女友だちの一家が住んでいた。二人してよくブルク劇場の立見席に通った。ブライプトロイとかヴェルナー・クラウスなどの名優がいた。芝居のあと、カフェでケーキを食べた。

クリムトの恋人が洋裁店を開いていて、友だちはそこのお針娘になった。戸口の飾り模様はクリムトが描いたそのままだった。

それからヒトラーがやってきて、何もかもが変わってしまった。ある日のこと、共通の男友だちが息を切らしてやってきた。女友だちの一家が追い立てをくった。ほかのユダヤ人と同じく、どこか遠くの強制収容所に送られるらしい——

一家の誰ひとり、もどってこなかった。老女はいま郊外に住んでいる。ときおり市中にやってきて、顔なじみの支配人の厚意で、この部屋で休ませてもらう。

「思い出の住んでいる建物は、いつ見ても美しい」

そんなことをうたうように言った。蠟のように白い顔が、こころなしか赤らんでいた。

［この章の挿絵］

ウィーンの世紀末の美的遺産として、クリムトを盟主に結成されたウィーン分離派の機関誌『ウェール・サクルム（聖なる春）』（一八九八年創刊）はよく知られている。豪華な美術誌は覆刻されて、いまも手に入る。当時のならいだが、翌年、さっそくパロディ版が出た。題して『クウェール・サクルム』。「聖なるつむじ曲がり」とでも訳すべきか。ホンモノと同じ大判正方形だが、ただタテヨコがほんの少し寸法違いに仕立ててあった。

そこのパロディの一つは「ナルキッソス」のタイトルで、上半身はだかの青年が、洗面器にうつる自分の顔に見とれている。早熟の才をうたわれた詩人ホフマンスタールらにあてつけたものと思われる。

ペーター・アルテンベルクも登場する。アルテンベルクは、「アルテ（古い、老いた）、ベルク（山）」と字解きできるが、それをユンク（若い）タール（谷）とに入れ替えて、パウル・ユンクタール作の小品、アルテンベルクの器用な文体模写になっていた。話題になると、即座にからかいの道化版が出る。一つの時代の文化状況を示している。

メフィストの小旅行　――東京大学

一九八八（昭和六三）年のこの年――

円相場一ドル＝１２０円45銭の最高値でスタートした。水俣病事件でチッソ元社長らに有罪が確定。イラク、テヘランに初のミサイル攻撃。リクルート疑惑が発覚した。中国雲南省でM６・７の地震発生。消費税法案を税制特別委員会で強行可決等々があった。だが、この年はそのほかのすべてに代えて、九月に昭和天皇重体の報道がされて以来の一連の経過をあげておく。

9／18●［略］宮内庁は発熱の原因を「胆道系の炎症の疑い」と発表↓9／19●寝室のベッド上で吐血↓9／20●吐血、下血を繰り返し、未明から3回、計1200ccの輸血と栄養補給の点滴などの緊急治療↓9／21●高木侍医長が初会見し「当面は絶対安静」と所見を述べる。各地でイベントの〝自粛〟相次ぐ。英の大衆紙「サン」の社説で「あの極悪の天皇に地獄が待っている」との見出しで「天皇ヒロヒトが死の床にあって、悲しむべきことが2つある。1つは彼が天寿を全うしたこと。もう1つは、もっとも汚い犯罪のいくつかについて処罰されることなく死んでいくこと」と書いた↓9／22●外務省が、口頭で遺憾の意をホワイトヘッド駐日英大使に伝える。また千葉一夫駐英日本大使が、遺憾の意を新聞社に投書。23日付の紙面で投書を掲載する一方、改めて天皇の戦争責任を追及する記事を掲載↓9／22●政府は閣議で、皇太子にすべての国事行為を代行。［略］↓9／24●朝日新聞夕刊一面に「天皇陛下ご重体・がん性腹膜炎の疑い」「膵臓部に『がん』、お気持ちを考え公表せず」と報道。宮内庁は「陛下の意識がはっきりしておられる時間に『がん』を示す、あのような記事を出すことは適切さを欠いている。自制してほしい」と抗議↓9／26●歌手・五木ひろしの結婚式延期。各地で祭りの中止相次ぐ。閣僚・議員は中央にクギ付け、地方でも首長らの海外出張やイベントのとりやめなど「自粛」が連鎖反応的に広がる。［略］↓9／27●「みなが心配してくれてありがとう」との天皇のお言葉↓9／28●〝自粛〟ムードは、スーパー、デパートの店頭から赤飯が消え、「まつり」の言葉を言い換えたり、服装は地味にするよう「社命」が出されたり、テレビCMも差し替えが目立つようになった↓9／29●小渕官房長官は「国民生活に著しい支障が出るのはいかがなものか」と、過度の自粛は好ましくないとの見解を示し、竹下首相も同感の意を表明。京都の「時代祭り」「鞍馬の火祭」が中止に→9／30●日赤中央血液センターでは、イベント中止のため新鮮血が不足気味に→10／8●皇太子過剰自粛について懸命表明→10／9●祭り自粛で仕入れ材料の借金苦で露天商夫婦が先月29日首つり自殺していたこと判明→10／15●30日の自衛隊観閲式中止を決定→10／17●神社本庁、七五三や新年初詣などの行事は平常通りにという異例の通知を全国の神社へ→10／19●輸血1万cc超す→10／21●日本歌謡大賞中止。［略］→11／25●静岡市の「天皇制を考える市民連絡会議」の市民10人が静岡県・市庁舎内記帳所設置の経費返還を求める住民監査請求を提出→12／5●天皇は十二指腸付近から1000cc超す出血で最高血圧40台に、酸素マスク使用、意識消失約5時間→12／11●頻脈症状、心臓機能低下、意識はほとんどない→1989／1／7●午前6時33分、皇居吹上御所で裕仁天皇（87）逝去。十二指腸がんで。午後1時、「元号に関する懇談会」を開く。「平成」「修文」「正化」の3案が小渕官房長官から示される。臨時閣議で新元号を「平成」に定め、1月8日から改元とする。

（『戦後50年』毎日新聞社、一九九五年）

ある雑誌が「探検！東京大学」という特集をした。はじめに写真家平地勲の特色のある写真が二〇ページばかりつく。そこの手引き役をたのまれた。おりしも私はそこの教師をやめたばかりで、思案のあげく、ゲーテの『ファウスト』で意地悪なナビゲーターを演じたメフィストフェレスをかりて、キャンパス遊覧の小文を、写真にはさんでもらうことにした。悪魔メフィストを通してならば、多少の皮肉もサマになる。

ある日、フラリとメフィストフェレスがやってきた。
――おや、久しぶりだ。
――ごぶさたしております。
私たちはしばらくウィスキーを飲みながら、当たりさわりのない話をしていた。
――悪魔も酒を飲むのかね？
――ときおり、わが身にスピリットを与えませんとネ。
あいかわらず軽口の好きな男だ。
そのうちメフィストは腰を上げて、誘うようにニヤリと笑った。
おもしろい所へ案内するという。
哲学も、医学も、はたまた神学も……。
呟くようにいうと、ヒラリと虚空に舞い上がった。
門のようなものをくぐって、塔をかすめた。

四五歳のとき、東大の教師になった。その二年前にいちど誘われたが、当時、東京都立大学にいて、都立大が気に入っており、動くのがおっくうだった。まして東京大学文学部となると、気が重い。グズグズしていると、二年後にまた声をかけられた。そこまで言ってもらえるならと、移ることにした。

都立の前は神戸大学にいた。そのときも同じような経過があった。神戸という街が好きで、一生このままでいいような気がしていた。そんなときに都立大のお誘いがあった。とたんに東京に出てみる気になった。それでも気持が揺れていたのだろう。半年ばかりグズグズしていて、一〇月赴任というヘンなことをしでかした。

神戸ははじめて勤めたところで、修士を終えて一年助手をし、それから神戸へ行った。二五歳のときだった。そんなふうに言うと、いたって優秀な学生だったように聞こえるが、そうではない。おりしも戦後最初のバブル経済まっ只中で、「所得倍増」が時代の合い言葉だった。工学部を中心に大学がどんどん拡張され、その余波で語学教師がとぶように売れた。たまたま時代の恩恵に浴したまでである。

神戸には六年半いた。そのうち二年あまりウィーンに出かけていたから、実質的にはたかだか四年にすぎないが、自分の教師生活のなかで、いちばん印象深い。その後の生き方のおおかたが、このときに決まったような気がする。

いい同僚に恵まれた。戦中・戦後の混乱期に学校を出て、心ならずも大学に職を得たといった人、あるいは東京や京都の学風からハミ出した人、その一人に目をかけられて、同人誌に誘われた。そこには詩人の多田智満子がいた。編集を買って出て、安アパートでゲラを見た。そのころ知ったイタリアの作家パピーニの自伝『いきづまった男』を読みたいばかりに、六甲教会のイタリア人牧師のところへ——ものにならなかったが——イタリア語を習いに通った。図書館の書庫にもぐりこんでいて、小林太市郎文庫と出くわした。

のちにドイツ語教師を送り出す立場になったとき、私は赴任する学生に、きまっていくつかの訓示をした。その一つ、勤め先では専門にこだわるな。生涯つきあえる人を三人見つけよ。求めれば、きっと見つかる。図書館の本は私物化せよ。安月給の代償と思えばヨロシイ——。

都立大に移って専門をもつようになったが、私はどちらかというと語学の授業のほうが好きだった。アー・ベー・ツェーから始めて、初級文法、文のつくり方、言いまわし、英語とはちがうドイツ語の特性、そこからドイツ文化の特色が語れる。言葉というメディアを通して、変わっても変わっても変わらない人間性のおかしさを話すこともできる。それこそ語学教師の特権とこころえていた。

都立大が目黒区八雲にあったころで、名うてのオンボロ校舎だった。このときも同僚に恵まれた。誰もがつつましく専門の話は口にせず、もっぱらお酒を飲んでいた。渋谷の安酒場に昼の開店とともに入り、ノレンのしまいぎわまでいたことがある。かたわらに亡霊のようにして相棒がすわっていた。

東大から誘いがあったのは、独文進学希望者が年ごとにへってきて、かぎりなく0に近づいたころだった。主任教授はたぶん、少々変わりダネ、いわば道化役の必要を感じたのだろう。「つなぎの二番バッター」と、自分ではそんなふうに思って赴いた。その際、小声で一つの条件を申し出た。

「一〇年でやめますが、それでもいいですか?」

かねがね五五歳になったら身軽になりたいと考えていた。二五歳のときに勤めはじめたから、ちょうど三〇年になる。宮仕えはそれで十分、あとは自由に生きたい。

先に伝えたのは相手への礼節だが、自分との約束も兼ねていた。人間はあてにならない生き物であって、自分で決めたことでも平然とホゴにしかねないのだ。

そして一〇年たった。学生がもどってきたのは道化役のせいでも何でもない。東西ドイツ統一を含む一連の経過があって、ドイツが脚光をあび、いつもどおり軽はずみな学生が、いつもどおり時代に歩調を合わせたまでのことだろう。

わがままな条件をつけたのは、考えあってのことだったが、自分が職務につきものの役まわりに合わないことも、よくわかっていた。研究室の運営、論文その他の審査、就職の世話、委員会、会議、書類の作成、学会役員……どれといわず不得意である。当然のことながらヘマをする。因果なことに、引き受けた以上はまがりなりにもきちんと果たそうというタチの人間で、そのぶんきっと、よけいにまずいことになる。まわりに迷惑をかけ、自分でも深手を負うことになりかねない。

べつの理由もあった。年々、ドイツ語教師の口がへっていく。語学の時間そのものが、消しゴムで消すようになくなっていく。語学というものの意味をまるきり解さない文科省の大学いじりが腹立たしかった。そんな状況にあって、学内・学外を問わず、まるきり政治性をもたない人間が主任をつとめるのはいかがなものか。私の唯一の政治的判断で、自分に×をつけた。学生への訓示の最後の一つ。「同僚にはちゃんと挨拶をせよ。しかし、自分の考えどおりにやれ」

要するに訓示と称して、つねづねみずからにハッパをかけていたらしいのだ。

何のための時計台かとたずねたら、

時代の風向きを知るための風見鶏だといった。

——アカデミーも時流に合わせませんとネ。

どうして大時計があるのかと問うと、

時にしばられているからだといった。

——ほら、ごらんなさい。死んだ脈を打っている。

靴屋のような前掛けをした人が、可愛い生きものの世話をしている。

楽園だと思うなよ。君たちはあとでミンチにされる。

教師をしていたころ、授業中によく眠った。「テクスト購読」といった時間は、実に退屈である。ドイツ語の原文を、学生がつっかえつっかえ訳していく。それを聞いていると、眠くなってくる。ひとつづきの文のなかには、ポイントにあたる個所があって、要はそこが読めるかどうかなのだ。ほかができても、そこができないと何にもならない。ほかができないのに、そこだけできたのは、偶然できたのか、あるいはまるきり読めていないから正解になったケースなのか。まちがえるにしても、正しくまちがえて、はじめて読めたことになる。つまり、そんな作業を二時間、三時間とつづけるのだから、眠くならないほうがおかしい。

「ナルホド……ナルホドね……そうですか……」

原書をひろげ、アゴに手をそえて、ときおり呟いていた。そのうち気持よくなってくる。教師が眠りだすと、学生は目が覚めるらしい。

「あのところで寝ていたでしょう」

あとで報告にきた。

ときおり職務上、来日したドイツ人研究者を紹介して、かたわらにすわり拝聴していなくてはならない。よくわからない異国語の長話につき合うのは眠いものである。目をつぶって感心しているふりをしていても、しだいに瞼が重くなってくる。それでも重々しくうなずいたりはしていた。

「ドイツ人がしきりに顔を見ていましたヨ」

やはり学生が報告にきた。担当教官に居眠りされて、若いドイツ人研究者はなんとも情けなさそうな顔をしていたそうだ。

教授会というのは、実に眠いものである。ながながと時間をかけて、大半はすでに結論の出ていることを承認するだけである。何々委員会委員長ともなれば、報告したり意見を述べたりしなくてはならないが、私はずっとヒラだったから、その心配もない。配られた書類を前にひろげ、そのうち眠り込んだ。眠るぶんにはお仲間がいるからいいが、イビキをかくのは畏れ多い。

「兆候があったら肘をつついてくださいネ」

いつも隣席の中国哲学の先生にたのんでおいた。

あるとき、われとわがイビキで目が覚めた。あわててすわり直し、しさいありげに書類をめくっていると、いぜんとしてイビキがやまない。不審に思って見まわすと、中国哲学が気持よさそうに眠っていた。肘をつつくと、あわててすわり直して、しさいらしく書類をめくり出した。

「たよりない人ですねェ」

「いや、申しわけない」

「起こし役がイビキをかくとは何ごとですか」

「いやはや、面目ない」

べつのときだが、遠くで名前を呼ばれたような気がした。いそいで立ち上がってキョトンとしていると、学部長が目下審議中の問題というのを、かいつまんで説明して、ついてはご意見はどうかと問われた。

「エー……ナンです……慎重審議を必要とすると思いますが……」

官僚のような答弁をして着席した。あまり気持よさそうに寝ているので、学部長がいたずらをしたそうだ。

賑やかなざわめきがする。
陽気な雑音とも、高尚なおしゃべりとも区別がつかない。
外国語のタームがとびかい、常套句が割って入る。
思考とイメージが前衛芸術のオブジェのように、
あるいは死体のカケラのように散乱している。
――めまいがしてきた。
――ならば、おあつらえの所がある。どうぞおすわりください。
頭蓋骨からしみ出した脳ミソが壁にシミをつくっている。
――バカの一つ覚えというが、千覚えるのを何というのかね?
声が降ってきた。見上げると、
タバコのけむりでいぶしたような天井いっぱいにメフィストの顔があった。

これも本郷に勤めていたころのことだが、公開講座の講師をたのまれた。一つのテーマをめぐって、各学部から二人ずつ出る。大学主催、読売新聞社後援、東大出版会が、あとでまとめて本にする。新聞がピーアールをしてくれるので、一〇〇〇人ちかい申し込みがくるそうだ。

「先生はひとつ、ドイツ文学の視点から——」

なんとかなるだろうと思って引き受けた。担当の日が迫ってくる。準備を思いつつ、なんとかなるだろうと思って怠けていた。当日の朝、なんとかなるだろうと思って家を出た。大講義室の入口に受付があって、ぞくぞくと人がやってくる。いまさらながら準備不足が悔やまれたが、この期に及んではやむをえない。胸算用をするようにして、話の順序を考えていた。

「聴講生の名簿です」

係の人がワープロのリストをくれた。申請順に氏名・年齢・性別・職業などが打ち出してある。なにげなく目をやってハッとした。申込順3番のところに見おぼえのある名前があった。二一のときに知り合って、二五のときに別れた。彼女は三つ年上だったから、二四から二八までの時を過ごしたことになる。別れたのは男のうつり気からだった。

「ドイツ文学には、ドイツ・ロマン派と呼ばれた時代があります」

一〇〇〇の顔に見つめられると、身がすくむ。一〇〇〇の顔以上に、一つの顔が気になった。丸顔で、目が大きい。髪は当時はやったポニー・テイル。

「ホフマンという作家がおりまして……」

話がつながらない。頭の半分はポニー・テイルを追っている。二人して八ヶ岳に登った。奈良へも行った。今川焼を食べながら新宿から早稲田まで歩いて帰った。思えばロマン派の時代だった。二七歳になって彼女は結婚を口にした。いや応なくリアリズムに直面した。

「ホフマンの小説を森鷗外は『玉を抱いて罪あり』と訳しました……」

いろいろ理由はあったにせよ、つまるところ男は神戸赴任を口実にして逃げたのである。もう少しロマン派でいたいところへリアリズムを突きつけられて、うろたえた。彼女にも相手の心変わりがよくわかった。それでもたがいにまだみれんがあって、一週間の北陸旅行をした。安宿にはフトンが一つしか敷いてなくて、枕元に虫よけとかの線香がおかれていた。

「なぜ『玉を抱いて罪あり』などと訳したのかと申しますと……」

一〇〇〇の顔から一つの顔を見つけるなど、できっこない。しかもこの間に三〇年ちかい歳月が流れている。しどろもどろの講義を終えて壇を下りた。人々が立ち上がって、ぞろぞろと出口へ向かった。立ち去りかねている女性を目で探したが、そんな人はいなかった。

大空につかみかかるように裸木が枝をのばしている。

巨大なガラスの館と大煙突。これはまるでロマン派の世界だ。

ペーター・シュレミールが悪魔に自分の影を売り渡したのは、

こんな庭ではなかったか。

——あなた、またヘンなことを考えているのですネ。

メフィストが見すかしたようにこちらを見た。

——それよりも、そうそう、お昼どきだ。

ポケットからテーブルと椅子を取り出した。

つづいて白服のボーイと肥っちょのコック。

私たちはガラスの館で豪勢な食事をした。

奥付を見ると、一九八八年二月となっている。一回目は二冊出た。以後は月ごとに一冊、一五巻のシリーズの予定だったが、おまけがついたので計一六巻。アンソロジー『ちくま文学の森』は、予想に反してよく売れた。数年で全巻が二〇版を数え、統計で一〇〇万の部数をこえた。

画家安野光雅、数学者森毅、劇作家・作家井上ひさし、それに私の編集だった。準備に入ったのが二年前で、月ごとの定期的な編集会議をもつようになったのは、まる一年前だった。その間、なんかかんかの用で、各人が編集者に会っている。そのつど話が『文学の森』に及び、その日の用向きを忘れて、こちらに熱中した。

場所はお茶の水界隈で、主に山の上ホテルの会議室だった。ビジネスホテルの一室をかりたこともある。定刻一時。それから三時間、四時間、ときには七時ちかくまでつづけた。あいだにお茶を飲み、ケーキを食べた。筑摩書房が一度倒産し、管財人のもとに再建中で、全員にそのことへの心づかいがあったのかもしれないが、とりたててゴチソーを食べたいとは思わなかった。そもそも毎回、ぜいたくな文学の饗宴にあずかっているのである。外に出ると、たいてい日がトップリ暮れていた。のびをすると、すわりづめだった反動でよろけたりした。腹はへっていたが、心身ともに福々しかった。

刊行の始まる直前に、PR誌『ちくま』誌上で宣伝のための座談会をした。そこにこんなくだりがある。

安野　ところで、このメンバーというのはなかなかいいでしょう。

井上　いいですね。落ち着いていて、楽しくて、あんまりひけらかさないで、しかし聞いてみるとよく知っているという。何か、ふしぎと頼りになるおじさんたちという感じがしましたね。

池内　おじさんか…おにいさんの方がいいんだがな（笑）

文学のアンソロジーを編むには、すこぶる異色のメンバーにちがいない。編集部の松田哲夫という人が選んだそうだが、座談会では、少しあとのところに編集者の発言がある。

「森さんは普通、数学者なんだから、看板としては（笑）数学者を呼んできてやるというようなことはありえないわけですよ。…井上さんは、さしあたり作家であって、池内さんはさしあたり文学部の先生だし、安野さんはさしあたり画家…」

この「さしあたり」が、つまるところの編集原理だった気がする。文学全集は売れないといわれていた。もうそういったシリーズ物の時代ではないとの声もあった。そのなかで、さしあたり自分たちの好むところを選んでみよう。文学史的に重要だとか、コレが入ってアレが入らないのはよくないとか、名作として定まっているからとか、そんな配慮は無視して、さしあたり自分が読んでおもしろかったものをあげていく。どのようなテーマでくるかが問題だが、さしあたりは集まった作品を大まかに区分けしてみよう。欲をいえばキリがないが、まあ、さしあたり、こんなところでいいのではないか——。

おもしろい小説の定義は人によって異なる。話術のおもしろさ、意表をつくおもしろさ、素材のおもしろさ、ストーリィのおもしろさ、論理のおもしろさ、わけのわからないおもしろさ、なんてことないのでおもしろいといったケースもある。編集会議というとしかつめらしいが、要するに思いつきのおしゃべりで、たいてい、あらぬ方向へとそれていった。

「エート、どうしてこんな話になったのかねェ」

それが思い出せない。本なり作品がきっかけだったことはたしかだが、そこから連想がひろがり、そこに割って入る人がいて、話題がどんどんわきにそれる。記憶のなかの宝さがしといったおもむきがあった。自分ひとりの宝物と思っていたのに、ほかの人にもそうだったと判明したりする。人それぞれ、人生経験も、生きた環境も条件もちがっており、おのずと出くわした局面が全然ちがう。にもかかわらず同じように記憶にしみついているとすれば、それぞれが自分の人生局面を割り振りしていくようなものなのだ。

とはいえ、四人のうちの最年少の私は末席にすわっていただけであって、人生経験、知的ひろがり、考え方の自在さ、お三方とはどれをとっても、もうおはなしにならない。もっぱら聞き役で、しばしば笑いがとまらなかった。

ただ集まった作品を編むにあたっては、少しは役に立ったようだった。たとえば『文学の森』四巻目は「変身ものがたり」のタイトルだったが、坂口安吾の『風博士』に始まって、アポリネール『オノレ・シュブラックの失踪』、マルセル・エーメ『壁抜け男』、ゴーゴリ『鼻』、次に子母澤寛『のっぺらぼう』といった配列にある。どれもが異質の、いわゆるクセのある作品であって、細い糸でつなぐようにして、どういうバランスのもとに、いかなる配置にするか。並び方ひとつで、これまでとは違った面を浮かび上がらせることはできないか。

この点、どうしてか自分にもわからないのだが、生まれながらの「カン」のようなものがあって、とっさに判断が出る。編集者が「おやっ」という顔で、こちらを見やればしめたものだ。名うての名作と隣合ってガマの油売りの口上があったり、永井荷風や大杉栄のあとに放浪画家山下清の旅日記が登場する。

「皮にて包みたる小球（直径二寸ばかりにして中は護謨《ゴム》、糸の類にて充実したるもの）、投者が投げたる球を打つべき木の棒（長さ四尺ばかりにして先の方やや太く手にて持つ処やや細きもの）…」

正岡子規が若いころに書いた野球解説文の一節である。

これだけ自分たちが楽しんだのだから、読者が楽しまないはずはない。作り手が楽しまなくて、どうして受け手が楽しめよう。そんなことが未知に乗り出すにあたっての唯一の指針だった。

「文学」の好評に気をよくして、版元が「哲学の森」を勧めてくれた。こちらには鶴見俊輔さんに加わってもらった。余勢をかって文庫サイズの『日本文学全集』全五〇巻を編集した。それも好評で、よく売れた。

ずっとのちに森毅さん、井上ひさしさんがあいついで亡くなったとき、安野さんの口から、ふと洩れたひとこと。

「あのころが人生で、もっとも幸せだった気がするねえ」

教師をやめて身軽になるのはいいが、同時に収入がなくなる。ビンボーはかまわないとしても、ビンボーくさくはなりたくない。自由を確保しつつ、身すぎ世すぎする方法はないものか？

これといって才はないが、書くことは嫌いではなかった。三〇代の半ばから、おりおり原稿の依頼が舞い込んできた。それでわかったことだが、専門のドイツ文学では、小遣いすら稼げない。数年がかりで翻訳しても、その印税はしばしば、サラリー一カ月にもとどかない。では、どうすればいい?

学生のころから山登りは好きだった。行きや帰りは山の温泉宿のお世話になる。ついでに近くの町を歩いてくる。気がつくと、けっこういろんなところを知っていた。

やはり学生のころから映画が好きで、その後、勤めの帰りに寄り道をした。芝居のキップが手に入ると、いそいそと出かけていく。時間待ちに近くの喫茶店で本を読んでいた。これもあとで気づいたことだが、なかなかの読書家で、とっておきの喫茶店などももっていた。

一〇年の年期を切って以来、誘われると何であれ断らなかった。原稿依頼も同様で、少しムリなものでも引き受けた。誘われて出かけた場合でも、思わざる未知と出くわすし、本来なら無縁の人と知り合うものだ。少々ムリな注文でも、用意をすればなんとか応じられる。用意をしたのを使いきることはめったになくて、おつりがしだいにたまっていく。

文筆業はいたってあやふやな職種であり、そもそも「業」とすら言えないが、間口をひろげておけば一応の生活はできる。五〇歳ちかくになって、そんな見通しが立ちだした。あれこれ寄り道したのが助けてくれる。どうやら人生にムダはないらしい。当人がムダと思えばムダなのだ。受け取り方をかえれば、またとない宝になる。

いざ教師をやめるとなって、さしあたり三つの予定を立てた。

1　カフカの小説をひとりで全部訳す。

2　北から南まで好きな山に登る。

3　なるたけモノを持たない生活をする。

仕事の面で選択を始めたわけだ。中心に大きな予定が入れば、その場かぎりのものはおのずからへっていく。

このたびの山は期日を制約されなくていい。気に入れば、そこにしばらく逗留することもできる。地元の人たちと親しめる。1と2はこれまでしてきたことの「発展的延長」にあった。第二の人生だからといって、新しい人間になれるわけではない。過去とつながっており、過去を生かして将来に向かうしかない。

3はまるきり逆であって、「モノを持たない」のは人間関係も含んでいる。そちらの過去とはスッパリ縁を切る。職業でできたつき合いは、友人でも知人でもない。自分のひそかなモットーにした。つまり、仕事の終わりが縁の切れめ。

ソース瓶のレッテルのようなものが頭上に輝いていた。

重々しい建物には、昼間でも明かりがついていた。目をやると、メフィストが雲のように大きくなって、屋上に肘をつき、目を細めてこちらを見ている。陽が西に傾いて、残照が眩しいのだ。眉を寄せて、遠くを見るような目つきをした。

——火は水に……水は土に……。

呪文のような声を聞いた。

——大きなものには大きく……小さなものには小さく……

やがてわが散策の相棒は、セロファンのように薄くなり、けむりのように漂って消えてしまった。

型どおりの辞職願を事務に出して、三月末から旅行に出た。自分では「人生の休日」と称していた。生活を中断する。世間から一時おサラバをする。そのためには地球の反対側がいい。まず、なじみのウィーンへ行って、旧友に会ったり、芝居を見たりしていた。それから未知の町へ行った。ハンガリーからスロヴァキア、チェコ、ポーランド、どこであれ言葉が通じない。「こんにちは」「ありがとう」が言えるだけ。

この町で三日、おつぎは二日、国境をこえてまた三日。言葉が通じないから、道は地図と足で覚える。店はショーウィンドウで見わける。ホテルとカフェとレストランは、どの国であれ語尾が少しちがうだけで、すぐにわかる。ちゃんと生きていける。

いまもそうだが、わが「人生の休日」は、多少とも毛色のかわったスポーツに似ている。自分の生物的健康度をたしかめるようなものなのだ。食べる、歩く、見る、聞く、飲む、寝る。何をしても、このどれかにあてはまる。若いときとちがい、ふところは少しばかり豊かだが、かわりに若さの体力がない。あまりくたびれさせないように用心した。朝は一〇時ちかくまで休んでいて、それからホテルを出る。三時すぎにもどってきて、昼寝をする。夕食は八時。一〇時には寝てしまう。

ときおり、一切の情報を遮断してみるのはいいことだ。政治、経済、スポーツ、芸能、風俗、金融、選挙……何ひとつ知らなくてすませる。知らなくても困らない。生活しているかぎり知らなくてはならない――と思いこんでいるだけらしい。

リュックサックに替えの下着と靴下が三足。シャツや靴下は夜に洗っておけば、いつも洗い立てが着られる。食は路地を入ったあたりの小さなレストラン。ホテルはニッポン国の旅館を知る者にはタダ同然なのだ。日ごとにまっ白なシーツでベッドがととのえてあり、バスはピカピカ。誰かれなしに顔が合うと、笑顔と挨拶が返ってくる。

言葉がわからないと、目が敏感になる。耳が鋭くなる。味覚がいきいきと働きだす。生き物が自己保存を図《はか》るせいらしい。見たもののかたち、聞いた音、その音感や調子から判断しようとする。ただし、それはものをたずねたり、何かの必要に応じてのときであって、人生の休日には、ことさらたずねるようなことはないし、何かの必要もめったにない。だからたいてい、風の音を聞くようにして人の声を聞いていた。幼な子の語り方は音楽のようなメロディを持っている。遊んでいる子どもの声は、そっくりそのままで歌になるだろう。大人の早口、それも声高に論じたりすると、どこの国であれ、コミカルな調子をおびてくることがよくわかった。

その三週間は、こよなくたのしかった。いろんなことを感じ、考えたはずだが、まるきり記憶にとどめていない。風のようにみまったものであれば、風のように消え失せていいのである。深く感じていながら、言葉にならないものがあり、本来、言葉にならないものだから、強いて言葉にするまでもない。

そんな休日のあと、ニッポン国にもどってきた。この国の慌しさ、時の経過のめまぐるしさ、幼な子の声の乏しさ。

わが休日は、とりもなおさず、この身が世間から忘れられ、捨てられ、消えていた日々でもある。とすると、休日をふやしていけば、おのずとすっかり忘れられ、捨てられ、あとかたもなく消えている。自分の手でやすらかに安楽死がとげられる。ことのついでに、その要領も習得した。

一人二役　――翻訳について

仕事部屋の書棚の隅、下から四段ばかりに自分の仕事が納まっている。著書、訳書、それに編集本が少し。雑誌類はたいてい切り取ってファイルにしている。いろいろ努めてきたような気がするが、まとめてみれば、たかだか小さな書棚の四段程度なのだ。

隅のいちばん奥の出しにくいところに押しこんだぐあいなのは、出してみることもまずない部類のものである。どんづまりに薄っぺらな訳書一冊と雑誌が二冊あるはずだ。雑誌はそのままで切り取りをしていない。それだけ思いが深かったせいだろう。並んだ順にいうと、次のとおり。

『カール・クラウス詩集』池内紀訳・編、思潮社、一九六七年六月

『現代詩手帖』一九六八年四月号

『現代詩手帖』一九六九年六月号

隅っこの位置からして、これが「たかだか四段程度」の本来の始まりだったことを告げている。切り抜きされないままの二冊の雑誌には、それぞれに次のものが載っている。

「文体練習」抄　レイモン・クノー、池内紀訳
「カバレの歌」ゲオルク・クライスラー、池内紀訳

クノーはフランス語、クライスラーはドイツ語、その訳をした。双方に「訳者あとがき」がついていて、末尾に〈ウィーン在〉とある。

クラウスを知ったのは先にいちど触れたが、大学院のときである。オーストリアのユダヤ人文筆家はナチス・ドイツの時代にいちど忘れられ、一九六〇年代はじめに復活した。おりしもケーゼル書店刊『カール・クラウス著作集』がまとまった直後で、参考文献にあたるものは、まだほとんど何もない。それを知って「しめた！」と思った。教授たちが名前すら知らないとあれば、自分の好きなように読んで、好きなように書ける。おそろしくひとりよがりの修士論文に仕立て、運よくオーストリア政府奨学金というのにありついた。

もともとクラウスは尖鋭な諷刺的批評家であって、劇作や詩は批評の変形にすぎない。まず詩

を訳してみようと思い立ったのは、詩句のかたちで完結していて、批評文のように対象に制約されず、対象を知らなければ批評そのものもわからないといったことがなかったからだ。それに抒情とかかわりのない諷刺詩は乾いた笑いがこめられていて、言葉の操作がたのしいのだ。たとえば検閲体制を皮肉った「小さな兵隊」は、こんなスタイルをとっている。日本にはこの種のジャンルの伝統がないので、あっけにとられる人がいるかもしれない。

どの谷間《たにあい》も
どの小径も
どの洞穴も
どの道も
どの塁壁《るい》も
どの城も
どの馬小屋も
どの馬も
どの畔《くろ》も
どの藪も
どの酒も

むろん　革袋も
どの木も
どの床も
寝台付きの
どの部屋も――

たとえ嵐のさ中でも
どの船も
どの塔も
どの砂州も
どの天幕も
どの家も
どの原も
どのねずっこも
どの巣穴も
どの戸棚も
そしてそれから

どの腰掛も
ペキッと折れる手前まで
そして国中
兵隊さんの
御検視《おまわり》だ！

当時、思潮社に川西健介という編集者がいて、修士論文と訳詩をもっていくと、なぜか即座に話が決まって、「現代の芸術双書」という訳詩シリーズへ入れましょうということになった。おかげで二〇代半ばのまちがいだらけの訳稿が、まがりなりにも本になった。ブルトンやエリュアールやミショーやボンヌフォワなど、きらびやかなフランス詩人たちのなかに収まり悪くまじっている。

修士論文はなくしてしまったが、訳書につけた「カール・クラウス小論」に、多少ともおもかげがのこっている。訳詩集は、ひと目に立たぬまま行方不明になり、手元に一冊あるきり。もう自分でも覚えていないのだが、その一冊を、たのまれて貸したことがあるらしく、四段書棚の奥から引っぱり出したところ、黄ばんだハガキの礼状がハラリとこぼれ落ちた。

雑誌所載のものはウィーンにいたころ、ひまにまかせて訳してみたなかの二つである。何もわざわざフランス語によるまでもないのだが、クノーの『文体練習』があまりに秀技だったので、自分の文体練習にした。「カバレの歌」はわりと長めの詩三篇であって、作者は詩人でも何でもなく、カバレ（カバレット）と呼ばれる寄席で、ピアノを弾きながら自作の歌をうたう芸人である。ユダヤ人クライスラーが戦中をどのように過ごしたのかは知らないが、戦後、ユダヤ人が根絶《ねだ》やしにされたウィーンへもどってきて、小劇場の舞台で奇才を発揮していた。

『現代詩手帖』へ送ったのは、日本で唯一、ここなら二〇代の若造の書き物でも載せてくれそうな気がしたからである。先の号の巻頭は「生きることと詩」と題して、金子光晴と長谷川龍生が対談している。あとの号の特集は「犯罪の構造と表現」とあって、寺山修司、別役実、唐十郎らが書いていた。「ここなら」と目をつけたのは若さの本能だが、それなりに正確な判断をしていたわけだ。

気まぐれに翻訳してみただけのようだが、ここでも若さの本能は、のちに自分が必要とするものを、ちゃんと選びとっていたようである。ヨーロッパの文学をめぐり、最初の書き下ろしの一冊は『諷刺の文学』（白水社、一九七八年）だったが、そのなかの一章「大道の歌――あるいは下から見た世界について」は、カバレの歌が手引き役になってできた。また最終章の「文さまざま」には、クノーがテーマとして生かされている。そもそもいくつかの大切な「部分」が活字になっていなければ、諷刺をテーマに書き下ろしをしようなどとは思い立たなかったにちがいない。

それにしても「訳者あとがき」の自己陶酔ぎみのレトリカルな書きぶりときたら！　噴飯《ふんぱん》ものの小文を、何も言わずにのせてくれた編集者に感謝しないではいられない。ちなみに雑誌の奥付には、「編集人　八木忠栄」とある。

文学辞典でカール・クラウスの項を引くと、「批評家、劇作家、詩人」にそえて「仮借のない論争家」がついている。彼はのべつ論争した。その全作品が、具体的な敵に由来する論争精神から生まれたとすら言えなくもない。二五歳で創刊し、一九三六年の死の年までつづけた個人誌『炬火《きょか》』によって、辛辣な筆をゆるめなかった。

一切の党派や集団によらず、どこまでも自分の流儀のままに独行者としてすごしただけでなく、この人物にはひどく屈折した心理が、つねにわだかまっていたようである。ユダヤ人クラウスが目の敵にした大半がユダヤ人だったし、ジャーナリスト・クラウスはジャーナリズムの悪をあばき立てるのに精力の多くを費やした。こっぴどいアフォリズムで女を槍玉にあげたこの独身者は、死後、ただ一人の女に宛てた二巻に及ぶラブレターをのこしていた。時代の新しい学問である精神分析を手ひどく笑いものにしたが、後世の精神分析家の復讐を受けてもやむをえないようなところがある。

しかしながらカール・クラウスのなかんずくの厄介さは、こういったことではない。のこされた著書そのものが示しているが、キーワードにはつねに二重、三重の言葉遊びがこめられている。彼はこう言いさえした。

「言葉遊びから思想が生まれる」

しばしば工夫された観念にすぎない思想から、出来合いの意匠を剥いで、思想を言葉に還元すること、それこそカール・クラウスが終始語りつづけた思想だった。この言葉の絶対主義者にとって、主題とはひと息で足りた。むしろ主題といった曖昧なものではなく、必要なのは最初の実際の一語だった。第一次世界大戦を主題とするマンモス劇『人類最期の日々』では、つねづね幕の始まりにウィーンの大通りの号外売りの声がまじりこむ。

「流血の肉弾戦、みごと撃退、どうぞ！」

号外の中身を叫んで、通行人に「どうぞ！」と呼びかけている。訳すとこのとおりだが、正しく訳したとは、とうてい言えない。原文では「どうぞ！」の前のコンマが省略されている。つまり、「流血の肉弾戦・みごと撃退」を売り物として、それを「どうぞ！」と差し出したぐあいなのだ。号外売りの一語が、前線における膨大な流血と死を売り物として商品化し、ワリのいい取り引きをしている社会の実態に応じている。

クラウスにとって、とるにたらない発言や文型や語彙が問題だった。彼は言葉を手段としただけでなく、言葉は扱うべき対象であり、疑問の余地のない証拠物件にほかならなかった。翻訳が絶望的なことはいうまでもないのである。

そういえばこのドラマには、クラウス自身が「不平家」の名で登場して、「楽天家」を相手に対話するが、なかにこんなくだりがある。

楽天家　あなたのドラマも些細なことの集積なんでしょうが。ほんのささいな現象と大きな事実とを結びつける、あなた一流の始末の悪い癖ですよ。

不平家　私はただ、ほんのささいな事実から大きな現象にわれわれを導いていく、悪魔一流の手法を踏襲したにすぎませんよ。

パソコンが縦横に使える現在はどうか知らないが、かつて留学生のあいだで「言葉の交換」という素朴な言語習得法があった。現地の学生と、それぞれの母国語で互いに個人教授をする。自分は相手の言葉を学びたいし、相手はこちらの言葉を習得したがっている。双方とも使いなれたネイティヴで話すわけだから、親しく生きた言葉に接して、交換であれば授業料はいらない。

ある日、ウィーン大学のヤパノロギー（日本学）研究室の掲示板に貼り紙をしてきた。「言葉の交換相手を求む」であって、いくつか希望を書きそえておいたところ、即座に希望者が訪ねてきた。エーリヒ・ホルボフスキーといって、法学部在学中ながら日本学科に興味があり、日本語を学んで五年になる。

齢は二つ年少、姓はポーランド風だが、祖父の代からウィーン住まいで、ウィーン方言にもくわしい。当方の希望に「ウィーン方言のわかる人」が入っていたからである。

話し合いをして、いくつか取りきめをした。授業は週一度、午後の三時間ないし四時間をあてる。ドイツ語のテキストはカール・クラウスの『人類最期の日々』、日本語は石川淳の小説『焼跡のイエス』。双方が訳文を作っておいて、原文の読み合わせをしながら訳文を正していく。個人授業は前半と後半の二部制で、前半は主にドイツ語、後半はきりかえて日本語で行う。疑問を正すにあたり、母国語でしたい場合は自由とする——

石川淳は学生のころから親しんでいて、幸い日本学研究室に何冊かがあったので、テキストにすすめた。だが、いまはそのことには立ち入らない。

こちらがテキストにしたクラウスのケーゼル書店版は、ハードカバーの八〇〇ページちかい大冊で、さすがにエーリヒは両手にのせて目を白黒させた。登場人物は五〇〇人をこえ、舞台はウィーンの大通りに始まって首都をはみ出し、旧オーストリア＝ハンガリー帝国領土のいたるところへひろがっていく。さらにドイツやフランスやイタリアや東欧からヨーロッパの半ばをつくし、どこであれ前線ののびたところ、死の商人の押し入るかなたへと拡大する。集積された事実のえんえんとつづくパレードであり、グロテスクな悪夢にも似た印象を与えずにはいないのだった。作者当人がぬけぬけと、こんな「はしがき」をつけている。

「当ドラマの上演は、地球の時間の尺度では十日余を必要とする。故にむしろ火星の劇場《こや》こそふさわしい」

あくまでドラマの約束どおり、登場人物のセリフとして訳していったが、実際は話される前に書かれた言葉であって、文書としてのこっている。皇帝の勅令、内閣のコミュニケ、大本営発表、新聞社説、戦時公債売り出し広告文、従軍記者前線報告、新聞投書……。おおかたが戦時中に印刷されて出まわった。それぞれを当の書き手、語り手の口にもどして舞台に登場させ、自分の言葉としてしゃべらせる。皇帝も、大臣も、将軍も、新聞記者も、戦争詩を発表した詩人も、いや応なく自分の口で、もはや空疎そのものの戦時中の言葉をしゃべらなくてはならない。おのずとその愚劣さ、時代への迎合ぶり、中身のなさがあらわれる。クラウスは相手の言葉を逆手にとって、改めて笑うべき狂態を演じさせ、当人にその正体を暴露させた。「はしがき」では、こうも述べている。

「ここに報告される異常の行為は原寸の写しである。ここに交わされる異常の会話は原文の控えである。作者は引用を唯一つの手法とした」

『人類最期の日々』序幕・第一幕
(『炬火』特別号、1918 年)

ウィーン大学法学部の秀才が、なぜマイナー言語である日本語を学んできたのか。当人はとりたてて語らなかったが、おおかたわかった。お定まりの官僚や弁護士になるのがイヤなのだ。劇中にハプスブルク官僚や、検事や、法学部教授が登場すると、いかにもそれらしくセリフを読み、辛辣なコメントを加えて笑いのタネにした。

訳文は、まっ赤になるまで直された。第一次大戦はウィーン人にとっても遠い過去であって、しばしば判断がつかず、「来週までに調べてくる」が決まり文句になった。戦争勃発とともにジャーナリズムが熱狂して、われ勝ちに愛国心を煽り立てるシーンだが、クラウスはカフェの老人たちのやりとりに代理させた。めいめいが自分の愛読紙の見出しを読みあげ、その「名文」を陶然として朗読する。枢密院議員、秘書官、小間物商、「老ビアッハ」という名の政治大好き老人……。この手のヒマ人は、いつの時代にもきっといる。まさに今日のウィーンのカフェで見かけた風景として、エーリヒは老人の口ぶりで朗読した。熱狂すると耳まで赤くなるクセがあるのを知った。ふだんはどこまでも冷静な傍観者のタイプが、いったん火がつくと舞台上の俳優になる。ウィーン人には、そんな素質が眠っているらしいのだ。

クラウスによれば、ジャーナリズムこそ、この大戦をひき起こし、四年余の長きにわたって引きのばした張本人だった。それは戦争勃発とともにまっ先に熱狂して、愛国心を煽り立て、いまや始まった物量と機械の戦場を、英雄時代の美辞麗句と比喩で飾り立てた。戦争を美化し、お国への奉仕と、無私と精神性を謳い上げ、はてしなく死体の山を築かせた。

膨大な証言でつづられたドラマはエピローグに登場する「神の声」で終わっている。ドイツ語ではイッヒ・ハーベ・エス・ニヒト・ゲヴォルト。ドイツのヴィルヘルム二世が開戦にあたり、口にした言葉である。「余の望むところではなかった」が、情勢の赴くところにより祖国防衛のための戦争をするの意味。のちに戦争責任が問題になったときの免罪符にあたる。ドイツ版現人神《あらひとがみ》の声として、クラウスは劇のしめくくりに利用した。

その当のクラウス自身、夢にも思わなかったことだろうが、三十数年後の日米開戦にあたり、日本の現人神ヒロヒト天皇が、開戦の詔書《みことのみ》に述べている。「アニ朕《チン》ガ志《ココロザシ》ナランヤ」。ドイツ語に訳すと、ぴったりドイツ皇帝のセリフになる。頭のいい天皇の側近が、万一のときのために入れさせたのか、交換教授では、ことあるごとに、朕とイッヒとを口まねして笑いのセリフに応用した。ぶ厚い原書には、いたるところにドイツ語の書きこみがある。「ユダヤ人特有の言い方」「気取り屋のポーズ」「役人調」「わざと強がっている」「ヤバイと思って反論を言いつのるセリフ」。母国語の人でなくてはわからないイントネーションで再現してもらった。それは記録しておくすべのあろうはずはなく、大半は哄笑とともに消えていった。

二〇代は恐いもの知らずであって、無謀を無謀とも思わず、しばしばおベンキョウから遠くそれて、若さに特有のたわいない夢物語にうつっていった。

原書の最終ページに年と日時がドイツ語の表記でメモされている。二年ちかくかかって、おぼつかない交換授業が、とにもかくにも最終一行に往きついたしるしである。

エーリヒ・ホルボフスキーはのちにウィーン大学通訳学科の教授になった。ある年のことだが、この友人から小さな包みが届いた。レクラム文庫の一冊で、仮に訳すと『お気に召さぬまま』。サブタイトルに「カール・クラウスをたのしむ」とある。クラウスは大のシェイクスピア好きで、

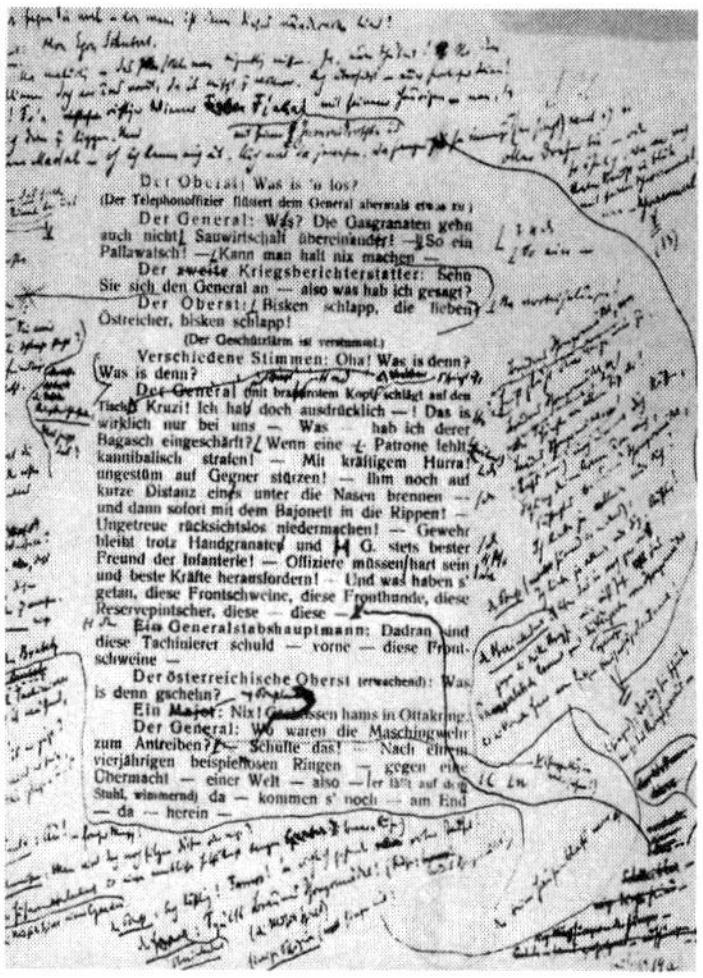

Der Oberst: Was is 'n los?
(Der Telephonoffizier flüstert dem General abermals etwas zu.)
Der General: Was? Die Gasgranaten gehn auch nicht! Sauwirtschaft übereinander! — So ein Pallawatsch! — Kann man halt nix machen —
Der zweite Kriegsberichterstatter: Sehn Sie sich den General an — also was hab ich gesagt?
Der Oberst: Bisken schlapp, die lieben Östreicher, bisken schlapp!
(Der Geschützlärm ist verstummt.)
Verschiedene Stimmen: Oha! Was is denn? Was is denn?
Der General (mit braunrotem Kopf, schlägt auf den Tisch): Kruzi! Ich hab doch ausdrücklich —! Das is wirklich nur bei uns — Was — hab ich derer Bagasch eingeschärft? Wenn eine Patrone fehlt kannibalisch strafen! — Mit kräftigem Hurra! ungestüm auf Gegner stürzen! — Ihm noch auf kurze Distanz eines unter die Nasen brennen — und dann sofort mit dem Bajonett in die Rippen! — Ungetreue rücksichtslos niedermachen! — Gewehr bleibt trotz Handgranaten und H. G. stets bester Freund der Infanterie! — Offiziere müssen hart sein und beste Kräfte herausfordern! — Und was haben s' getan, diese Frontschweine, diese Fronthunde, diese Reservepintscher, diese — diese —
Ein Generalstabshauptmann: Dadran sind diese Tachinierer schuld — vorne — diese Frontschweine —
Der österreichische Oberst (erwachend): Was is denn gschehn?
Ein Major: Nix! ... hams in Ottakring.
Der General: Wo waren die Maschingwehr zum Antreiben? — Schütte das! — Nach einem vierjährigen beispiellosen Ringen — gegen eine Übermacht — einer Welt — also — (er läßt auf den Stuhl, wimmernd) da — kommen s' noch — am End — da — herein —

『人類最期の日々』校正刷り

しばしばシェイクスピアの名セリフを引用の武器としたが、それはシェイクスピア作をもじったタイトルになっている。そしてシェイクスピア劇の王と道化を兼ねさせたのか、表紙のクラウスの顔写真には、手書きのまっ赤な王冠がのせてあった。

　しばらくパラパラとページをくっていた。批評、劇の抜粋、諷刺、注釈文、書簡……全集や選集から選んだ小さなアンソロジーである。あの個所、このくだりと、暗記したように覚えていた。添えられた手紙には、「われら青春の思い出に二冊買い求め、ここに一つを送る」とあった。なにげなく書店に立ち寄って見つけたそうだ。彼もまた私と同様に、目を輝かせて新刊案内にとびつくことをしなくなって久しいのだろう。アンソロジーはすでに二〇〇七年に刊行されていた。

　副題の「カール・クラウスをたのしむ」が皮肉っぽく語りかけてくる。若かった私は、ユダヤ人諷刺家の過酷さばかりを見て、そこに筋金入りの娯楽性があるのに気づいていなかった。それがなくてどうして三六年間に及ぶ個人雑誌の発行が維持できただろう。読み解くのに悪戦苦闘のあまり、私はこの王様兼道化の大切な一面を、すっかり忘れていたらしいのだ。

＊

翻訳にたずさわる者のささやかな幸せについて考えてみよう。翻訳という仕事、とりわけ文学作品の翻訳にかかわる者の特権であって、いかにも恵まれた位置にいる。作者のすぐ横というか、うしろというか、もっとも身近に寄りそっていられる。まるで恋人同士であり、二人きりの兄弟のようでもある。何年もその仕事にかかりきりになると、永らくつれそった夫婦も同然だ。二人三脚、いや、もっと近い関係で、二人で一人、一人二役。

おのずとこの間、たのしい変身ができる。労苦のわりに酬われることの少ない仕事を支えてく

『人類最期の日々』刊本（1922 年）の巻頭につけられた写真。
帝国死刑執行人ラングと名士たち。処刑された民族主義者バティスティを囲んで記念撮影をした。

れるゴホービだろう。私自身、のちに『変身』の作者を訳したが、軽快にペンを走らせているカフカ、往き悩んでいるカフカ、ペンを置いて思案しているカフカ……どのカフカにも寄りそい、立ち会い、なり代わった。その仕事中に、もし姓名を問われたら、おもわず小声で「フランツ・カフカです」と答えたかもしれない。

即席の文豪になり、ノーベル賞作家にもなれる。あるとき私はギュンター・グラスの代表作『ブリキの太鼓』を訳した。訳本の宣伝のため、出版社はPR誌でノーベル賞作家グラスと訳者との対談を企画したが、どうしても日程が合わず、そのときは実現しなかった。だがPR誌には、ちゃんと「ギュンター・グラス大いに語る」が掲載された。一人二役がいるのだもの、相手に語らせるため、ことさら会うまでもないのである。

ささやかな幸せ——それはまた、ささやかな不幸せでもあるだろう。というのは、翻訳者のいる位置は、原作者に身近でこそあれ、すこぶる微妙にして厄介な立場でもあるからだ。親しく寄りそい、言葉を通してなじみ合っている。その間、注釈書にあたったり、研究書の手助けを受けたり、「他人」を介在させることもできる。だが、しょせんは役立たずである。翻訳がすすむのは、じっと向き合った二人きりの営為につきる。

ところが原作という相手役ときたら、いたって無口である。黙りこくっている。沈黙している。そんな相手にしゃべらせなくてはならない。当人の言葉はさしおいて、「こちらの言葉」で話してもらわなくてはならない。語るように仕向ける。おだてたり、策を弄して口をひらかせる。

いちど見つけたきっかけによって、相手が話しだす。少なくとも訳者はそれを希望する。さしあたってはきれぎれの呟きに似ているが、それでもきっかけになってくれる。耳をくっつけて、やっと聴きとれるささやきでもかまわないが、訳がすすみさえしてくれればいいのである。

やっとのことで訳稿がふえていく。おぼつかない、たよりない、もろい存在であって、吹けば飛びちるしろもの。なにしろ押し黙った相手から、無理やり取り出したまでなのだ。疑念がきざすとタイヘンである。これでいいのか、訳文がズレてはいないか。ほんの少しでもズレぐあいを意識すると、翻訳はピタリと停止して、一歩たりとも動いてくれない。

秤《はかり》の針と似ているだろう。原作者と翻訳者のあいだで針がゆれる。ひとしきりフラつき、またひとしきり揺れたのちに、やがて振幅が小さくなり、さらにさらに小さくなって、ハタととまる。翻訳にたずさわる者のこよないよろこびの一瞬である。オリジナルと翻訳との平衡が定まった。一人二役が二人一役に思える瞬間であって、変身がいっときに完了した。

ともあれ、それも一瞬のこと。こんな微妙な状態を、いつまでも固定するなど不可能である。その種のゆとりを許してくれない。おぼつかない変身にすぎず、次のひと揺れ、次のズレで化けの皮がはがれかねない。さらに進むためには、計算ではなく本能によって言葉の進路と重さとを決めなくてはならない。さもないと秤の針が狂ったようにまわり出したりするだろう。

翻訳者は言葉から言葉へ移す。言葉の運送屋であって、二つの言葉の世界を忙しく往復して、せっせと移す。そのためだろう、訳者に対する讃辞には、いつもどこかしら反語的なひびきがある。上手に訳した、巧みに移した、つまるところ、運び屋の手ぎわを認めただけ。

「……しかし考えて見れば、なんでこんな面倒な詩の翻訳などを為《す》るのだろう。こんな労力ばかりかかって、利巧な人からは不可能だと言はれるやうな仕事に打込むのは」

ヴィヨンやマラルメの訳詩で知られる鈴木信太郎の弁である（『記憶の蜃気楼』［文藝春秋新社、一九六一年］より）。ボヤき、それとも嘆き、あるいは呟きか。「面倒な詩の翻訳」にかぎらない。文学作品の翻訳そのものが、厳密にいうと不可能である。原作をそのまま、匂いや、ぬくみや、色つやまで失わず他の言葉に移すなど、できっこないのだ。魚や肉とちがい、言葉は冷凍保存がきかない。鮮度を失わずに、どうして遠方に運べようか。多少とも良心的な翻訳者なら、必ずや自分の営みのいかがわしいことを感じているだろう。不可能に目をつぶり、そしらぬ顔でニセ物を世に出す不正を覚えている。

思えば奇妙な仕事なのだ。もし訳語をとことん吟味すると、どうなるか。一行たりとも先に進めない。翻訳の不可能性を考えだすと、もはや仕事自体を放棄するしかない。建てているさなかに倒壊が始まっており、時には全然建てていない建物の打ち壊しにいそしむといった奇妙な作業にすら陥りかねない。

そのくせ、他方ではたえず、べつの欲望に誘われている。言葉の表現だけでなく、作者の息づかいや体温にまで迫りたい。こちらの言葉へと運びたがる。そしてみごとに移しこんだと、ひとりほくそえんだりするのである。

「翻訳という問題は、もともと生木《なまき》のようにくすぶるのが運命である。もともと自然の法則に反して燃えることを強制されているからである」

チェーホフやツルゲーネフ、シャルドンヌの名訳で知られる神西清《じんざいきよし》が述べている（『詩と小説のあひだ』［白日書院、一九四七年］より）。みずから精妙、繊細な作家であったばかりに、「自然の法則に反して燃える」ことの異様さを、とりわけ痛切に感じていたのではなかろうか。

クラウスの訳稿はトランク一杯ほどにもなった。ウィーンから引き上げるとき、当時、当今のコピー機のような手転に使えるキカイなどなく、段ボールに詰めて船便で送った。さして不安にも思わなかったのは、若さの力があずかっていたのだろう。一人二役ならぬ二人二役の訳業であって、しかも劇中に登場する何十、何百もの役になり代わった。たとえ本にならなくても、「あー、おもしろかった」で十分に満足したと思われる。

ほぼ同じころだが、『炬火』全九二二号の復刻版が出ると知り、ウィーンの書店に予約注文を出しておいた。帰国してみると、山のような『炬火』とともに山のような請求書が届いていた。『人類最期の日々』は二巻立てで、一九七一年二月に上巻、一一月に下巻が出た。印税で借金を払う心づもりだったが、少ない部数の本を、気前よく献本したものだから、印税が限りなく少なくなり、やがて赤字に転じた。しがない語学教師は、それから数年というもの、二つの借金を返すためにせっせと働いた。

III

レニ会見記 ――「運命の星」について

一九九一（平成三）年のこの年――

イラクで湾岸戦争が勃発、アメリカのテッド・ターナー率いるＣＮＮの記者が、世界に先がけて発信した。日本政府は多国籍軍に対する追加支援として、九〇億ドルの支出と被災民輸送に自衛隊派遣を決定。グルジアがソ連から即時離脱、独立宣言をした。長崎県の雲仙・普賢岳《ふげん》で大規模な火砕流が発生。スロベニア、クロアチアがあいついでユーゴスラビア連邦から独立。ソ連のヤナーエフ副大統領を中心とする保守派が非常事態宣言をしてモスクワに軍隊を出動させ、休暇中のゴルバチョフ大統領をクリミアに軟禁（八月クーデター）。保守派内部の分裂でクーデターは失敗に終わる。スウェーデン・アカデミーが南アフリカの女性作家ナディン・ゴーディマーにノーベル文学賞を授与。ゴルバチョフ大統領が辞任し、ソヴィエト連邦は解体、六九年の歴史に幕を閉じた。メディア王ロバート・

マクスウェルが謎の死をとげる。写真家篠山紀信が女優宮沢りえをモデルに写真集『Santa Fe』を刊行。
作家野間宏、井上靖、ホンダの創業者本田宗一郎、フランスのシャンソン歌手イヴ・モンタン、死去。

一九九一年の秋のある日、大手の出版社から問い合わせがあった。ちかぢかドイツへ行ってほしいのだが、スケジュールはどうか。幅をみて一週間ほど取ってほしい——

すぐさま、前年一〇月のドイツ統一が頭をかすめた。べつの出版社だったが、統一にわくベルリンの取材をたのまれ、急遽、カメラマンとつれだって出かけた。旧帝国議会議事堂（ライヒスターク）にへんぽんとドイツ国旗がひるがえっていた。夜空に黒々と、分裂ベルリンの象徴だったブランデンブルク門がそびえ、サーチライトが照らしていた。コンサートホールの記念行事は、ベルリン・フィルによるバッハとブラームスで始まった。前夜はクルト・マズーア指揮のライプツィヒ・ゲヴァントハウスがベートーヴェンを演奏した。ベルリンの祝典には、ドイツの誇る「三大B」が祝賀曲と定まっている。翌日、郊外に出向くと、悪名高かった「ベルリンの壁」が、削り取られ、ペンキをぬりたくられた哀れな姿で残っていた。

お祭りが終わったあと、当然のことながら、さまざまな問題が噴出してきた。心の壁、経済格差の壁は一夜にして打ち壊すわけにはいかない。ついては統一後、約半年たった現地報告といった用向き。

まるきりちがっていた。行き先はベルリンではなく、ミュンヘン郊外。会う人はレニ・リーフェンシュタール。四年前に出た回想録をドイツ在住の日本人女性が訳していて、上下二巻で刊行の予定。あわせてBunkamura・ザ・ミュージアムで「レニ・リーフェンシュタール展」が開催される。前宣伝用に長文のインタヴューを女性誌にのせる予定。アポイントを取りたいのだが、行ってもらえるかどうか。

現代がクルリと遠い過去とすりかわったぐあいだった。おりしも世界は大きく動いていた。ヨーロッパ共同体（EC）が通貨統合や国家統合をめざして、ヨーロッパ連合（EU）へのカジ取りをしていた。イギリスの「鉄の女」サッチャー首相が退陣した。ポーランドで初の直接大統領選挙が行われ、「連帯」のワレサ議長が当選した。イラクの独裁者サッダム・フセインが湾岸戦争を引き起こした。ソ連を中心とする社会主義体制が崩壊、ソヴィエト連邦自体が解体の危機に瀕している。世事にうとい人間にも、いまがまさに歴史の大きな曲がり角であることが、ひしひしと感じられた。

そんなさなかに、突如として古い名前が飛びこんできた。リーフェンシュタールは一九三六年のベルリン・オリンピックの記録映画をつくった。先立ってナチス党大会の記録もある。ナチズム絶頂期の映像作家であって、半世紀以上も前の人なのだ。八〇歳をすぎて回想録を世に問うたことは知っていた。ドイツの硬派の週刊誌が「自讃と弁明の書」といった意味の皮肉っぽい書評を掲げていたのを覚えている。

「何歳になりますか？」

「八九歳です。でも、カクシャクとして海にもぐったりしているようですよ」

しばらく思案した。当時、大学に勤めていたので、私用で勝手に国外へ出られない。何よりも頭を過去に巻きもどす必要があった。編集部は回想録の背景といったことを訊いてほしいらしかった。書けなかったこと、書くのを控えたこと、ヒトラーとのかかわり。私はすぐさまに、そんなことを、当人が気安く話すはずはないだろうと思った。第二次世界大戦終了とともにリーフェンシュタールは逮捕され、三年あまり刑務所にいた。非ナチ化審問機関で映像作家には政治責任なしとされても、「ナチの同調者」の烙印はたえずつきまとった。逮捕には裁判で戦い、ナチスとの関係を言及されるたびに告訴して反駁し、大部な自己証言をまとめるような人物が、書かなかった裏ばなしを、外国人にペラペラしゃべったりするはずはないのである。

期待に添えないだろうが、引き受ける旨を伝えて電話を切った。にわかに過去に興味がわいてきたからである。かねがね不思議に思っていた。リーフェンシュタールがナチス党大会の記録を依頼されたのは、三一歳のときである。切れ者ゲッベルス率いる啓蒙宣伝省という公的機関があるにもかかわらず、どうしてほとんど無名の非ナチ党員の女性に白羽の矢が立ったのだろう？あまり知られていないが、有名な『意志の勝利』に先立って『信念の勝利』をつくっている。同じ党大会の記録なのに、一方は極めつきの傑作、他方は極めつけの凡作とされている。わずか二年で、どうしてこれほどの差が生じたのか？

それにヒトラーの目にとまるまでの経歴が、ほとんど知られていないのだ。ダンサーだったともいう。ナチスとのかかわりについては、おのずと弁明がまじりこむかもしれないが、若いころをめぐり、書かなかったり、書くのを控えたことは、いろいろ聞けそうな気がした。老いると人は、遠いむかしを好んで語りたがるものである。

名前はヘレーネ。しかし、誰もがレニと呼び、自分でもレニと言った。レニ・リーフェンシュタールである。

一九〇二年八月、ベルリンの生まれ。父は工場の経営者。郊外に別荘をもち、日曜日には狩猟に行く。ベルリンのお屋敷町プリンツ・オイゲン通りに大きな庭つきの邸があった。ヴィルヘルム帝政下の典型的なブルジョワの家庭に育った。

少女レニはスポーツに熱中した。水泳、それにテニス。ラケットをかかえた少女時代の写真が残っている。良家の子女の記念写真におなじみの衣服とポーズだが、ひと目で見てとれる、歴然とした美貌のきざし。

一九一八年、レニは一六歳。運命的な出会いをした。新聞にはさまっていた一枚のチラシである。

「映画『麻薬』に出演！　ダンスのできる少女を募集中。
希望者はグリム＝ライター・ダンス学校まで」

ちょっとした好奇心からであって、受かるとは思っていなかった。そもそもダンスを習ったことがない。面接のとき、グリム先生が自分の欄に×をつけたのを目にとめた。べつに落胆しなかった。隣室からピアノの音が聞こえた。「アン・ドゥ・トワ、アン・ドゥ・トワ」。なぜか胸がときめいた。

予期に反して「合格」の通知がきた。最初はぎこちなかったのが、半年後には、グリム先生がもっとも目にかける生徒に育っていた。

暗い時代である。第一次大戦の敗戦国ドイツには、失業者があふれていた。暴力が幅をきかせ、政界の要人があいついで暗殺された。破産者が続出した。ドイツという国自体が破産しかかっていた。

レニはひたすらダンスに打ち込んだ。一九二三年一〇月、ソロのダンサーとしてデビューした。場所はミュンヘンのトーンハレ。ワルツ、ガヴォット、マズルカ。つづいて「エロスの三変容」と題した一連のダンス。休憩をはさんで二時間ちかい公演だった。華麗なデビューになった。ひきつづきドイツ各地で公演。批評家は二一歳の新人を、イサドラ・ダンカンやアンナ・パブロワにつぐ世代のスターと位置づけた。

一つの不運がダンサーの栄光を台なしにした。翌年のプラハ公演のとき、とびきり難しい跳躍をした瞬間、膝に刺すような痛みが走った。病院に担ぎこまれた。手術につぐ手術で膝は癒えたが、ダンスは無理と宣告された。

失意のある日、駅で電車を待っていると、壁のポスターが目にとまった。アルノルド・ファンク監督の山岳映画の広告だった。レニは町へ出て、映画館に入った。そして山と雪と岩壁の世界に魅了された。

ついでながら、アルノルド・ファンクは日本映画界にも縁が深い。のちに来日して伊丹万作と日独合作映画『新しき土』をつくり、新人女優の原節子を銀幕に紹介した。若い才能を見出すのがうまいのだ。原節子と並んで、レニもその一人だった。

ファンクは映画をつくるにあたり、少人数でチームを組み、現場での難関は、そのときどきの工夫で解決した。この監督から映画のイロハをおそわったのは、レニの大いなる幸運だった。

レニ・リーフェンシュタールはマレーネ・ディートリヒと、ほぼ同時期に女優としてスタートした。レニにファンク監督がいたように、マレーネには新進気鋭のシュタルンベルク監督がいた。アメリカに渡り、名もアメリカ風にスタンバークと改めた。花のハリウッドへマレーネを伴い、つぎつぎとヒット作をつくっていった。マレーネ・ディートリヒは、その白い美しい脚と謎めいた微笑で、世界的スターになった。

いっぽう、女優レニ・リーフェンシュタールは、雪焼けした黒い顔で山にいた。『死の銀嶺』『白銀の乱舞』『SOS氷山』などの山岳映画に出演。どのような危険なシーンにも、いっさいスタントマンを使わなかった。

演じるだけでは、あきたらなかったのだろう。一九三二年、それまでの経験をすべてぶつけるようにして『青の光』をつくった。二九歳、素人の監督映画に資金を出す人はいない。製作、出演、録音、編集までを独力でした。当人は気づかなかったが、のちのオリンピック映画の予行をしたのである。

『青の光』は、その高度な撮影技術と映像美で注目された。山の偉大さ、崇高さを、これほど美しく、また厳しく撮った映画は、いまだかつてなかった。しかもそれが、二〇代の女性によってなされたことに世間は驚いた。撮影のときの記録が残されているが、切り立った岩壁を、監督兼主演女優が這うように登っていく。山の鼻にしがみつき、その姿勢でカメラに指示を送った。

一九三二年、『青の光』はヴェネツィア映画祭で銀賞を受賞。評判作の観客に、なぜか日の出の勢いの政治家アドルフ・ヒトラーがまじっていた。

一九三三年一月の選挙でナチ党は過半数をとり、ヒトラーは政権についた。つづいて強引に全権委任法を成立させた。この前後からユダヤ系知識人の亡命が始まった。そのころレニはグリーンランド、あるいはスイス・アルプスにいた。山と雪こそ何よりの現実であって、現実のドイツは不可解な悪夢に似ていた。

同じ三三年に、久しぶりにベルリンに帰ってきた。ある日、首相官邸から電話があった。明日四時、官邸におこし願えないか。総統があなたに会いたがっている。翌日、おそるおそるレニが出かけたところ、ヒトラーから直々に党大会の記録映画を依頼された。即座に断った。自分はその任ではないというのだ。政治の世界をまるで知らない。SA（突撃隊）とSS（親衛隊）の区別さえできない者に、どうして党大会のドキュメント映画がつくれようか。

レニ・リーフェンシュタールの長大な回想録のなかで、とりわけ興味深い個所だろう。海千山千の政治家が、いとも巧みに相手を手中に収める経過が、まざまざと見てとれる。

ヒトラーは最初は軽く引き下がった。しばらくして撮影プランの進行ぐあいをたずねてきた。断ったはずだというと、聞いていないという。次には恫喝を交えて話をすすめる。反駁されると、トボける、あるいは忘れたふりをする。

党大会直前の写真がつたわっている。ヒトラーとナチス高官が、大会会場の見取り図を検討している。かたわらにレニがいる。ハンドバッグを小脇に抱え、やや身を引いて、かたい表情で佇んでいる。

ミュンヘンの南にシュタルンベルク湖といって、全長二〇キロほどの細長い湖がある。鷗外の「うたかたの記」の語るように、狂王ルートヴィヒ二世は、この湖で溺死した。

湖畔の家並みを抜けると、一面の牧草地になった。タクシーは途中で左に折れ、うっそうとした繁みを縫うように入っていく。やがて山荘風の建物があらわれた。白と黒のツートンカラーで、緑の芝生と色調がととのえてある。二階のテラスに人待ち顔がのぞいていた。タクシーを降りて手を上げると、姿が消え、ついで玄関にあらわれた。

——戦前のベルリンのことを少しお聞きしたいのですが。あなたが育った第一次世界大戦前のことを。

インタヴューは、そんな問いで始めた。町の市場で見かけたら、立派な体格の気品のある老女と思っただろう。ふだん着のワンピースに、派手な花模様のあるガウンをまとっていた。闘牛士のマントのようで、なんともそれが粋だった。

「美しい街でしたね。ウンター・デン・リンデン通りやティアガルテンを星のように着飾った人々が歩いていて、並木が青々としていて、外交官や芸術家がどっさりいて。ただし芸術家だけはあのころも貧乏でしたが（笑）……」

セリフごとに（笑）が入るのは、ふんだんにウィットがまじえてあるからだ。このたびの日本におけるリーフェンシュタール展には、画家シュピロ一の描いた肖像も展示される。

「二十二歳の肖像！　とても考えられないでしょう（笑）」

六〇年あまり前の写真には、絵にかいたような美女が写っている。そして美女のタイプが老いると、きまって見せる変貌だが、グリム童話の挿絵などにおなじみの魔女めいてくる。挿絵とちがうのは、いきいきした表情のはしばしに元美女がのぞくことだ。声は通りのいいしゃがれ声。

私は「新舞踏」と称した創作ダンスのことを知りたかった。バレエのように伝統的な型をなぞるのではなく、自由に肉体の動きで音楽を表現するというのだが、はたしてバッハが踊れるのか。シューベルトの「未完成」が踊れるものなのか？　それは踊り手の錯覚ではあるまいか。

「でも、私たちは踊りましたよ（笑）」

からだひとつ、静止と動きと跳躍で表現する。パートを選んで、三分から五分、それ以上はからだがもたない。アンナ・パブロワには実際におそわったが、信じられないくらいしなやかで、優雅で、夢を見ているようだった。

——踊りのことを、もう少し詳しく聞かせてください。衣装や振り付けは？

「全部自分でやりました。衣装は自分でデザインしたのを母が縫ってくれましたし。全部ひとりです。だいたい三曲から四曲踊って休憩して、それからもう数曲。大きな劇場ではオーケストラがつきましたが、小さな舞台のときはピアニストと二人きり。チューリッヒやプラハでも公演しました。私にとって、もっとも厳しい修業でしたね。すべてが順調だったさなかに、膝を痛めて。……いろんな医者を訪ねましたが、踊りはムリだといわれ、あきらめました」

インタヴューのスケジュールは、先に打ち合わせていた。レニは午前中を希望したので、九〇分を二度、あいだに休憩をはさむ。それを二日つづける。テープ録音をとり、音源は双方で所持。公開部分の了承をとる。

私は一日目は「むかしばなし」で押し通すことにきめていた。微妙なことは二日目でいい。それまでに親しみが生じて聞きやすいだろう。言い忘れていたが、インタヴューを始めるに先立ち、レニは大部な回想記をドンとテーブルに据え、それにやおら両手をのせて、主要なことはすべてここに書いていると宣言した。引用はかまわないが、書いていないことを問われても答えない

――

当然のことわりであって、ほぼ予想通りである。相手がイヤがることを問うまでもない。

――『青の光』は製作、監督、主演ともあなたでしたね。当時、二十代でしょう。

「それまでファンク監督の映画に出ていたおかげです。あのころは撮影隊といっても、ごく少数で、俳優としての仕事のほかに、スタッフを手伝ったりしていて、おのずといろいろなことをおそわりました。これが後になってずいぶんと役立ちましたね。それに正直なところ、『青の光』を撮ったときはお金もなかった(笑)。全部ひとりでやらなくちゃならない。経理も、売り込みもしましたね。幸いにもヴェネツィアの映画祭で賞をとって、助かりました。一九三二年です、最初のヴェネツィア映画祭でしょう」

――あなたの美しい姿をビデオで見ました。

「昔はね。若かったから」

――今だってそうですよ。

「日本人はお世辞が上手です（笑）」

女優レニ・リーフェンシュタールがスクリーンにあらわれたのは、トーキーが登場して、映画が言葉をしゃべり出したころだった。その当時の映画であるにもかかわらず、『青の光』はほとんど言葉がなかった。監督のかたわら、みずから演じた主役の村娘も、ほとんどしゃべらない。表情だけで語りかける。どうしてそんな演出をとったのか？

「形だけ、フォルムだけで雄弁に語れますから。花をごらんなさい。形と色だけ。それがこんなにも多くを語っているではありませんか。地上だってそうだし、海の中もそう。形と色だけで十分、それだけで夢のようなことが表現できるのです。私が魅惑されてきたのはフォルムであって、ことばではないのです」

あきらかに『意志の勝利』『オリンピア』につながる話題だったが、私はただうなずくだけにして、あえて深入りしなかった。なごやかに語っていた人が、いちどビクッとして声をとぎらせ、厳しい顔をした。眉をひそめて庭を見つめている。

「あれは何かしら」

同行のカメラマンが外の繁みからテラスの全景を撮っていると伝えると、表情がやわらいだ。

暗い記憶とかさなっているのだろう。戦後、レニ・リーフェンシュタールは容赦ないカメラに追いかけられた。ナチス協力者として裁判にかけられ、ヒトラーの庇護にまつわり、さまざまなゴシップや中傷記事を書きたてられた。

——『回想』の執筆は？

「書いておきたいと思いながらなかなか決心がつきませんでした。書くためにはすわっていなくてはなりません。わたしはすわるのが苦手なのです（笑）。机の前に縛りつけられているのはね。結局、書き上げるのに五年かかりました。その間、一切の仕事を断って没頭し、全部で五千枚ほど書いて、それを縮めたのです」

——それでも原書で九百ページをこえる大著ですね。

「もっと切りつめてもよかったのですが、証言として残しておくのが自分の使命だと思いました。なにしろこんなに長く生きてきましたから」

——あの本に関して、ドイツでの評判はどうでしたか。

「書評は予想したよりも少なかった。なかには悪意から無視された場合もあります。ドイツにはユダヤ系の出版社が多いですから」

——まだ、その点の影響はありますか？

「ええ。たぶん、死ぬまでつづくでしょう。あるいは死後にも。誤解をとくために書きましたが、自己弁護をしたつもりはありません。記憶を偽ったりもしませんでした。ドキュメントとして描きたかったのです。そうしさえすれば、これまで私自身について言われたこと、書かれたこと、誹謗されたことの反証となると考えたからです。辛かったのはむしろ机の前にすわっていなければならず、海に行くことができなかったことですね。もしかすると、ドイツよりも日本の方が公平に読んでもらえるかもしれませんね。ドイツはどうしても政治的眼鏡をかけて見ますから。私は政治に興味はありません。政治家は汚らしいのです」

一日目の切り上げどきだった。

二日目、ちょっとしたやりとりのあと、単刀直入に話題に入った。

——それからヒトラーがあらわれた。あなたにとって、黒い天使だったようですね。

「ヒトラーとの出会いによって大きな仕事の場がひらけました。とともに、それがその後の一切の不幸のもととともなりました」

——『青の光』を見てでしょう、ヒトラーが党大会の記録映画を依頼してきたのは。

「実際にあの映画を見ていたのはヒトラーだけでした。あとのナチスの高官たちは見たふりをしていただけね（笑）。はじめは断ったのです。党のことなど何も知らない人間が、いったいどうやって党大会を撮影するのか。どういうところを強調して、どこに力を注ぐべきかもわからない」

——そのときのヒトラーの反応はどうでした？

「笑っていました」

独裁者が笑うときほど、怖ろしいことはない。下心が、すでにきざしている。先につくった『信念の勝利』については、『回想』にくわしく経過が述べられている。極めつきの凡作に終わる必然性が、外部に多々あったこと。そこにかいま見える啓蒙宣伝大臣ゲッベルスの執拗な邪魔立ては、何もレニの場合のみとかぎらない。

ナチ党大会会場見取り図を検討中のヒトラー。右にリーフェンシュタール

――結局、ナチス党大会の記録『意志の勝利』を作った。

「ええ。あれは私の幸運であり、私の不幸です。ただ映画そのものに対しては後悔していません。あのようなドキュメント映画はそれまでなかったのです。私は一切のコメントなしに、ただ映像として作りました。新しい映画のスタイルを生み出したかったのです」

『意志の勝利』は空前絶後のドキュメントと言えるだろう。数十万の制服集団が一糸乱れぬ動きを見せる。隊列が移動するとき、それはドイツの森が動くにさながらだった。制服の群衆をとらえて、そこに一点、志向する精神性を描きこむことができたのは、何年ものあいだ自然のなかで、峰々や岩峰をながめてきた人物にのみ実現したことにちがいない。映像にこめられた悲劇的な使命感といったものは、ヒトラーが求めたものではなく、レニ・リーフェンシュタールの映像美学に出たものだろうが、ナチスにとって、これほど願わしいものはなかった。『意志の勝利』は、美しいナチスの顔として、あらゆる町々でくり返し上演された。

一九三六年八月にベルリン・オリンピックが開幕した。ヒトラーが政権について三年目。ナチス・ドイツは、国威発揚と宣伝の場として、オリンピックを最大限に利用した。ギリシアからの聖火リレーや、華やかな開・閉会式など、現代オリンピックにおなじみのセレモニーは、ベルリン大会に始まっている。

「前畑ガンバレ」の水泳や、田島直人の三段跳び、西田・大江の棒高跳びなど、日本人選手が大いに活躍した大会でもあった。

そういったことに隠れて、ほとんど知られていないのだが、一九三六年にはドイツでオリンピックが二度開かれている。先んじて第四回冬季オリンピックが南ドイツのガルミッシュ＝パルテンキルヒェンで開催された。当然、考えられることだろう。ナチス当局は、一度目は予行演習としてさまざまな試みをして、二番目の本番に完璧なプロパガンダをめざしたはずだ。そのための組織をととのえ、人材をあて、予算を投じた。

『意志の勝利』のワンカット

ナチ国家が国際的な指弾を受けていたのは、その露骨な反ユダヤ主義だった。ナチ党あげての反ユダヤ・キャンペーンと暴力行為は、とりわけアメリカでしばしば、反ナチス・デモを引き起こした。

一九三六年の冬季オリンピックを控えて、ドイツの町々からいっせいに反ユダヤ・キャンペーンが消え失せた。商店に貼ってあった「ユダヤ人お断り」の掲示が取り去られた。そのころ特派員としてベルリンにいたアメリカ人ジャーナリスト、ウィリアム・シャイラーは『ベルリン日記　1934―1940』に報告している。現況を伝えるかたわら、オリンピックの訪問客は「この国のユダヤ人が受けている扱いについて、何も気づかないようにされている」と書いたところ、宣伝省から脅迫まがいの抗議を受けた。

半年後の夏の大会こそ、規模からして何倍も大きく、世界中からの報道陣も冬季と較べものにならない。ナチス当局が、いかに周到な準備をしたかは言うまでもない。選手村の事務長にユダヤ人を起用、すでに国外に出ていたユダヤ人フェンシング女子選手を呼びもどして「ドイツ選手団」に加え、その銀メダルを熱烈に祝福した。八月一六日のオリンピック終了日にシャイラーは書いている。「残念ながら、ナチのプロパガンダは成功を収めたようだ」

その中核となったのは、天才的なショーマン、ゲッベルスをはじめとする啓蒙宣伝省だった。おりしもゲッベルスは三〇代、主だったスタッフは二〇代。若い組織が徹底して外国報道員のために情報のお膳立てをした。世界中のマス・メディアは、ナチスが用意したとおりの「真のドイツ」を嬉々として故国へ送った。

この間、レニ・リーフェンシュタールは、いたるところにいた。聖火リレーの始まるギリシアにもいた。オリンピック・スタジアムでは、塹壕じみた穴から首だけ出してカメラを指示していた。レンズを鳥のように虚空にとばした。とりわけ執拗に緊張の極限にある選手の表情を追った。言葉をもたない記録映画で、人間の顔と肉体に語らせた。

大会の運営にあたり、ナチスはこれみよがしにしゃしゃり出たが、レニの映像では、きれいさっぱり無視されている。ヒトラーは黒人蔑視を口にしてはばからなかったが、カメラのレンズは陸上競技四冠王・黒人オーウェンスの美しい肉体を謳《うた》いあげた。

『意志の勝利』撮影中のリーフェンシュタールとカメラ・チーム

撮影したフィルムは総計四〇万メートルにのぼった。それを、二年がかりで編集した。オリンピック公式記録映画の『オリンピア』は第一部『民族の祭典』、第二部『美の祭典』から成り、一九三八年四月に公開され、ヴェネツィア映画祭金獅子賞を獲得した。いまやベルリン・オリンピックそのものは歴史的データにとどまるが、『オリンピア』はいぜんとして、圧倒的な衝撃力を失っていないのだ。

「自分とだけ、自分との闘いに打ち勝とうとしている選手、その一挙手一投足に興味がありました。表情、しぐさ、クセ、そういったものを克明に映しました。緊張した顔のひきつれや、よろこびの表情ですね。だって、何よりもそれがオリンピックのドラマなのですから。勝敗ではありません。順位でもない。メダルのことなど、まるきり無視しました」

同じこの年の三月、ナチス・ドイツはオーストリアを併合。翌年、チェコに進駐。戦雲急を告げるなかで、レニはクライストの悲劇『ペンテジレーア』の映画に没頭していた。

一九四五年、アメリカ軍のジープに乗って、軍服姿のマレーネ・ディートリヒがドイツへやってきた。そして解放の歌をうたった。一方、レニ・リーフェンシュタールはアメリカ軍に逮捕されて、「戦争犯罪」の罪状のもとに足かけ四年に及んで獄中にいた。果敢に裁判で戦って、一九四八年、無罪釈放をかちとったが、そのときを待っていたかのように戦後マスメディアの誹謗と中傷が始まった。

五〇年代の半ば、黒人解放をテーマにした映画『黒い積荷』を企画してケニアへ出かけ、あらゆる努力のはてに放棄する羽目になった。悄然としてアフリカを去るという日だったというが、たまたま手にした雑誌に写真家ジョージ・ロジャーの作品が出ていた。アフリカのヌバ族のレスラーが仲間の肩に乗っている。

「私には　天使がいる」

運命の星に出会うたびに、自分にそんなふうに言いきかせてきたそうだ。その後数年、レニ・リーフェンシュタールはヌバ族とともに過ごした。写真集の刊行は六〇年代に入ってからである。人々は躍動する黒い肉体に目をみはった。ジリジリと照りつける太陽のもとに、筋肉が疾走する。若い娘が誇らかに胸を示して求愛している。その徹底した様式美は『意志の勝利』の再現を思わせた。

一九七二年一〇月、レニはインドにいた。海辺のホテルに近い雑貨店の店先に黒板がぶら下げてあって、白いチョークの字が目にとまった。

「シュノルケル　入荷」

水泳に熱中していた幼いころが甦った。以来、海が病みつきになり、七〇歳をこえてから年齢を偽って潜水ライセンスを取った。

カリブ海、紅海、アフリカ海岸。一〇〇歳の誕生日を祝してまとめられた映像は『原色の海（ワンダー・アンダー・ウォーター）』のタイトルで公開された。レニの流儀で、一切の説明やナレーションをもたず、色あざやかな海中のページェントが無音のなかで展開される。

二〇〇三年、一〇一歳で死去。

そんな事後のことよりも、二日にわたるインタヴューを終えたあとのささやかな一件が、私にはとりわけ印象深い。こんな場合、ドイツ人におなじみの儀式だが、いそいそと取っておきのワインをもち出してくる。グラスを並べ、トクトクと注いで、カチリと乾杯。そして声をそろえて、にこやかに「おつかれさま」。

その直後に異変が生じた。いまの今まで背筋をピンとのばし、毅然として話していた人が、ヘナヘナとソファに崩れた。「子どもの口とワインは真実を語る」ということわざがドイツにあるが、一杯のワインが伝説的な女性を八九歳の老女にもどした。

「オ・サ・ム、わたしは酔ったようだ」

そのあと指示されるままに、当主を背中におぶって階段をのぼり、寝室のベッドに横たえた。ヨタヨタと階段をのぼるあいだ、その人はまるで二〇世紀をせおっているように重いのだった。

＊引用は次による。
レニ・リーフェンシュタール『回想』（上・下）椛島則子訳、文藝春秋、一九九一年。
ウィリアム・シャイラー『ベルリン日記』大久保和郎・大島かおり訳、筑摩書房、一九七七年。
なおロング・インタヴュー「レニ・リーフェンシュタールの二十世紀」全文は、『クレア』（文藝春秋）一九九一年一二月号に掲載。

G・グラス大いに語る ——沈黙の罪

一九九六（平成八）年のこの年——

フランスが南太平洋で六度目の核実験。シラク大統領が、今後は一切核実験を実施しないと言明した。菅直人厚相が輸入血液製剤でエイズウィルスに感染した血友病患者に謝罪。アフリカ大陸を非核地帯とするペリンダバ条約がカイロで調印された。将棋の羽生善治が史上初の七冠。オウム真理教前代表の松本智津夫（麻原彰晃）被告の初公判が開かれ、予想どおり被告は認否を留保した。三大テノールのドミンゴ、ホセ・カレーラス、パヴァロッティが国立競技場で公演。チケットの最高七万五〇〇〇円。イギリスのチャールズ皇太子とダイアナ妃が正式に離婚。北朝鮮の潜水艦が韓国東北部の海岸で座礁、乗員一一人が遺体で発見された。小選挙区比例代表制による初の選挙で自民党が勝利、共産党躍進、社民党惨敗。プロ野球ＭＶＰにパ・リーグでイチロー（三年連続三度目）、セ・リーグで

松井秀喜（初）が選ばれた。ペルーの首都リマで日本大使館公邸が左翼ゲリラに襲撃され、大使ら三九〇人が人質になった。美術家岡本太郎、俳優渥美清、ドラえもん、オバQの漫画家藤子・F・不二雄、作家司馬遼太郎、作曲家武満徹、政治学者丸山真男、フランスの元大統領ミッテラン、イタリアの俳優マルチェロ・マストロヤンニ、フランスの作家マルグリット・デュラス死去。

一九九六年の秋、NHKにドイツの作家ギュンター・グラスの聞き役を依頼された。教育テレビに『現代の潮流』という番組があって、世界の著名人に関心のあるところを、一時間にわたり自由に語ってもらう。ドイツではG・グラスを予定している。作家としてだけではなく、政治、難民問題、自然破壊などをめぐって活発に発言し、かつ行動している。申し入れをしたところ承諾を得た。

グラスは、なろうことなら会ってみたい人だった。一九五九年、『ブリキの太鼓』でさっそうとデビューして以来、四〇年ちかくにわたり、めざましい活動をつづけてきた。長篇群に加えて批評、時評、論争と、そのペンは六〇歳をこえても、少しも衰えを知らない。前年の一九九五年に『はてしなき荒野』を刊行して、トーマス・マン賞を受賞したばかり。

たしかに小説を書くだけでなく、社会や政治に対して活発に発言してきた。ひところはヴィリー・ブラントの社民党に肩入れして、選挙になると応援演説にとびまわっていた。東西ドイツの統一に際しては、大国ドイツの誕生に反対し、「非国民」と罵られた。住みなれたベルリンを引き払って、リューベックに近い小さな村に住みついたと聞いている。

日程が決まり、何やら落ち着かないある日、グラス側から日延べを言われた。ノドの手術で二週間ほど入院する。そのあとはどうか。

こちらはその年の三月に教師をやめたところで、日程はどうにでもなる。「ノドの手術」としか知らされなかったが、さもあろうと私は思った。いわゆる「パイプ党」と称されるタイプで、グラスの写真にはパイプがつきものだ。長年のタバコの害が、もろにノドにきたのだろう。そのことについては驚かなかったが、おりしもドイツの週刊誌に出た写真つきの囲み記事に首をかしげた。グラスの家の壁にナチスの鉤《かぎ》十字（卐）が殴り書きされていて、憮然とした表情の当主がパイプを握ってわきに立っている。

いったい、どういうことだろう？ G・グラスは一九二七年生まれであって、ヒトラーが政権を取ったときは、六歳だった。一〇歳でナチス少年団に入団。当時、すでに法律化されており、ドイツ少年の義務だった。一五歳で最年少の兵士として招集を受け、東部戦線で負傷して病院。一九四五年五月、ヒトラー自殺、ドイツ降伏ののち、グラス幼年兵はバイエルンのアメリカ軍捕虜収容所に収監された。一七歳だった。私の知るかぎり、歴史の被害者でこそあれ、ナチスとのかかわりでイヤがらせを受けるような筋合いは何もないのである。

ハンブルクから車で北西に一時間あまり。村の名前をベーレンドルフといって、バルト海の港町リューベックに近い。

「へぇー、こんな村があったのね」

車を運転してくれたドイツ人女性が、何度となく地図を見返した。北ドイツ特有のどこまでもつづく低地帯に、小さな村が現れては背後に消えていく。そんな一つで国道をそれて村道に入り、白い簡素な家の庭先にとまった。あとで知ったのだが、リューベックの商人が休暇用に建てたもので、前庭をはさみ、馬車用の厩舎《きゅうしゃ》があった。グラスはそれを改造して、書斎兼アトリエにしていた。もともと美術大学を出た彫刻家であって、刻む一方で絵も描く。ペン画に巧みで、本の表紙はたいてい自作で飾っていた。

棚にズラリと近作が並べてあった。床一面にスケッチや水彩画がひろげてある。

「小説は？」

「そこ」

指さされた片隅に小さな明かりつきの台がとりつけてあって、オリベッティのタイプライターがのっていた。書斎にあたるのは、それきりで、椅子も机もない。立ったままタイプを叩く。書きあぐねると、パイプをふかしながら部屋中を歩きまわる。『ブリキの太鼓』『猫と鼠』『犬の年』『ひらめ』『女ねずみ』……。すこぶる骨太い小説はすべて、そんなふうにして生まれた。奥に古いオリベッティが三台、積み重ねてあった。キーを叩きつぶして、お役御免になったもの。

ゲーテも筆記は立ち机だったが、いまどき椅子をもたない作家も珍しい。グラスの小説はいずれも長篇で、さまざまなエピソードを呑みこみ、太い紐がもつれ合うようにしてつづいていく。

奇抜なイメージが自在にひろがって、細部がたえず動いている。たしかに立ち机の文体と言えるかもしれない。

私はおおよそ、三つのテーマを考えていた。一つはドイツ統一のこと。六年たったとはいえ、歴史的にはつい昨日の出来事である。二つ目は、ドイツ難民のこと。第二次世界大戦終了とともに、旧ドイツ領を追われた一〇〇〇万にのぼるドイツ人のこと。ながらくタブーだったが、近年しきりに口にされていた。グラス自身、小説でとりあげて、社会に一石を投じた。

三つ目は環境破壊の問題。無惨な枯れ木の風景をペン画や銅版画で克明に写しとり、人間の利潤追求による自然界の変調を個展や画集で告発してきた。

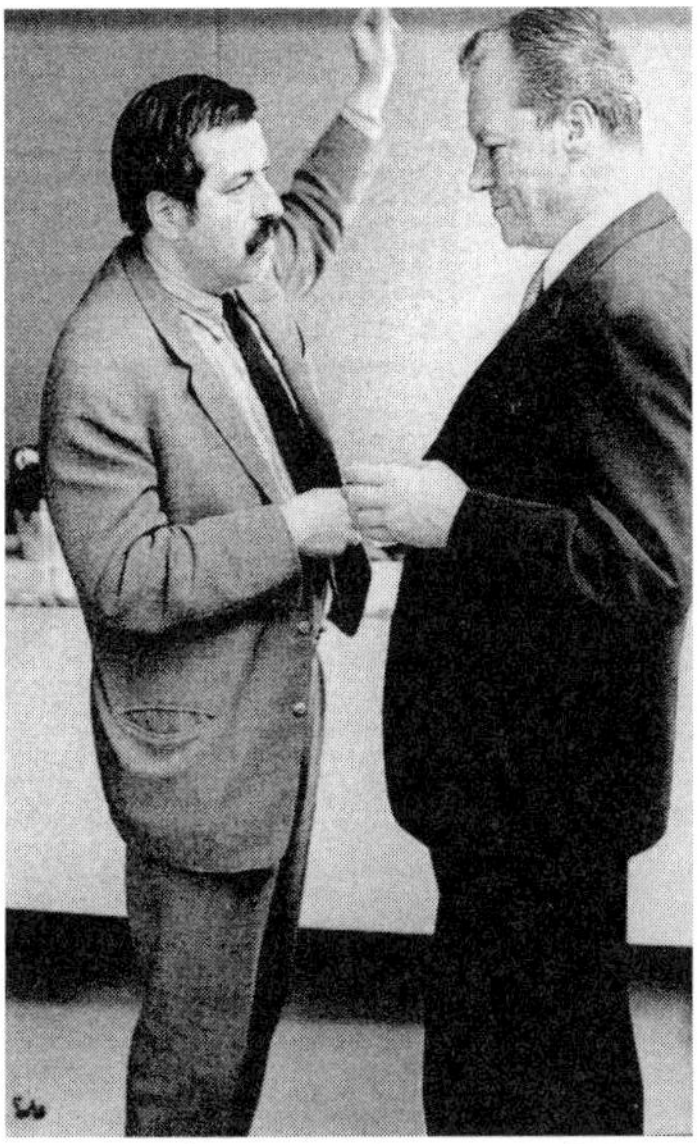

グラス（左）とSPD党首ヴィリー・ブラント、1969年（Spiegel、2006年より）

そんな腹づもりで聞き役にのぞんだが、話の流れで、どうなってもかまわないとは思っていた。打ち合わせなし、シナリオもなし、とにかくギュンター・グラス当人が思うところを述べてくれればいいのである。とりたててＮＨＫに、いかなるサービスをするまでもない。

ベルリンの壁が開かれたのは一九八九年である。直ちに西ドイツ・コール首相が統一に関する一〇項目提案を行い、つづく東ドイツ総選挙で早期統一の保守派が圧勝。つづいて西ドイツ・マルクへの通貨統合を決定。あれよあれよというまに東西ドイツが統一された。そんなさなかに、真っ向から異を唱える人がいた。

「私は統一国家を拒否します」

それが実現しなければ、どんなにホッとするだろうという。「祖国を忘れたやから」となじられると、「二人の「祖国を忘れたやから」の短い講演」と題する長い講演をした。「東ドイツを併合するかたちの統一は、取り返しのつかぬ失敗に終わるだろう」と警告した。統一国家よりも、二つのドイツの国家連合、あるいは経済的に緊密で、政治的、文化的には、ゆるやかな同盟という可能性がさぐれないか。そこに「祖国」を見るべきではあるまいか。

「ドイツが各州のコントロール、つまりは連邦制を欠いた一つの統一国家であったのは、いつもただ強制的にそうさせられただけなのです」

歴史的事実が示すところであって、ドイツ統一国家は、プロシア（プロイセン）主導によるドイツ帝国からナチスの第三帝国まで、わずか七五年にすぎない。それが隣人と他人、さらに当のドイツ国民に、どれほどの不幸をもたらしたか。アウシュヴィッツという名のもとに総括され、何ものによっても相対化されない大量虐殺という犯罪は、まさしく統一国家の責任ではないのか。

グラスは旧ドイツの北辺の軍港ダンツィヒ（現ポーランド・グダニスク）の生まれである。母親は少数民族カシューブ人だった。彼はいつも辺境から国を見る。人々が熱狂するとき、冷やかにさめている。ドイツ統一騒ぎの只中で書いた『女ねずみ』に、「昔一つの国があった」と題する詩がはさみこまれていた。「その名をドイツといった／その国は美しく、岡があり広野があり／そして自分がどこへ行くのか知らなかった」

その詩のことを言うと、グラスはニコリとして、小声で最後の一行を口ずさんだ。それから少し顔をゆがめた。ノドの手術跡が痛むらしい。上手にマフラーで隠してあったが、途中の休憩の際、夫人がやってきてマフラーを巻き直したとき、チラリと白い包帯が見えた。

それで思い出したが、はじめグラスは、いたって不機嫌だった。誘いをかけても乗ってこない。酒を禁じられていて体調が悪いと謝るように言った。聞き役は途方にくれた。

やむをえず、ホテルで読み終えたばかりの最近作『はてしなき荒野』の話をした。

「書評はどうでしたか？」

思っていたほど出ないと言った。たしかに長いわりに高まりの少ない小説だった。私は懸命に記憶をまさぐり、「パーテルノステル」のくだりを話題にした。簡易エレベーターといった役まわりで、扉のない鉄の函をつないで、循環式に建物を上下に廻していく。人は函がくれば乗り、望みの階でとび下りる。教会には木の玉を結んだ数珠があって、玉をたぐりながら、みんなで祈祷を唱和する儀式があり、パーテルノステル（われらが父よ）と呼ばれている。簡易エレベーターはそんな数珠にちなんでいる。

「ドイツの歴史への巧みな比喩として、あざやかでしたね」

たどたどしい言い方で賛辞を述べると、浮かぬ顔がパッと輝いた。やおらパイプに火をつけ、大きく吐き出すと、満面に笑みをたたえて言った。いろんな連中が感想を述べにきたが、あのシーンを言われたのははじめてだ。いかにも正しい指摘である。

「さ、イッパイやろう」

やおら戸棚からリキュールの類を取り出してきた。なれた手つきでグラスを二つ並べ、注ぎ終わるとカチンと打ち合わせ、ゴクリと音をたててひと呑み。それからは人がかわったように饒舌になった。作家というものが、何にもまして賞讃が必要な人間であることを、改めて知らされた。

統一後のドイツについては、グラスの恐れたとおりになった。旧東ドイツへの猛烈な経済進出。西側資本による開発という名の大々的な破壊。「はてしなき荒野」を背景にして、ドイツはいずれ、その勢いのおもむくところ、近隣諸国を圧迫するだろう。

予測が性急すぎると思ったのか、グラスはつづいて、たえず異議を申し立てるのが作家のつとめだとくり返した。ペンの人間であって、一人でも告発ができるからだ。

パイプを葉巻にとりかえて、プカプカふかしている。ノドの手術にさしさわりはないかと問うと、うなるようなひと声で一蹴した。しきりに強い酒をすすめてくれる。ドイツの田舎町の酒場で呑み助と同席すると、受ける歓待とそっくりである。そういえば大きな顔、半白の鼻ひげ、着古しのセーター、がっしりとした体躯、大きな手。一人のドイツの農民そのままである。

ドイツ語にハイケルという単語がある。「面倒な」「デリケートな」といった意味。「扱いにくい」「慎重な扱いを要する」などの場合に用いられる。ドイツ難民問題は、まさにハイケルなテーマだった。いくつも厄介な要素があった。戦後ドイツは、ナチスの罪を厳しく糾弾された。ドイツ人は加害者であって被害者ではありえない。

それに旧ドイツ領はソ連とポーランドとかかわっており、ソ連とポーランドは東ドイツの友好国である。旧領土のことなど言い出せる道理がない。

さらに西ドイツの立場も微妙だった。難民は旧ドイツ領の権益がかかわっており、難民側に立てば西ドイツの右翼が勇み立つ。タブーとして封印しておくのがいちばんだった。

タブー視されればされるほど、小説家は書いてみたいと思うらしい。グラスはいち早く『鈴蛙の呼び声』(一九九二年)と題して、婉曲的に旧領土問題をとりあげた。所はポーランドのグダニスク。先ほど述べたとおり、グラスが生まれ育った軍港ダンツィヒである。男はドイツ人、女はポーランド人。時は一九八九年一一月二日。「ベルリンの壁」崩壊の一週間前のこと。ふとしたことから会話が始まり、やがて初老の男女の恋になった。

現在のドイツ・ポーランド国境は、第二次大戦後に引かれたものであって、その東のズデーテン地方からダンツィヒにいたる広い帯は、何百年も前からドイツ人が開き、何代にもわたって住み慣れた土地だった。心ならずも明け渡した者たちが、国力の高まりとともに、そろそろ祖父や父の遺産を請求しても悪くはないと考えだすのではなかろうか。

グラスの小説では、先に死者たちが帰っていく。名づけて「宥和《ゆうわ》の墓地」。強いドイツの財務が買い上げた土地に、死者たちがもどっていく。望郷の思いにせかれながら異郷で果てた者たちが葬られる。まずはダンツィヒやブレスラウといった、以前のドイツの主要都市。そして主だった街々に墓地協会が設立された。いたるところで種が発芽して、次には中都市、小都市へと拡大していく。

「鈴蛙には民俗的な意味があるのですか?」

ドイツの民話や童話では、災いの到来を知らせる生き物だそうだ。災難を呼び寄せるともいう。しかし、本来は災いばかりでもなかった。

「かつては鈴蛙の知恵に詩が捧げられたりしました。悪い時代がつづくうちに、不吉なことの先触れとなったのでしょう」

作家グラスは、身近な生き物を比喩的に取りこむのが好きなのだ。タイトルに見るとおり、「犬」「猫」「ひらめ」「ねずみ」ついで蛙。おりしも、どこもかしこもドイツ統一の「蛙の合唱」がとどろいていた。季節が移って、一つのドイツの出現とともに、問題がふき出してきた。予期した以上の東西間の経済的格差。蔑視と憎悪。外国人排斥。そしてまだ顕在化はしていないが、いずれもち上がるだろうことの一つが、追放された人々の要求だった。「宥和の墓地」は死者のみとかぎらない。ナチス時代と同じであって、空疎な呪文を、くり返し言われると人の脳にしみついていく。圧倒的な経済力を背景に、いつ国家が平然と、他人の土地に図面を引くような日がこないと誰に保証できるだろう。ある作家の頭をかすめた不吉な想像だろうか？

私はその二年前の体験を話した。ミュンヘンのビヤホールでビールを飲みながら、キオスクで買ったばかりの地図を開いていた。中央に大きくドイツ、右にポーランド。ダンツィヒ、ブレスラウをはじめとして、土地名が旧来のドイツ語でしるされている。

となりからビア樽のようなお腹の大きな男が、ジョッキをもったまま地図をのぞきこんできた。しばらく視線をあちこち移動させていたが、やがてポーランド国内のある個所を太い指先でおさえた。ヒルシュベルクとある。ジョッキを一飲みして、自分の父の生まれた町だと言った。父の父も、父の父の父も、そこで生まれ、そこで死んだ。アルバムにのこっているが、町には古い教会があり、きれいな川が流れていた。家の中庭に樫の木があって、日曜日には一家そろって、その木の下で食事をした。

「いずれ、ドイツにもどってくる」

ビヤ樽は片目をつぶってうれしそうに言った。「東」を取った。次はポーランド西部だ。なぜって、もともとドイツ人の土地だもの。

グラスは声を立てて笑った。それからむせたように咳こんだ。私はいそいでテレビカメラの担当に、手で「休憩」の合図をした。

予定していた環境破壊については、休憩後に簡単に触れただけだった。作家がペンをもち、一人で告発ができるように、画家は画ペンをもっており、自然破壊の告発には何よりも絵が有効だ。立ち枯れの木々の連作画集『死んだ森』は、スケッチから生まれた。やおら立ち上がってアトリエから、ぶ厚い画帳をもってきた。大きな手で開いていく。その手の動きのままにテレビカメラが告発の画文をなめるように映していった。

休憩中のことだが、こちらの動きを見すまして夫人が珈琲を運んできた。元厩舎のドアを開けるなり、立ちすくんだようで、つづいて鼻をヒクヒクさせ、強い調子で夫を叱責した。医者があれほどタバコと酒は、ここ当分は控えるように言ったではないか。葉巻なんて、とんでもない、この強いアルコールはナニゴトであるか。

グラスはもごもごと弁明した。先ほどまでの迫力のあるひとり語りとは打ってかわってキレが悪い。「日本人が——日本人が——」とくり返して、まるでこちらが催促したような口ぶりだった。そして振り返って、「わかるだろう」と言うようにニヤリとした。田舎町の酒場で、いつまでも居すわっている呑み助が、山の神の迎えを受けたときとそっくりだった。

収録を終えて、スタッフともども庭に出ると、サンドイッチと飲み物が用意されていた。庭が広いリンゴ畑につづいていて、つくりつけのテーブルとベンチがあった。木々がゆるやかに波打っていた。緊張ずくめの仕事を曲がりなりにもやり終えて、ここちよい疲れがあった。グラスの顔には疲労がにじんでいた。庭のテーブルに向かいあい、もっと話したいことがあるような、ないような気持で、初秋の風に吹かれていた。

三年後の一九九九年、ノーベル文学賞がギュンター・グラスに決まった。授賞理由は「陽気で不吉な寓話」とあった。そのことよりも私には、新聞に出た「ベーレンドルフの自宅前のグラス氏」の写真がたのしかった。やはり一人の作家よりも、一人の農夫に見えた。いかにも骨太で、がっしりしていて、手も足も大きい。昼間は黙々と働き、夜はパイプをふかしながらチビチビ強酒を飲んでいる。

それにしても、いいときにインタヴューをしたものだと、つくづく思い返した。ベーレンドルフの小さな郵便局は、さぞかし世界中からの祝電や手紙で、てんてこ舞いだろう。ノーベル賞作家ともなると、言動の比重が大きく変わる。シナリオのないテレビ番組で、思うところをこだわりなく述べるなんてことは、当人はともかく、出版社を含むまわりがきっと許さない。遠くから見ているかぎりの感想だが、思ったとおりになったようだった。

二〇〇二年、ギュンター・グラスはドイツ難民問題を、真正面からとりあげた。ナチス・ドイツ末期に起きた一つの事件に焦点をあてた書き方で、ここでも日常の生き物が比喩的に使われていた。タイトルは『蟹の横歩き』。一九四五年一月、ドイツ避難民を乗せた船が、ソ連軍潜水艦の攻撃を受けて沈没、九〇〇〇人（一説には一万人以上）にのぼる死者が出た。史上最大の海難事故だが、ながらく歴史上のタブーとして封印されてきた。

たまたま私は翻訳をたのまれ、くわしくなりゆきを調べたので知っているのだが、事件には複雑な前史がある。船はグストロフ号といって二万八〇〇〇トン。もともとはナチス・ドイツの誇る豪華客船だった。ヒトラーが全権を掌握して数年のうちに、ドイツの民衆がなだれを打つようにナチスに傾いた理由の一つに船があった。

ローベルト・ライ（一八九〇―一九四五年）は宣伝・情報のゲッベルスと並ぶナチ党の知恵者で、左翼の牙城だった労働組合を、党の下に一元化した。そして、それまでの組合の積立金でもって豪華客船をつぎつぎと造り、計八隻の船をＫｄＦ（カーデーエフ）船団と名づけた。クラフト・ドゥルヒ・フロイデ（よろこびを通して力を）の頭文字をとったもので、当時の日本では「歓喜力行」と訳されていた。名もない小市民や労働者に船旅を提供する。一等・二等といった区別がなく、全員が平等、ごく安い値段でノルウェーのフィヨルド見物や、地中海旅行ができる。庶民にとっては夢の船旅であって、ナチスの唱える「国民社会主義」の実現として大歓迎された。

船名のヴィルヘルム・グストロフは、もとはスイスにおけるナチ党の幹部の名前で、一九三六年にユダヤ人医学生にピストルで射たれて死んだ。ナチスの常套手段だが、事情を問わず、党員被害者を「殉教者」に祀りあげ、大々的に反ユダヤ・キャンペーンに利用した。そこから豪華客船グストロフ号が誕生した。

ＫｄＦ船団は何度かの船旅を終えてのち、戦争の始まりとともに兵士の宿舎や病院船になった。グストロフ号は戦争末期に、ダンツィヒ地方からの避難民の移送にあてられた。グラスは船に乗り合わせ、辛うじて生き残ったウルズラという女性に遭難の経緯を語らせているが、ウルズラは『猫と鼠』『犬の年』に出てきた。一〇代の娘で、ダンツィヒの市電の車掌をしており、いつも男にとりまかれていた。「戦争末期の混乱で行方不明」となっていたのが、ちゃっかりと生かされて海難事故の証人役になっていた。『犬の年』の刊行から四〇年ちかくたっており、息の長い作家の手法の見本のようなケースである。

『蟹の横歩き』のタイトルは語り口にちなんでいる。複雑な背後問題がある上に、旧東ドイツの問題ともからんでいて、横に歩いたり、迂回したり、後ずさりしたり、蟹の歩き方の作法をとった。

「これでは日本の読者には、とても読んでもらえないだろうナ」

訳しながら思ったものだが、そのとおりになった。

二〇〇六年のグラスの自伝『玉ねぎの皮をむきながら』は、国を二分する騒ぎになった。第二次大戦末期にグラス幼年兵が武装親衛隊に所属していたことを、はじめて公にしたからである。たえず社会に発言してきた作家が、戦後ずっと、この一点だけは沈黙していた。

その後の対処の仕方が、いかにもしたたかなグラスらしかった。五〇〇ページにちかい自伝のうちの一ページの一カ所をとりあげて論難する人に、グラスはくり返し自伝を終わりまで読んでほしいと注文した。読者は一五歳で召集を受けた少年の行動をたどっていける。愛国映画を見るために、列車を乗り継いで首都にやってくる。ベルリンはすでに瓦礫の山だったが、映画のなかでは、果敢に戦って勝利をかちとる。一心不乱に画面を見つめている幼年兵の後ろ姿が見える。

過去の時点で自分がどうしたかが書かれていくが、現在の作者の感慨めいたことは一切つづら

シュレンドルフ監督、映画『ブリキの太鼓』の主人公マツェラート

れない。かわりに、のちに判明した歴史的事実が簡明に添えられていく。

ドイツには「シュピーゲル」「ツァイト」など、良質の週刊誌や新聞がある。それぞれが特集を組み、「ギュンター・グラスの戦後」を検証した。武装親衛隊はSSの名で恐れられた親衛隊と、どこがどうちがうか、歴史家が解説した。戦争の進展とともに慌ただしくつくられた組織であって、「一七歳以上」をかき集め、絶望的な戦線に投入した。

さらにグラス自身がテレビや公開討論会に出て、公開のかたちで、若手の批評家や論客と対話討論をした。いずれもそれは翌日、新聞紙上にくわしく報告された。マスメディアはセンセーショナルに騒ぎ立て、いっさいを型にあてはめて葬りたがる。グラスはそんな特性を逆手にとって、「過去」の一件が現代に、いかなる波紋を投げかけるか、当のメディアの場で公開した。ひろく議論して歴史を正確に見返すこと。言葉は売り逃げの商品ではなく、真実に立ちもどるための道具であることを、当のメディアに確認させる。それこそ作者が沈黙の罪の償いとみなしたふしがあった。空騒ぎは急速に終息した。

二〇〇九年は『ブリキの太鼓』誕生五〇年にあたり、出版社が気前よく記念本を世に贈った。表紙カバーが二枚ついていて、一つはこれまでどおりの自作の絵柄。新しいカバーには三歳児の主人公が五人にふえて、ブリキの太鼓を叩いている。

『ブリキの太鼓』誕生50年記念本表紙（グラス画）

ちょうど池澤夏樹個人編集『世界文学全集』が進行中で、『ブリキの太鼓』がそこに入っており、私は二年がかりで翻訳にとりかかっていた。原書にあたって気がついたが、『ブリキの太鼓』は大文字のZで始まって、小文字のaで終わっている。一切の出来事をしるす言葉のはじめと終わりの一字が逆転してある。そこまで訳さなくてはならないかと著者に問い合わせたところ、ご苦労ながら、なろうことなら日本語で試みてほしいと返事がきた。そのため、わが訳は「んッ、そうとも、ぼくは精神病院の住人だ」で始まって、「黒い料理女はそこにいるか？　ヤァー、いるとも、ヤァー、ア！」で終わっている。

二〇一五年四月、ギュンター・グラス死去。新聞社からの電話で知った。リューベックの病院に入院していたという。死因はまだ届いていない。

「問い合わせますか？」

「べつにいいですよ」

そんなやりとりの間、かたわらのメモ用紙に引き算をした。2015－1927＝88。誕生日は一〇月だから、行年八七。死因はほぼ推測がついた。強い酒を飲み、のべつパイプをふかしていた。肝臓その他、たまったものではない。この齢まで、よくもったものである。自伝を玉ねぎの皮むきにたとえて、沈黙の過去を素材に、現代メディア社会の皮むきをした。いうまでもないことながら、作家にとって、作品の真実以上に、よりたしかな真実はないのである。

＊引用は次による。

『ドイツ統一問題について』高本研一訳、中央公論社、一九九〇年。『女ねずみ』高本研一・依岡隆児訳、国書刊行会、一九九四年。『はてしなき荒野』林睦實・石井正人・市川明訳、大月書店、一九九九年。『鈴蛙の呼び声』高本研一・依岡隆児訳、集英社、一九九三年。『蟹の横歩き』池内紀訳、集英社、二〇〇三年。『玉ねぎの皮をむきながら』依岡隆児訳、集英社、二〇〇八年。『ブリキの太鼓』池内紀訳、河出書房新社、二〇一〇年。

一日の王　——山と川と海

山は学生のころから登っていたが、三〇代半ばで中断した。生活に追われたのと、恐くなってきたからである。四〇代の終わりに再開。五〇代半ばで勤めをやめてから本格化して、まる一〇年つづけた。ただし、このときは自分なりのルールを決めていた。秋の終わりから冬は休止。大きな山は夏、それもセミプロの友人と行く。ひとり登山は低山にかぎる。

再開してからのことだが、ひそかに「一日の王」と称していた。詩人・翻訳家、尾崎喜八の詩に見つけた言葉で、山に向かうココロをひとことにまとめると、さしずめピッタリだった。明治生まれの古い人だから語彙も古風である。「背には嚢《ふくろ》、手には杖、一日の王が出発する」

背中にリュックサック、手にはストック、ポケットに地図と手帳。これで朝のお天気がいいと、足が歩きたがって、いそいそと前へ前へとすすむものだ。しかし、なにしろ王さまなのだから、せかせかしないし急がない。一日の予定が二日になってもいいし、勤めから解放された自由の身は偶然にゆだねる。喜八先輩によると、とかく王は「遭遇を愛する」からだ。さらに気が向けば、もう一日。フランスの、これも古風な詩が引用してあった。「もう一日留《とど》まっていなされや、そうしたら／私がいい家鴨《あひる》をつぶして上げようもの」

若いときは、むろん王ではなかった。登ることだけに気をとられ、山里は単なる登り口であって、民家のあいだを抜け、神社のわきをトットと過ぎていく。息が荒くなり汗がにじみ出たころ、ふと足をとめると小さな集落が眼下に望めた。青葉の季節にはノボリがはためいていたりしたが、ほんの一瞬、網膜をかすめただけであって、次の一歩でかき消した。

山から下りてくると、やはり山里に出た。夕もやと、民家の庭先の煙りがまじり合っている。火の番の人と顔が合うと、ひとことふたことやりとりをしたが、すぐにキビスを返してバス停をめざした。最終のバスをのがすとタイヘンだ。

「一日の王」となるにあたって、ちょっとしたきっかけがあった。「仙納《せんのう》」という新潟県の村での体験だった。標高一〇〇〇メートルにちかく、日本海を見はるかす高地だが、分類すれば純農村で、見わたすかぎり棚田がひろがっていた。知人の紹介で、その人のお里にまる四日間、お世話になった。そしてご主人から、さまざまのことを学んだ。冬は軒まで雪に埋もれる豪雪地帯だが、ムラは江戸時代の半ばにすでにひらかれていた。どのようにして土地を見つけたのか。全棚田に水を行きわたらせるには大量の水が必要だが、山のどこから流れ出るのか。段差をどうやって解決したのか。四〇軒ばかりの集落は、姓がほぼ四つにかぎられているが、同姓はどのようなつながりによるのか。親子でもないのに、「オヤ」と「コ」の言い方をするのはなぜか。山里が過疎の波にあらわれるなかで、さほどかわらず持ちこたえているのは何によるのか。

社会学や民俗学の分野だが、べつに学者のまねごとをすることはない。気になることは、ときには学者の報告にあたるとしても、こちらは何よりもよく歩き、よく話を聞き、よく見ておく。その際のさしあたりの目じるしは、山と川と海の循環だった。川は集落を結んでおり、だから山と里と海の循環でもある。これはシロウトにもわかりやすい。多少とも鮭の生態と似ているのだ。山中の川上で生まれた鮭の稚魚は、川を下って海へ出る。大きく海を回遊したあげく、ふたたび川にもどり、川上で卵を生んで、おさらば。

水を課題にした結果、やがて山頂よりも森歩きが多くなった。朝日連峰を縦走したり、富山側から入り、黒部川の水源をたどって岐阜側に抜ける長旅もしたが、それは屈強な山男のお尻にくっついて行ったまでで、自分では西伊豆の長九郎山とか、四国の国見山と祖谷渓とか、八甲田の広大なブナ林とか、飯豊《いいで》の山小屋づたいとか、ほぼ「一日の王」の行程で行きつけるところだった。のちに選別して『日本の森を歩く』（山と渓谷社、二〇〇一年）のタイトルで本にしたが、そこには札幌のすぐ裏手の円山や、東京都民の森三頭山や、箱根の一角の函南《かんなみ》原生林などがまじっている。阿寒や白神や石鎚と並んで、山ヤさんが鼻で笑うような小さな山々が一丁前に収まっている。

白神山地の入り口の西目屋《にしめや》、早池峰《はやちね》山の宿坊のあった岳《たけ》の集落、明治の元勲たちが競うようにして別邸をもうけた那須野が原、伊吹山山腹の集落古屋、「秘境」が通り名にもなっていた甲州の奈良田……。

このニッポン国はまことフシギな国で、面積でいうと山林が国土のおよそ七割にあたる。山と山里、「山びと」の生活圏だが、そこは実質的には空白にひとしい。打ち捨てられており、総選挙になろうとも見向きもされない。

「山村振興」といった掛け声は勇ましいが、すべて都市の側の論理と発想であって、川筋にそってうねっていた旧道が直線に変わり、小さな字《あざ》は見殺しにされる。トンネルで突っ走る効率優先にあって、峠で結ばれていた集落の交流は絶《た》ち切られた。あらゆる情報が一方通行のかたちで送られてきて、山びとの側は抵抗できるものをそなえていない。伝統的な山村文化圏が失われてしまったからだ。人口減少と集落の崩壊は、もはやとどめるすべがない。

山仲間といっしょのときは、下山してから別れて寄り道をした。ひとり登山のつもりで出かけたのに、里にとどまったきり、登らずじまいで終わったこともある。自分ひとりのちょっとした課題が、いつしかしだいにふくらんで、一〇年たって気がつくと、三〇あまりの山里探訪記ができていた。

四国の祖谷地方はながらく「日本三大秘境」の一つと言われていた。谷が深く、山は複雑に入り組み、急流が行く手を阻んでいる。地質学的には、九州から四国中部、紀伊半島、伊那谷へとつづく「中央構造線」上にあって、太古の昔、プレートがぶつかり合いをした置き土産にあたる。はじめて訪ねたときは、呆然として佇んでいた。はるかな高所に小さな集落がある。教えられたとおり、「神社の大杉」めざして友人の車で向かったが、かなたに見えているのにちっとも近づいてくれない。とてつもなく大きなS字型の道を行かねばならず、どうかするとカフカの小説『城』のように、目じるしが遠ざかって行方知れずになる。

それでも二日、三日とたつうちにわかってきたが、集落のあるのは、きまって地すべりを起こしたところなのだ。地表が大きくへつられて水脈が表面に出てきた。何十年とたつうちに地すべりのあとが固定して、住むにも田畑をひらくにも都合がいい。あとは太陽の恵みがあるかどうかであって、条件がそろっていれば高所でもかまわない。むしろ高所のほうが条件がそろいやすい。

旧東祖谷山村（現・三好市東祖谷）の落合《おちあい》集落は、そのような一つだった。祖谷川沿いの国道から、超S字型の村道を上がっていく。とはいえ当の落合エリアに入ってしまうと、眼下の谷と頭上の大空が視野に入るだけである。集落をこまかくながめるためには、谷をへだてた向かいの高みに立たなくてはならない。

なだれ落ちるような大きな斜面である。東西約七五〇メートル、面積約三二・三ヘクタール、上下の標高差三九〇メートル。地形を巧みに生かして雄大な景観をつくっている。自然と人間が歳月をかけて生み出した風景は、予算ずくでつくられた書き割りとはちがって、やさしさと厳しさを合わせもち、見知らぬ土地なのに、なにやらなつかしく、まるで大きな母胎につつみこまれた感じがした。

江戸中期から末期に建てられた家がのこっており、祖谷では昔から、もっとも住みよい土地とされてきた。もとよりそれは生きる知恵なり、暮らしの経験と工夫なりを前提としてのことなのだ。家の配置をこまかくながめていくと、斜面を下る村道と、東西の等高線上にのびる里の道とが、地理学でいうフレーム（枠）をつくっているのがわかった。そこから私道が分岐して、個々の敷地へと入っていく。

母屋をまん中にして、左右に隠居所と納屋。まわりに耕作地がいくつもの段差をとってひろがり、その一角に小さな林がある。横にうんと長い土地が、一戸の生活圏をつくっている。水路が巧みに配置され、全域に水がいきわたるシステムをとっている。

全体のたたずまいが落ち着いた、みごとな調和を見せていた。屋敷林の配置の絶妙さはどうだろう。手入れのいきとどいた田や畑の緑。遠景の山並み。いつまで見ていても見飽きない美しい景観だが、すべて厳しい風土のなかから、長い歳月をかけ、汗と知恵で生み出したことに気がつくと、美しさがなおいっそうの深みをおびてくる。それは人間が生きるためのぎりぎりの条件のなかで、ようやく実現した。そののびやかなやすらぎの風景こそ、自分が追い求めてきた宝ものというものだった。

出羽三山は古来、修験道のお山として知られてきた。由緒をたどると六世紀あたりにまでさかのぼる。三山というとおり三つの山で構成されていて、月山《がっさん》は標高一九八四メートル、湯殿山は一五〇〇メートル、羽黒山は四一四メートル。宗教的聖空間のスケールでいうと、西の伊勢よりもはるかに広大である。

三山のうちでも湯殿山は東北最大の霊場として、江戸期を通じてとっておきの人気スポットだった。全国からのツアー客は、山形から寒河江《さがえ》川をさかのぼり、六十里街道を西にすすんで、正別当寺の一つ本道寺の宿坊に入って入山許可を得た。宿坊の主人は先達《せんだつ》でもあって、泊まり客を案内し、ときには代参の役まわりでお山に登った。

正別当寺は霊場の支店にあたり、湯殿山には四ヵ寺があった。本道寺は山号を月光山といって、最盛期には多くの堂塔伽藍が並び立っていたというが、明治維新の廃仏毀釈《きしゃく》で寺格を失い、さらに戊辰戦争で官軍に焼き払われた。現在は口之宮・湯殿山神社と名を改め、登り口に近いところに再建された本殿だけがある。

本道寺の集落の人に案内されて、旧境内を歩いてまわった。その一角に奇妙な石像が三体、並んでいた。見たところはまっ赤な頭巾に赤いヨダレかけの石仏だが、胴と首とがアンバランスである。案内の人が肩に手をかけると、ゴトリと首が外れた。肩から上、あるいは首を切り落とされたかたちで土に埋まっていたという。ほかにもいまも四〇体あまりが埋まっている。地元の人は「首なし大師」と呼んでいた。たしかに仏具を握った手のかたちは、おなじみの弘法大使像とそっくりである。

戊辰戦争の際、攻めてきた官軍にとっては、「神国ニッポン」を呼号するのに寺や弘法大師は無用の長物というものだった。本堂、大師堂に火を放った上に、石像に乱暴狼藉をはたらいた。旧大師堂跡には背をこす雑草がしげっていて、かきわけて行くと、首のない石像が半身をのぞかせていた。

本道寺の東の集落を岩根沢といって、こちらは月山の登り口である。出羽三山《さんざん》神社があって、山門前に旧の宿坊が軒をつらね、昔ながらの雰囲気をよくのこしている。三山神社は何度か火災にあって、現在の建物は江戸中期のものだというが、軒高二五メートル、東西七二メートル、屋根坪数三反六畝（三五七〇平方メートル）。木づくりの巨大な鳥が両翼をひろげたようだ。

管理の人といっしょに本殿の右手の大賄《おおまかない》部屋に向かった。調理場兼食堂兼ホールである。天井、柱、床すべて黒光りしたなかにシメ縄がめぐらしてあって、まっ白なシデが下がっていた。

歳月と宗教儀礼がつくり出した造形は、息を呑むほど美しかった。月山に登るつもりで来たのに、里の歴史がおもしろくて、宿坊民宿に泊りきりになった。

宿坊の老主人はながらく先達をつとめた方で、大きな顔、太い鼻、仁王さまのような眉、原日本人と言いたいような立派なお顔だった。笑うと恐い顔が童顔になる。先達や修験者たちはツアー客を励ますために、いろいろと工夫をしたそうで、辛くて単調な道筋に、「念仏坂」「笈《おい》かけ石」「天の岩戸」といった名づけをして、ありがたい話をつけ加えた。大岩の下は「妙覚門」。くぐるだけで法悦のお裾分けにあずかれる——難しい顔が、とたんに童顔になった。

甲州の七面山は、萌黄《もえぎ》の鈴懸《すずかけ》に白い袴と脚絆といった行者姿といっしょだった。七面山という山は全国のあちこちにあって、それぞれがミニ霊山の役まわりにある。日蓮信者はミニでトレーニングをしてから本山をめざすわけで、このときは白装束の晴れ着で聖なる山へとやってくる。

週日の朝であって、のんびりひとり登山と思っていたのは、とんだ早トチリで、信仰者は朝が早い。「お滝」と呼ばれる登山口から、点々と白装束のグループがつづいていく。

「ごくろうさまです!」

山上でおこもりをしたグループは、はやくも下山中で、顔が合うと、いっせいに挨拶される。単に山登りにきただけの無信心者を見すかされそうで、気が気でない。杉の根が地表に出て、うねうねともつれ合っている。さながら無信心者の内面のごとし。何百年となく数知れぬ人が歩いた道なので、登山というよりも丁目石を数える行程そのものだった。

老杉の下で息をととのえていると、白い鉢巻をした老人を竹製の籠にすわらせ、若い二人が左右から白いたすきで荷なって登ってくる。うしろの二人が手をそえてバランスをとっている。さらに予備の荷ない手三人と年輩の監督役がついていた。

おじいさんの最後の願いを叶えるために、一族郎党が力をかしたらしい。若い二人は「ケンちゃん」「ヨシ坊」と呼び合い、歯をくいしばって担いでいく。ふだんは車やオートバイを乗りまわしているのではあるまいか。標高差一〇〇〇メートル。そこを人間ひとり担ぎ上げるのは、並み大抵のことではない。古式と伝統が、茶髪のにわか修験者をもたらした。

「アラヨー!」

奇妙なイキモノさながらに一体となって、吐く息荒く登っていった。

一〇年間の後半は、たいてい近場で用が足りた。上野発快速で上州。上野のお山から上野《かみつけ》の山へ行く。神流《かんな》川をつめたところの西上州のどんづまりが上野村。となると上野を出て、上野を通り、上野に来たことになる。

至仏山、武尊《ほたか》山、奥利根水源、谷川岳、赤城山、榛名山、荒船山、立岩、天狗岩……。なつかしい地名が記憶にひしめいている。ツアー登山で大にぎわいの北アルプスとちがって、こちらの山々は静かで、森にひとけがないのだった。

「百名山」といったことには、こだわらなかった。そもそもこの世のこだわりから自由になるため、山へ向かうのではなかろうか。里づたいに行くと、おりにつけ不思議な個所に出くわした。あきらかにそこだけ樹相がちがう。黒ずんだ古木が枝をひろげ、大きな根を露出させている。幹が裂け、こずえ近くから大枝を垂れていた。落葉がうず高くつもり、木々の影が交錯している。

いつしかカンができたようで、どのあたりかもすぐにわかった。小さな祠《ほこら》がひとつ、草のあいだから顔をのぞかせている。見たところは繁るにまかせてあるようだが、天然の伽藍《がらん》というべきものにゆだねたようにもとれる。そう思って見上げると、古木の枝が差しかわしてアーチをつくり、陽が緑の葉をすかして、ステンドグラスよりもさらに微妙な、やわらかい光を差しかけていた。

里の人が恐れ、つつしみ、立ち入りをはばかってきたところ。偶然にせよ、そんな「聖所」に往きつくと、出かけてきた目的はおおかた達したような気がするのだった。

よく見ると、建物のあとらしい石組みがのこされていることもあった。べつのところに水路が導いてあって、一筋の細い流れになっている。リュックを下ろし、腰を据え、ながながと休息した。ボンヤリしているだけのようでもあれば、それなりに大切な時間のようでもある。たしかに自分のなかにあるはずなのに、情報と物量の洪水にあって、いつしか忘れていたことども。頭上の枝を通して光が差しこみ、それが矢のように地面に走っていることがあった。「一日の王へ、山の神さまからの贈り物」、勝手にそんなふうにみなしていた。

上州には、おしりに「岩」がつく地名がちらばっている。妙義山がいい例だが、岩山が多いせいである。上州一円に屹立して、独特の風景をつくっていた。

山里のすぐ上に、天へ向かって突き上げるような大岩がそそり立っている。稜線が尖っていて、そこに陽が当たると、独特の陰影の世界があらわれた。この点、越後とも信州ともちがっていて、スケールの小さいのが愛らしさと哀愁をかき立て、私はそんな上州が好きだった。

これからどうしたものか。リュックに寄りかかって考える。麓ですでに目的を達したような気がすると、息を切らして登るのがオックウになってくる。そんな自分に反抗するようにヨッコラショと立ち上がり、ひと汗かいて尾根に出た。見晴らしがいい。こちらには山道だが、里の人には、ながらく生活道だったのだろう。峠越えをして隣りの集落へ行く。足がつくった道は歩きいい。ほどよく斜面にとけこみ、ちょうどぴったりのところに小休止用の出っぱりがある。

ハムとサラダをはさんだだけの手製のサンドイッチ。テルモスに入れてきた熱々の珈琲。ただこれだけだが、頭上には澄んだ大空、足下には雄大なパノラマ。少し早いがお昼にして、二万五〇〇〇分の一地図をながめている。山頂まで、あと一時間。一つ奥の峰を望むなら、さらに二時間。観音堂があって、人々は何かあると、観音さまに相談にきたのだろう。目の下の枯れ木に黒っぽい小鳥がとまり、せわしなくあたりを見まわしている。いぶかしそうに首をかしげ、ときならぬ登山者をながめていた。

　山仕事の人らしいが、向かいの小尾根を、竹籠を背負って登っていく。ゆっくりした歩き方ながら、特有のテンポがあって、腰がいいぐあいにすわっている。たえず坂を上がり下りする日常がつくり出した腰つき、足どりにちがいない。

　西武鉄道の吾野駅から、ゆっくり歩いて二時間ばかり。「風影《ふかげ》」という風雅な名前の集落がある。顔振《かおぶり》峠のやや下手にあたり、尾根下の斜面に点々と赤い屋根がちらばっている。春は一面にアンズが花をつける。電車は池袋通いの人で鈴なりなのに、すぐ上に絵本から抜け出したような村がある。

　どの家も丹念に丸石を積んだ上にあって、石の積み方、石垣の古びぐあいからして、そうとう前から人が住むようになったのだろう。顔振峠越えの峠道を往き来していた人が、ほどのいい斜面に気づき、よく調べてから、一人二人と移ってきたのではあるまいか。斜面は南に面していて、地形は願ってもない。問題は水であって、どうやって水脈を見つけたのか。土地の制約上、水の許容量はかぎられており、集落内でどのように運用されてきたのだろう？

　ぶしつけにたずねたりしない。お邪魔をしない範囲で集落の小径を歩き、水音に耳をすまし、傾斜と石組みに目をこらす。自分に課した推理モノを、当の自分が解くぐあいで、地理学者がモデルケースとして調査したのは知っていたが、報告書にあたるのはいちばんあとにした。さしあたりは足と目がたよりである。説明板や碑を見つけると、デジタルカメラで撮っておく。ヘンテコな電気仕掛けの記憶装置が登場して以来、シロウト探偵にもメモがうんとラクになった。

移住者がうつってきたコースは、だいたい推測がつく。標札に見る姓がヒントになることもある。山並みをまたいだところに多い姓が、やにわにこちらにあらわれたりするからだ。神社や旧家の位置も目のつけどころだ。二万五〇〇〇分の一地図に色エンピツで書き入れていく。フシギな絵地図ができたころ、わが調べごと終了のホイッスルが鳴る。小学生のころの「社会見学」とよく似ていた。

ほぼ目的を達して帰りかけたおり、古ぼけた石組みと、半壊の水路に気づいたりして、しげしげとながめていたら、通りかかった軽トラが急停車して声をかけられた。それから助手席に同乗して、奥まったところの古い廃村跡に案内してもらった。思いがけない時間旅行をしたぐあいだった。

奥秩父にも、よく出かけた。秩父鉄道のその名もゆかしい御花畑《おはなばたけ》駅が出発点で、終点の三峰口には、連絡のバスが待機している。夕方、落合の民宿につく。一日目は宿につきさえすればいいのである。落合の名は荒川と中津川が落ち合うからで、こういうところには、きっと釣り人用の宿があるものだ。しっかりしたつくりの二階建て、田舎の親戚を訪ねたぐあいである。玄関で声をかけると、少し間をおいて声が返ってくる。まずはお風呂、それから夕食。熱カンのおかわり。そんなときのやりとりも親戚を訪ねたときとそっくり。

栃本《とちもと》の集落には関所が修復されてのこっている。甲斐の武田氏が秩父に進出したとき関所を置いたのがはじまりで、江戸時代は天領として関東郡代の管轄下にあった。役人をここまで派遣するのは大変なので、地元の人を藩士に取り立てて警備にあたらせた。一人では差配に差別が出ることを按じたのか、秩父側と甲州側に二カ所設けた。

集落は、かなりの角度をとって下っていく大きな斜面にちらばっていて、当然のことながら石垣を築いた上に建物がある。旧家のがっしりとした木組みは、ほれぼれとするほど優美である。大屋根をやや突き出して、軒の添え木を装飾風にそろえたスタイル。見る人が見れば、建てた大工集団を言いあてることもできるだろう。

斜面に一定の間合いをとって民家を、丹念にながめていく。水と土地に限りがあって、分家がふえると共倒れになりかねない。そのため、総領のほかは家を出ていく。厳しい環境と共存の知恵が、風格のある集落を生み出した。

勾配のきついところは石垣が二重、三重にかさなっていて、下からだと軒と屋根しか見えない。石垣のすきまに草が根をのばし、花をつける。白や黄のいちめんの花模様の上に家がある。どのような豪邸よりも花の家のほうが華やかだ。

大峰山をぶち抜いてトンネルができたので、車はすべて国道を甲州へと突っ走る。秩父往還は脇道となり、栃本も昔どおりのもの静かな山里にもどった。

わらび、たらの芽、やまうどなど、四季おりおりの山菜が豊富で、鹿や猪がいて、鹿刺し、猪鍋がいただける。渓流にはアユ、ヤマメがいる。アユのささ巻、ハヤの甘露煮、ソバまんじゅう。空気が澄んでいると、なぜかやたらに腹がすく。落合には道の駅に隣接して、日帰り温泉ができていた。露天風呂と食堂の山の幸が一日の王の訪れを待っていた。

いつも年のはじめに、福島・吾妻山系中腹の吾妻小舎の遠藤守雄さんから、年賀状を兼ねた「吾妻自然のこよみ」が届いた。一月の「厳冬の吾妻」から始まって、二月、三月の樹氷とスキー。「四月下旬　磐梯吾妻道路開通（これより十一月初旬まで管理人常住　皆様お待ちをしています)」

カッコを通して、少しテレぎみの小舎主人の声が聞こえるようだった。

五月下旬が残雪と水芭蕉、そして新緑の六月！　イワメガミ、チングルマ、ワタスゲ、アズマシャクナゲ。七月、八月は千客万来で大忙し。「十一月中旬、管理人下山。無人小舎になります」

こころなしか「無人小舎」の言い方に、山小屋をひとりぼっちにしなくてはならない主人の思いがつたわってきた。スイスの山小屋風のシャレたつくりだが、しかしあくまでも男っぽく、武骨な山の家だった。

その遠藤さんも亡くなった。「仙人」と呼んで親しんでいた山の写真家は、ほんとに仙人のように世俗の記憶を失った。わが山の歳月も、そろそろ打ちどめ。そう心に決めた春先のことだが、訪ねたところは過疎の波をもろにかぶって、人の姿が消えていた。雨戸を引きまわした人家が尽きて、農道が山にかかる手前に、足の踏み場もないほどフキノトウが顔を出していた。残雪のなかに初々しい緑の星くずをばらまいたようだ。多少とも予期していたこともあって、さっそく雪を払いのけ、次々ともいでいった。

人の姿は消えても、山里の陽だまりは、どこか暮らしの匂いがする。雪どけ水が歌うような水音をたてていた。その水でフキノトウを洗って包葉をむいた。さえざえとした匂いが鼻先にひろがった。さらに水の匂い、土の匂い、葉っぱの匂い、まさしく山里の匂いである。

リキュールを小瓶につめてきたので、山からのさずかりものを肴にチビリチビリとやった。プルシアン・ブルーの大空が丸天井で、リュックサックの背中がテーブル、一日の王の華麗なる饗宴というものである。いれかわり立ちかわり小鳥がやってくる。こちらは、わが宮廷楽士であって、白黒のツートンカラーの制服をつけている。「ツピン、ツピン」と口まねをすると、けげんそうに小首をかしげた。それから定規で直線を引いたようにして飛び去った。

［この章の挿絵］
「ひとつとなりの山」。そのタイトルで月刊誌『小説宝石』に連載したとき、自筆のイラストをつけたうちの一部。

「こんばんは、ゲーテさん」――『ファウスト』訳

『ファウスト』は幼いころに知った。たしか小学五年のときである。ずっとのちのことだが、自分では「手塚版『ファウスト』」と称していた。
ふつうドイツ文学の世界で手塚版『ファウスト』というと、かつての東京大学文学部独文科教授・手塚富雄訳『ファウスト』を指す。豪華な函入りで中央公論社刊。しかし、私の手塚版は、手塚教授ではなかった。漫画家手塚治虫の『ファウスト』である。昭和二四（一九四九）年、不二出版刊。大阪で貸本屋向けの漫画を出していたところで、不二出版の漫画本は表紙が赤い色をしていたので、手塚治虫の「赤本時代」と呼ばれている。
貸本屋で借りた本は、その日のうちに一〇度は読んだ。返すまぎわにまた読み、どうかすると返しにいく道で気に入ったページを読み返したから、これ以上なく熟読したといわなくてはなら

ない。だから六〇年後のいまでも、大学者ファウストを魔法の力で地獄に引きずりこめるかどうか、神と賭けをしたとき、悪魔メフィストフェレスが口にしたセリフを一字一句覚えている。

「エッヘヘヘ。ファウストだろうがセカンドだろうが、わけありませんや」

ながらく私はファウストを、野球のファーストと同じ名前だと思っていた。

手塚治虫が育った宝塚の家には世界文学全集があって、旧制中学のころにゲーテの巻を何度も読み返したという。のちにそのことに触れ、「なぜ、あの赤本時代の大阪で、わざわざ漫画化しようと思いたったのか、どうも記憶がはっきりしません」と述べているが、そのころ中学生はすでに漫画家を志していた。何度も読み返したのは、なにげなく開いた巻に、これ以上ない漫画の素材を見つけたからではなかろうか。トシよりが魔法の力で若返って美しい娘に言い寄るとか、人造人間をつくり出すとか、紙切れを金貨に変えるとか、魔術で敵の大軍を手玉にとるとか、『ファウスト』ときたら、まったく漫画にぴったりの展開なのだ。

ハナたらしが、貸本屋の手引きで『ファウスト』を知ったとしても、ゲーテに失礼にはあたるまい。というのはゲーテ自身、幼いころ、おやつの買い食いを我慢して、せっせと貸本屋に通っていた。自伝『詩と真実』によると、貸本屋で借りた一つが『魔術師ヨハネス・ファウスト博士』といった本で、そこではじめてファウストを知ったという。中世のドイツに、あちこち遍歴して魔術をふりまいたファウストという伝説の人物がいて、その生涯を子ども向きに書いた本である。幼いゲーテもまた貸本屋で借りた本は、目を輝かせて何度も何度も読み返したらしいのだ。

もう一つ覚えているが、手塚治虫の『ファウスト』終幕の場。天使が舞い下りてきて、ファウストを天上へと運んでいくのを、黒犬のメフィストが納得顔で見送っている。そこに手塚治虫は少し気どった飾り書体でDAS ENDE（終わり）とドイツ語をつけた。幼い私は、しめくくりのシャレた呪文だと思っていた。

それから三〇年あまり、ドイツ文学を本業としていたのに、さっぱりゲーテと縁がなかった。主としてウィーンのユダヤ人批評家カール・クラウスに熱中していた。そしてエリアス・カネッティや、ヨーゼフ・ロートや、フランツ・カフカといったユダヤ系の人たちを好んで読んでいた。ドイツ文学のなかに、より微妙な色合いをおびた深層としてユダヤ系の文学があるのを知った。そんな目には大ゲーテなどは、龍野の伯父の鼻ひげのように古色蒼然とした遺物としか思えなかった。

両大戦間に活躍した批評家の手のこんだ評論に手を焼いたが、それでもなんとか小さな評伝を仕上げた。最終章は「ことばとナチズム」の章名をもち、クラウスが一九三三年に書いたナチズム批判の書『第三のワルプルギスの夜』にかかわっていた。奇妙なタイトルはゲーテの『ファウスト』をもじっているからで、悲劇第一部に「ワルプルギスの夜」の場があり、第二部の「古典的ワルプルギスの夜」へとつづく。いずれもドイツの古くからの伝説にいうとおり、聖ワルプルガの夜に魔女たちがブロッケン山につどって、ランチキ騒ぎをする。クラウスはこれを踏まえてナチズム批判のタイトルにした。いまや「ナチ」と称する悪霊がカッポして、無礼講の大騒ぎを始めている。まさしく現代は「第三のワルプルギスの夜」ではないか！

ナチズム批判はごまんとあるが、おおかたは戦後に書かれた。ナチス・ドイツが消滅し、恐るべき「魔女」たちが退場して、一切の危険が去ったあとにあらわれた。クラウスの『第三のワルプルギスの夜』は、そうではなかった。日の出の勢いのヒトラーのもと、褐色の制服を身につけた妖怪たちが、大手を振ってのし歩いている只中で執筆された。

身の危険を考えてだろう。無数のもじりや暗喩が張りめぐらせてある。クラウスは『ファウスト』を「風よけ」にした。ドイツ人にとっては古典中の古典であって、これを縦横に活用した。批判の焦点にあたるきわどい個所には、つねにゲーテの引用をあてた。もし権力が見とがめて、作者を難詰しようとすれば、その前にゲーテにあたらなくてはならない。諷刺家クラウスが得意とした文学的戦略である。

ヒトラーはみずから「フューラー（総統）」と称したが、クラウスはそんな誇称のなかに、この人物を動かしているひそかな怯《おび》えを読みとっていた。その暴力志向を言うのに、フューラーとファウストを結び合わせた。「ファウスト」はもともと「拳骨《げんこつ》・拳《こぶし》」を意味している。総統と自称するゲンコツ男。おまえは強い。そのはずだ。

「人いちばい強いはずのおまえが、どうして恐がる？　わなわなとふるえ上がり、虫みたいにちぢんでいやがる」

『ファウスト』冒頭の「夜」の場で、地霊が口にするセリフである。『ファウスト』を知らないと、意味がきちんと読みとれない。諷刺の鋭さがわからない。

遅まきながらゲーテの威力を思い知った。ほんの少しの手続きをほどこすだけで、狂気じみた独裁者への痛烈な告発になる。「勝手に皇帝だの、十余州の君主だの、軍の大元師だの、諸侯の長《おさ》だのと称している幽霊」は、『ファウスト』以上に第三帝国の軍略家にピッタリなのだ。批判技法を傾けて引用をちりばめ、暗示し、皮肉り、嘲罵しても、『ファウスト』への敬愛は一貫して変わらない。利用し、転用しても、いささかも傷つけてはいないのだ。

私は考えた。いずれ、ちゃんと本腰を入れてゲーテを読もう。なろうことなら自分の言葉で『ファウスト』を訳してみよう。大きな山が目の前にせり出したような気がした。そこに迷いこむのも悪くないだろう。「ダス・レーベン・イスト・ドッホ・シェーン」の伯父に報告しようと思って問い合わせたところ、変わり者の医者は年はやく徘徊を始めて家族を困らせ、やむなく施設に移ったとのこと。「人生はされどうるわし」にはならなかったわけだ。

それから一〇年ばかりたったある日、ふと思い立って本郷の洋書屋へ出かけ、ゲーテをまとめて買ってきた。それからボツボツ読み始めた。原書で読むのは、むつかしい翻訳書よりやさしいからで、べつにゲーテの専門家になろうというのではなかった。とんでもない。そんなことを思い立ったら大変だ。ゲーテについては、ゲーテ図書館ができるほど本があって、研究書にあたるだけで一生が終わってしまい、当のゲーテにたどりつけない。

親しんだところに区切りを入れて、『こんばんは、ゲーテさん』と題して雑誌に連載を始めた。「されどうるわし」の伯父のつもりで、おりおり訪ねて報告するかね合いだった。

かたわら『ファウスト』を訳し始めた。世に知られた名作であって、たいていの人がその名は知っているが、たいていの人が一度も読んだことがない。その古典的名作を訳すなど無謀のきわみとゲーテ学者に笑われるにちがいないが、しかしながら無謀でなくては、とりかかれないこともある。

それから数年のあいだ、どこに行くにも『ファウスト』を持ち歩いていた。全集版は重いので、新書版のお手軽なやつ。つくりは安直だが、ドラクロアの有名な挿絵がついていて、たのしい本だった。ただ製本がノリづけなので、そのうちページがバラけてきた。やむなく太いゴムバンドでとめていた。

当時とくによく出かけたのは、山か、温泉か、海外か、島である。山小屋のランプの下で開いたら、ススが油のシミになった。温泉せんべいをかじりながら読んでいたこともあって、粉末がザラザラになってくっついている。パリのカフェで開いたこともあるが、せわしなく耳に出入りするフランス語のなかでドイツ語を読もうとしても、理性が受けつけないことに気がつき、一度かぎりでやめにした。八丈島にいたとき、スコールのような雨に遭《あ》い、ページのまわりに波のようなしましま模様がついた。

ゴムバンドがちぎれては取り換えて三度目あたりだったが、ようやく翻訳にメドが立ちかけてきた。

ゲーテは一七四九年生まれであって、一九九九年が生誕二五〇年にあたる。記念年が近づくと、ドッと本が出るもので、そんな一つに『才能のないゲーテ』があった。没後一〇〇年にあたる一九三二年に出たものを復刻した。もとの編者はレオ・シドロヴィッツといって、何者かは不明だが、タイトルからもわかるとおり、ゲーテをこき下ろした同時代の証言を集めていた。

一九三二年は総選挙で、ナチ党がはじめて第一党に躍り出た年である。翌年一月、ヒトラーが政権につき、ナチスの独裁がはじまった。

その直前であって、当時ドイツはゲーテの理念を下敷きにしたワイマール憲法にちなみ、ワイマール共和国と呼ばれていた。その息の根がとめられようとしている。切迫した時代の雲行きのなかで、没後一〇〇年の名のもとに、ゲーテの自由精神が最後の砦として語られていたのだろう。ナチスにとっては何かと不都合である。そこへこっぴどくゲーテを槍玉にあげたアンソロジーがあらわれた。編者シドロヴィッツがいかなる人物かは不明にせよ、ナチ党の息のかかった御用学者のたぐいにちがいない。

「ドイツ語を台なしにしたゲーテ」
「人間理性を振りかざしてデタラメを書き散らしたゲーテ」
「悪魔と手を組んで良風美俗を撹乱した小説家」

「虚弱な、死滅の神ゲーテ」
プロシアのフリートリヒ大王から、同時代の論客、老大家、匿名の筆者まで、ことこまかにひろってある。フリートリヒ大王にとってゲーテは、ラチもないイギリスの芝居の焼き直しをした劇作家だった。ゲーテと同時期の作家コッツェブーは大作家とみなされ、自分でもそう思っていた人物だが、そのコッツェブーによると、ゲーテはまるきりドイツ語の美しさのわからないモノ書きだった。時代の論客にとって『ファウスト』は、「病人が錯乱のなかで呟いたたわごと」だった。詩人ヴィーラントはゲーテの友人だったが、私信ではゲーテの作品に「ついぞ共感を覚えたことがない」と述べている。熱烈な讃美者だったのが、ゲーテが死んだとたん、痛烈な批判者に転じた人もいる。

ドッと出た記念年モノのなかで、私には『才能のないゲーテ』がいちばんおもしろかった。称賛はかたちどおりの文言の組み合わせでことたりるが、批判に及ぶと、当人の人となりを露呈させずにはいないのだ。フリートリヒ大王はラチもないフランス思想に熱をあげ、稚拙なフランス語を書き散らした。コッツェブーこそが、まるきりドイツ語の美しさのわからないモノ書きだったのは、死後ただちに全作品が忘れられたことからもわかる。時代の論客の威勢のいい論評が、ほんの少し時をずらして読むと、「病人が錯乱のなかで呟いたたわごと」そっくりなのは、古今を問わず、また洋の東西を問わずかわらない。

文豪ゲーテは後世がまつり上げただけであって、生前はのべつ批判、また非難をあびていた。

シュトゥルム・ウント・ドランク（疾風怒濤）時代などといわれた若いころは、上の世代からせせら笑われた。中年のゲーテは、フランス革命にビクついている臆病者とされていた。老いてのちはハイネやベルネといった革命派に、ていのいい標的にされた。

そんなときゲーテには、答える一つの方式があった。つまり、無視すること。相手にならず、相手にせず、投げられた石が放物線をえがき、投げた当人の頭上に落ちるのを見守っていればいい。そんな自戒用につくったらしい四行詩がのこされている。

いかなるときも
口論は禁物
バカと争うと
バカを見る

たしかにスケールの大きな人物である。

とりたてて生誕二五〇年を意図したわけではなかったが、訳書『ファウスト』第一部は一九九九年、そして第二部は二〇〇〇年に出すことになった。悪魔と組んだ男の遍歴物語に、１９９９と２０００という数字が、どこかしら似合っている気がしたからだ。

『ファウスト』は韻文のスタイルで書かれており、詩劇にあたる。私はそれを散文で訳した。どうしてそんな大それたことをしたのだろう？

ゲーテは詩人だったから、いろんな詩を書いた。詩人は詩を書く人であるが、詩を書くことの意味が、当時と現代とでは大きくちがう。ゲーテの時代の詩人というのは、さまざまな詩形を意のままにできる人のことだった。メトリック（韻律法）にはじまり、詩を書く上のさまざまな約束がある。時と場と主題、さらに注文の相手によって詩人は詩形をとりかえ、スタイルを変化させた。詩形に通じていれば、およそ散文的な人でも詩人になれた。文学史上にのこっている詩人の多くが、当の詩にあたると、詩人というより詩形の人であることが判明する。

形に応じて詩をつくる点でいうと、靴屋が客の足型に応じて靴をつくり、鞍づくりが馬の背中に合わせて鞍をつくるのと同じである。そして靴屋が毎

日、靴の革をいじくり、鞍屋が日々、鞍の寸法を考えているように、詩人もせっせと詩形の手入れをする。ゲーテがおそろしくたくさんの詩をのこしたのは、つねづね手入れを怠らなかったせいだろう。

気ながを要するのは
大業を前にした人
山登りの人
魚を食う人

『ゲーテ全集』では「箴言と考察」といった一巻に入っているが、ゲーテ学者が難しくワリづけた分類にすぎない。きちんと韻を踏んで四行詩の約束どおりにつくられている。たしかに大きな事業や、一歩一歩踏みしめる山登りは、気が短くてはとてもできない。ゲーテはしかし、そんな処世訓をいうために詩をあてたのではないだろう。川魚料理屋などで魚料理を食べていたのだ。鱒などが典型だが、やたらに小骨が多い。うっかりするとノドにひっかけ、歯にはさまる。我慢して一本ずつ取りのけながら、その間に気

ながの同類をあれこれ考え、それを韻律にあてはめた。忘れるといけないので、テーブルのメニューにでもメモしたのではあるまいか。ボーイにことわってメニューを持ちかえり、改めて詩形をととのえた。小骨をつまみ出した指先は、短詩をまとめるにも器用である。ゲーテはその点でも、まさしく天才的に勤勉で、腕達者だった。

劇場の幕合いに思いついて、プログラムのはしに書きとめたこともある。サインをたのまれたりすると、詩の形をとって贈る言葉に仕立てた。そういう贈答詩が少なからず全集に収録されている。相手へ贈ったものが、なぜ手もとにのこったのか？気に入ったのは、当人がちゃんと書きとめておいたからである。そしてあとで手入れをした。修正ずみを、べつの人への手紙につけたこともある。詩人のたしなみであるとともに、そのように日ごと詩形の練習を怠らない。

『ファウスト』第一部は、悪魔メフィストと契約したのち、魔法の力で若返ったファウストが、往来で娘を見そめ、呼びかけたのが悲劇のはじまりだった。市民モラルが厳しく娘の純潔と女の貞操を見張っている。そのなかで、みるまに恋が進行していく。

「夜のあずま屋」の場では、娘が駆けこんできてドアのうしろに隠れ、指先を唇にそえて「しずかに」のしぐさ。男が抱きしめてキスをすると、娘が激しく抱きついてキスを返す。セリフは「好きよ、大好き」のひとこと。むろん、ひとことでたりるからだ。

少しあとの夜の庭で、二人が宗教について語り合う。ファウストが教会や信心をそしるのを、娘がいさめた。素朴な町娘には、教会の悪口を言うなんて、とんでもないこと。ミサに出て、告解にも顔を出してほしい。それに、いつもいっしょにいる人——悪魔メフィスト——あの人とのつき合いをやめてほしい。あれは悪い人だから——。ファウストは町娘の直観に驚きながら、言いつくろった。「ああいう変わり種も世の中には必要なのだ」

メフィストの口をかりれば、恋に「煮えたぎっている」二人である。それが夜の庭で信仰をめぐり、まじめ顔して語り合ったりするものだろうか？　一見、信仰をめぐるやりとりをしていても、男の手はたえず娘の胸や腰にのびていただろう。娘はいちいち拒みながら、しかし自分も求めていることはあきらかだ。詩句としてはひとこともあてられていないが、信仰談義が、同時に恋のさなかの睦言の変わり種の役まわりにある。だからこそ娘が帰ろうとすると、ファウストがなおもせがんだ。「もうちょっと、もう少しだけ。このまま乳房を抱いていたいよ。胸と胸、心と心をぶつけ合っていたいじゃないか」

ファウストには、メフィストの筋書きどおりの進行だが、娘のほうは一心不乱に恋人のことを思っている。当時、糸車をくって糸をつむぐのが女の仕事だった。ゲーテは糸車をまわしながら娘に恋ごころを歌わせた。シューベルトが曲をつけ、つむぎ車のグレートヒェンの名で知られている。

詩劇のなかの詩であって、散文詩であれ、ここは詩の形をかりた。いかにも素朴な娘に応じて、素朴な民族調のバラードとしてつくられている。

おだやかなときは消え
こころは重い
やすらぎはもう
どこにもない

あの人がいないと
そこは墓場
この世はすっかり
荒れはてた

誰にも身に覚えがあるだろう。恋を知りそめ

て、いいことなどないのだ。おだやかなときは、ふっとんで、やすらぐことがない。いったい自分はどうなったのか。どうして寝てもさめても同じ一人のことを考えているのだろう。この頭はどうなったのか。この胸がしめつけられるようにセツないのはなぜだろう。恋などしないほうがやすらかだった。しかし、もう元にもどれない。

窓からいつも
あの人を見ている
家から走り出し
あの人を追いかける

四行に仕立て、一〇連のつくり。そんな詩形が用いてある。どの連も一行おきに偶数行が脚韻を踏んでおり、同じ音が一定の間隔でくり返す。つまりそれが、はてしなく堂々巡りする胸の思いをあらわしている。とともに、ゆっくりとまわりつづける糸車の動きでもある。素朴な娘に応じた「素朴な民族調のバラード」は見せかけであって、おそろしく技巧的につくられている。まさしくゲーテの詩才あってはじめてできた詩というものだ。

はじめはゆっくり回っていた糸車が、胸の思いの高まりとともにテンポを高め、あわただしく回りだす。

胸でせまる
あの人を求める
この手にしっかり
つかまえたい

ゲーテは言葉としてはひとことも述べていないが、一連から一〇連の歌のあいだに、微妙な娘ごころがはっきり読みとれるつくりになっている。ちなみに『ファウスト』草稿では、「胸でせまる」ではなくて「股でせまる／あの人を求める」だった。娘の思いのままに歌わせて、そののち詩人が何くわぬ顔で修正した。

燃え立った二人の行きつくところ。ファウストはグレートヒェンにそっと小壜をわたした。母親の飲み物に三滴ほど垂らしておくといい。するとぐっすり、おやすみになる。かたわらのベッドで二人して好きなことができる。娘はそれを承知した。

「あなたをじっと見つめていると、何だってあなたのいうとおりにしてしまう。もういろんなことをしてきた。もう何もかもしつくしたみたい」

——と、わが散文訳はこんなふうに訳しているが、ゲーテはむろん、娘のセリフにもきちんと形を与え、脚韻をくり返させた。いき迷い、おもわず呟きのように洩らす心情を詩形に託した。

時代の制約のなかで表現できないときは、暗示的なスタイルにした。あるいは、より複雑な詩形をとらせた。韻律で切迫感を伝えたり、脚韻で印象を強調した。ここぞのときはメフィストの皮肉な捨てゼリフをはさみこませた。

『ファウスト』には、実にさまざまな詩形が使われている。一〇代で思いつき、八〇代で完成した。その間に習得したすべての詩形が動員された。メトリックにおける約束ごとのすべて、音数、リズム、効果のすべてがつくされた。この点、『ファウスト』はまさしくゲーテの畢生《ひっせい》の大作だった。

翻訳すると悲しいことに、ゲーテの苦心のおおかたが消えてしまう。糸車の数にしても、移せるのは四行一〇連の形だけであって、韻はもとより、メトリックがになっていた効用はいっさい移せない。娘の呟きを支えていた言葉の形の力など、もとよりあとかたもない。韻律に乏しく、まるきりべつの構造をもつ日本語で、詩行をなぞってみても何が表現できるというのだろう。

詩の形をなぞるのはやめにした。詩形の詩はやめにして、きれいさっぱりあきらめ、ゲーテが形式を総動員してまでも語ろうとしたところを、より自由な、より柔軟な散文でとらえ直してみるのはどうか。現在の日本語ですくいとるのはどうだろう。そのとき、『ファウスト』の現代性が、よりはっきり浮かび出るのではあるまいか。

実をいうと、この点でも「手塚版『ファウスト』」にならったところがある。手塚治虫は二〇代のときの赤本『ファウスト』以外にも、二度にわたって『ファウスト』を漫画化している。四〇代のとき、『週刊少年ジャンプ』に『百物語』のタイトルで連載した。日本古来の伝奇物語のスタイルにファウスト素材を入れこんだ。さらに一九八八年、『ネオ・ファウスト』と題して『朝日ジャーナル』に連載。翌年二月の死によって中絶、死後、本になった。『ネオ・ファウスト』は色こく社会批判の性格をとどめていた。四〇年にあまる手塚治虫の漫画家生活にあって、初期・中期・後期に必ずファウストとメフィストのコンビがつきそっていた。

ゲーテは何度となく完成のしるしに『ファウスト』稿に封印し、そのつど自分で封印を破って手を加えた。手塚治虫も三部作でもたりない思いがあったらしく、もう一つ「ファウスト」を書いている。「劇場版・未発表」、遺作としてあらわれたもので、アニメ・シナリオ『ネオ・ファウスト』。

舞台は現代、大学の実験室で「人工生命体」の実験に明けくれている老学者が主人公だ。いまだ生命の秘密が解き明かせない。そこへ悪魔が忍びよる。魂と引き換えに望みを叶えてやろう――

手塚治虫は入念に準備をした。二一世紀の「ファウスト」劇の主題はバイオテクノロジー。その構想のもとに、改めてゲーテを読み返してみたのだろう。

「貴方が契約してくれれば、あたしは貴方の召使になってあげます」

悪魔メフィストを女にした。おのずと皮肉な喜劇性がまじりこんでくる。「ご損のないお取引き」として契約をすすめ、ビジネスのためとあらば美しい乳房をむき出しにするだろう。バイオテクノロジーは大々的に企業化され、二一世紀のファウストは、アタッシュケースを下げて世界中をとびまわる。

散文訳は無事、一九九九と二〇〇〇年に、本になった。いかなる研究書よりも、なぜか同じオサムを名前にいただく手塚版を参考にした。現代の日本語散文にするとよくわかったが、メフィストは悪魔であれ、いまやこの手の小悪党はどこにでもいる。知事のポストに収まっていたり、弁護士として熱弁を振っていたり、日ごとにテレビに登場したりもするのである。

[この章の挿絵]

散文訳『ファウスト』を本にするとき、版画家山本容子が連作のかたちで絵をつけてくれた。そこではファウストとメフィストが双子の兄弟のようにつながっている。

海辺のカフカ
――つとめを終えること

カフカの小説の全訳に六年かかった。やり終えたとき、版元が加わっているタブロイド版のPR紙に、おどけをまじえて書いている。

「全六巻・総頁数二千四百・四百字詰原稿用紙四千八百枚・二百字詰をあてたので総数九千六百枚」。出だしはおどけまじりだが、しめくくりは正直なところだった。

「どの程度まで本来のカフカを日本語で再現できたか、自分ではわからない。とにかく全力投球した。そして多くを学び、多くに気がつき、多くの原稿用紙を消費して、視力を大きく失った」

刊行は二〇〇〇年一一月から翌年にかけてで、白水社、隔月刊。二年で終了の予定が最後の一巻にやや手間どって三年目にずれこんだが、ほぼ順調に完結した。

カフカの翻訳には自分なりの「前史」があった。一九八七年、文庫用に『カフカ短篇集』を訳し、一〇年たって『カフカ寓話集』を編んだ（ともに岩波文庫）。どちらも短篇のアンソロジーだが、アンソロジーの原本というのがあったわけではなく、自分で選び取って、自分の考えで構成した。

そんな翻訳のかたわら、『カフカのかなたへ』と題して作品論を雑誌『ユリイカ』に連載した。よりよく訳すためには、より深く知る必要がある。連載をすすめるなかで気づいたことを翻訳に生かせるし、翻訳しながら気がついたことがカフカ解釈に生きてくる。発見のたのしみがないと、翻訳といった根気《こんき》のいる仕事は、なかなかはかどらない。

短篇を訳しながら、つねにテキストのことを考えていた。カフカが生前に本にしたのは、小品集一つと、ごく薄手の短篇集が数冊で、死後、ノートとして残されたのを、友人マックス・ブロートが編纂し、最初の著作集としてまとめあげた。以後、くり返し増補と改訂があったが、カフカの作品はつねに「ブロート本」によっていた。

ついては、たえず囁かれてきた。はたしてそれはカフカが書いたとおりなのか。ブロートは友人が書いたとおり本にしたのだろうか。カフカとはちがって早くから世に知られた作家であり、ユダヤ人として、ユダヤ人国家建設を唱えた熱烈なシオニストであり、独自のカフカ観をもっていた。ほとんど無名の友人の遺作を本にするにあたり、草稿の判読はもとより、章立て、配列、訂正個所の採否に及んで、しばしば主観をまじえなかっただろうか。ブロート自身が「独自の判断」を隠さなかったから、なおさらである。

ついでながら、一度だけ生身のブロートを見たことがある。一九六七年一一月のある日、ウィーン大学講堂でブロートの講演があった。ポスターで知って、二〇代のオーストリア政府留学生は、いそいそと出かけていった。定刻少しすぎて、痩せに痩せた老人が、ボディガードのように前後に学生を従えてあらわれた。背が丸まり、やや足をひきずる歩き方。

すでにこのころ、七〇点にあまるブロートの著書はほぼすべて忘れられ、わずかに「フランツ・カフカの友人・カフカ本の編纂者」として人の記憶に残っていた。講演が始まっても、何を話しているのか、よくわからない。こちらの語学力の不足もあったが、まわりの人も両手を集音器のように耳にそえていたから、聴きとりにくいドイツ語だったのだろう。私は耳の方はあきらめ、よく見ることにして、化石のような顔を見つめていた。話が終わり、質問に移ったとき、化石がこころもちやわらいだ。返答は短く、ウィットがこめられていたとみえて、まわりがいっせいにどよめいた。質問の手はいくつも上がったが、主催者が割って入って早々に切りあげ、入場のときと同じように前後をガードされて出ていった。若かった私には、かぎりなく孤独な老人といった印象だけが残った。

翌年、イスラエル発信で、「カフカの編纂者マックス・ブロート死去」のニュースを知った。

その死とともにカフカのノートが「解禁」になり、このときを待っていたかのように、カフカ全集の版元であるドイツのフィッシャー書店に、新しい全集のための研究者集団が誕生した。以後、二〇年あまりにわたり、精力的に取り組んだ成果が、一つまた一つと世に出ていった。

文庫版の『カフカ短篇集』を編んだとき、まだ新版は陽の目を見ていなかった。しかし短篇自体はカフカ自身が世に出したもので、テキストに問題はない。一〇年後の『カフカ寓話集』のときは、新版が揃いかけており、未刊の短篇が未定稿として収録されていた。そこから採録するにあたり、訳者は思案して、一つの抜け道のような方法をとった。解説のおしまいに微妙な書き方で断っている。

「テキストは旧来のマックス・ブロート編集版によりつつ、草稿にもとづいた新版の全集を参照した。その結果、文意が変わった個所もある」

正確には「大きく変わった」だが、それは立ち入らないことにした。とともに、抜け道ではなく「本道」として訳したいと切に願った。

幸運にめぐまれた。ちょうど二〇世紀が終わりに近づいたころだったが、新しい校訂版により、カフカの小説をひとりで全訳する企画がもち上がった。「手稿版」全集が完結した矢先で、編纂の中心になったイギリスのドイツ文学者が、カフカのノートをめぐる興味深い裏話を披露したりしはじめていた。さっそく代理店を通して版元のフィッシャーに翻訳権の申請をしたところ、ニューヨークのショッケン書店が所有している旨の断りがきた。すぐさまニューヨークに申し入れたが、待てど暮らせど返事がこない——

おもえば、はじまりからして大いにカフカ的だったと言わなくてはならない。ショッケン書店は、マックス・ブロートが一九三〇年代に最初の著作集をまとめたとき、採算の見込みのない出版を引き受けたユダヤ人の個人出版社である。ナチスが政権をとるやいなや、ショッケンはニューヨークへ亡命した。そのままニューヨークに居つき、戦後の最初のカフカ全集の版元となった。世界的なカフカブームの到来とともに、刊行がドイツきっての大手出版社であるフィッシャー書店に移った。どのようなやりとりの結果からかは知らないが、版権そのものはショッケンの所有のままらしかった。

そのショッケンはなしのつぶてである。そもそも、こちらの申請が相手に届いているのかどうかもわからない。というのはショッケン書店は実質的には名義だけで、なんら機能していないようで、カフカの版権はすでにべつの代理店に買いとられたとかだった。その買いとられたところが大手のエージェンシーに吸収されたともいう。しびれを切らしてドイツのフィッシャーに問い合わせると、ニューヨークのショッケンを指示された。ふり出しにもどったわけだ。

ニューヨークのショッケンの事務所に電話をすると、電話はかかるが誰も出ない。買い取ったとの噂のある大手エージェンシーに手紙を出したが、こちらも音さたなし。

二年ちかくがたった。その間に長篇『失踪者』と『審判』を訳し終え、『城』にかかっていた。そういえば版権の行方そのものが小説の舞台とそっくりだった。かなたにくっきりと城が見えているのに、そこをめざして歩き出すと、道がへんなふうにそれてしまって行き着けない。

「近くまで行くと、わざとのように折れまがり、城から遠ざかるのでもなければ近づくでもない」

訳しながら版権の行方を考えていた。『城』の翻訳が半分ちかくすすんだころ、ようやく翻訳許可の知らせがとどいた。しかし、さしあたりは仮許可であって、正式には追って書類を送るとのこと。それがまた一向に届かない……。

手稿版カフカ全集は三種あって、一つは手にしやすいペーパーバック、二つ目は大判のハードカバー、三つ目は同じく大判のハードカバーだが、各巻に大部な別巻がついていて、校訂のあとがあまさず記録されている。おかげでカフカのペンの跡を、つぶさにたどることができる。

カフカのドイツ語は一見のところ、おそろしく平易である。少しでもドイツ語を学んだ人なら、カフカの原文にはじめて接した瞬間、目を丸くするだろう。「難解な」カフカが、ちっとも難しくない。難解な単語が一つもなく、辞書をひかなくとも読めそうだ。初級程度に出てくる言葉ばかりなのだ。

だが、「一見のところ」がクセモノである。ドイツ語には、前綴りや分離動詞の約束がある。ごく基本的な単語に前綴りや前置詞がつくと、意味がガラリと変化する。ほんの小さな綴り、あるいはおなじみの前置詞なのに、それがついたり、分離のかたちで使われると、当の基本語がうんとちがった意味に転じてくる。ひと目見たところでは、基本的な単語だけで綴られたようでいながら、基本語とは似ても似つかぬ意味をおびている。

カフカには前綴りや分離動詞の使用が並外れて多い。さらに前置詞に導かれたフレーズと基本語が組み合わされると、意味がガラリと変わるものだが、その種の用例もカタログにできるほどだ。きわめてやさしい基本語を小さく変化させて、おそろしく多彩な意味の世界をつくり上げた。

かつては「プラハ・ドイツ語」などと言った。カフカが生きたプラハは、ながらくハプスブルク・オーストリアの支配下にあり、ドイツ語が公用語だった。ドイツ語人口は役人や軍人をはじめとして首都に集中していた。それはドイツ系ユダヤ人の言葉でもあった。

プラハ・ドイツ語はチェコ語のなかの言語的孤島であって、ごく限られた小世界の日常語であり、そこではとりたてて難解な語や新語を必要としないのだ。基本語に前綴りや前置詞を加えて、意味をひろげたり飛躍させれば十分に対応できる。小世界の人間関係のなかで、この語法はすこぶる便利である。ちょっとした言い廻しの変化でもって、皮肉やからかいや批判をこめることができるからだ。基本語だけで書かれたように見えるカフカの文章は、もっとも初級クラスから遠いだろう。

となると草稿の校訂が、ひときわ大きな意味をもつ。ちょっとした綴りの読みちがいが、まるきりちがった文脈へと飛躍させる。作家マックス・ブロートは、もとより校訂の得意な編集者でもなく学者でもなかった。熱心なシオニストとして、友人カフカにひそかな「メシア（救世主）」を見ようとした。手稿をたどるとき、おのずと一つの方向を予測あるいは期待して読んだ。ドイツ語の前綴りや前置詞フレーズは、ほんの短い綴りであって、ややもすれば読みちがう。あるいは期待した綴りにすりかえて読む。

戦後の「不条理作家カフカ」の発見の際、神学やユダヤ神秘学、生の不条理などとからめた途方もない解釈が横行した。突然の不可解な意味の転換ないし飛躍を前にするとき、解釈の曲芸をするしかないからである。

先ほど述べたように、手稿版の一つは別巻つきで、全作品にわたる校訂の記録がついている。ブロートが読みちがったのを元にもどすと、叙述は自然な流れにもどる。解釈のアクロバットなど必要とはしないのだ。


カフカの参考文献のうち、もっともたのしいものの一つだが、『カフカ写真帳』がある。はじめは簡素なアルバムだったが、増補版で大幅に写真が増え、カフカ研究家による改訂新版『カフカの世界』では、ほぼ七〇〇ページに及ぶ大冊になった。いったい、どうやって写真を見つけ出したのやら、ドイツ的徹底さの所産であって、読者があきれるほどである。

そんなフシギな写真の一つが、仮に名づけると「海辺のカフカ」。海水パンツの男が二人、砂浜にあぐらを組んでいる。左の胸毛の男は、さすがの徹底主義者にも究明がつかなかったようだが、右にいるのは、あきらかにカフカである。背後の建物は海水浴場におなじみのクーアハウスにあたる。

カフカは水泳が好きだった。プラハのモルダウ河畔は、夏にはプールに仕切られて、会員に解放されていた。カフカは会員になり、毎日のようにプール通いをした。

内陸都市プラハは海に遠い。出かけるとなると、さしあたりは北のバルト海で、念願かなったように海辺のカフカはくつろいでいる。カメラの人が何か言って、胸毛がユーモラスに答えたものか。にこやかな顔。少し羞《は》じらいをこめた、カフカがよく見せた笑い顔。

海辺のカフカ、1914 年 7 月（H.Binder: “Kafkas Welt” 2008 より）

なぜフシギな写真なのか？　七〇〇ページに及ぶアルバムがこまかく論証しているが、写真に見るような齢ごろのカフカが海辺を訪れたのは一度きり。場所はバルト海の都市リューベックに近いトラヴェンミュンデ海水浴場。避暑地の海辺で一〇日ばかり過ごした。一九一四年七月のことである。よりこまかくいうと、前年六月、三年ごしの恋人フェリーツェと、双方の親の立ち会いのもとに婚約した。このとき三〇歳。翌年七月、友人の立ち会いのもとに婚約を解消。その足でバルト海に向かった。友人への手紙によると、「胸元をナイフで突き刺された」ような気持だったという。胸毛男と並んでカメラに収まった姿からは、うかがうべくもないが、こころなしか笑顔がこわばっているように見えなくもない。この間に誕生日がはさまるので、海辺のカフカは三一歳。

長篇『審判』の主人公ヨーゼフ・K《カー》は三〇歳の誕生日の朝、「悪事をはたらいた覚えがない」のに逮捕された。処刑されるのは「三十一歳の誕生日の前夜」となっている。石切り場につれていかれ、ナイフを胸に突き刺された。

カフカが『審判』に取りかかったのは、婚約解消の翌月の八月であって、きっかり一年のワク組で逮捕から処刑までを書こうとした。ペンは軽快にすすんで、ひと月あまりで全体の三分の二ちかくを書き上げた。だが、その後は往き悩み、とどのつまり未完のまま放棄した。

未完なのに、どうして終章「最期」があるのだろう？　手稿ノートからわかるのだが、カフカは冒頭とほぼ同時に終わりを書いた。その際、出だしをそっくり裏返しにした。逮捕は朝のこと、処刑は夜。逮捕のとき、主人公はベッドのなかだった。処刑に際しては、身支度をととのえて椅子にすわっていた。逮捕のときは服を着ろといわれ、処刑のときは服をぬげといわれた。逮捕にきたのは痩せて骨ばった二人組だったが、処刑人はプックリ肥った二人組……。

ほぼ同時に書いたのか。もしかすると「胸にナイフを突き刺される」イメージが先にあって、最期のシーンを先に書き、それをそっくり裏返しにして冒頭の逮捕にとりかかったのかもしれないのだ。

いずれにせよ、奇妙な「審判」をめぐる経過は、色こくカフカの私的事情を映して成立したことが見てとれる。メモしておいて、翻訳をすすめる上で、ひそかに一つ指針とした。

カフカは観念的な小説を書いたとされてきた。そこから神や終末やカバラ思想に及ぶたぐいの壮大な解釈が続出した。しかし、実のところはカンネンではなくカンノウ、きわめて独自のスタイルで、官能的な小説を書いた作家ではなかろうか。その小説のいたるところに性的情念がまといついている。

長篇三作にかぎってみても、最初の『失踪者』はセックスで始まっている。

「女中に誘惑され、その女中に子どもができてしまった」

主人公は一七歳の少年カール。世間体をはばかって、両親は少年をアメリカへ追いやった。誘惑の経過は第一章の終わりちかくに回想のかたちで出てくるが、きわめてリアルに述べてある。まず女中がそれとなく少年に誘いかける。台所で通せんぼをしたり、わざと女中部屋のドアをあけておいたり。「カールは通りすがりに少しあいた戸のすきまから、おずおずとながめたりした」

ある日、女中がカールの名を呼んで、抱きしめ、顔をゆがめて息づかい荒く自分の小部屋につれこみ、鍵をかけた。さらに強く抱きしめ、裸にしてくれとたのみ、実際は自分から裸になった。そして少年の服をぬがせ、ベッドに寝かせた。

「カール、わたしのいとしいカール」
叫びながら見つめ直し、抱きすくめ、カールの胸に顔を押しつけ、次に乳房をゆすり上げて、心臓の鼓動を聞いてほしいと言った。カールが断ると腹を押しつけ、相手の股をまさぐった。カールは思わず首を枕からせり出した。

逐一経過を書いてきたあと、カフカはセックスそのものには、ただ一行をあてている。「女中の腹がなんどか自分のからだと衝突した」

少年は必死になって何かをこらえたという。それから泣きながら自分の部屋にもどった。

小説は未完のまま放棄され、のちに第一章を独立して発表する際、カフカは主人公の年齢を一つけずって一六歳にした。少年のイメージを、より強くするためだろう。たしかに一七歳だと、多少とも大人の域に入っている。

カフカが生きた当時の生活資料からもうかがえるが、市民の家庭には、たいていの場合、女中用の小部屋があり、住み込みの女中がいた。小間物商カフカ商会の自宅には、住み込みの女中のほかに通いの女がいた。両親はほとんど店につめている。そんな留守中に女中が、いたずら半分に当家の息子を誘惑したとしても異状でも何でもない。

カフカの即物的な性描写からも、そういった出来事が身近で珍しくなかったことをうかがわせる。小説のなかの両親は、世間体以上に子どもの養育費のことを恐れたようだが、その種のことも少なからず起きていたにちがいない。

長篇二作目、『審判』の主人公ヨーゼフ・Kは三〇歳。銀行勤めで、独身。ほとんど各章に性愛をほのめかすシーンが出てくる。出だしの「逮捕」では、隣室の女性の留守中に部屋に入ると、「開いた窓の取っ手」に、彼女の白いブラウスがかかっている。

その夜、主人公は隣室の女が帰ってくるのを待ち受けていた。留守中に部屋に入ったことのお詫びを口実にして近づき、つかまえて唇にキスをする。「ついで顔全体に、まるで喉の渇いた獣が、やっと見つけた水を舌で舐めまわすようにしてキスをした。最後に首すじにうつり、喉の上にじっと唇をつけていた」

つづく章でわかるのだが、この独身男は週に一度、泊りにいく女がいる。どのような女か、いかなる説明もないのは、作者カフカが説明するまでもないと考えたせいだろう。

理由もわからず逮捕され、法廷に呼び出されたあと、ヨーゼフ・Kは法廷の洗濯女とかかわりができる。女はKの顔を見つめて呟いた。「きれいな黒い目」

はじめて見たときから気づいていたと言った。「わたしも目がきれいだといわれるけど、あなたの目のほうがうんときれいだ」

判事が退出したあと、法廷のテーブルに残されていた本を見せてくれた。いかがわしい絵で、男女が裸でソファにすわっている。交合シーンらしいが、「構図がズレているので、うまくからみ合うことができない」

つづいて女が脚をのばし、スカートを膝まで引き上げる。そんな二人を、ドアのところからじっと見つめている若い男がいる。すきあらば女をつかまえ、抱きしめてキスをしようと追いかけまわしている男。

Kが傭った弁護士の世話をしている若い女はレニといった。レニは夜ふけに訪ねてきたKに、自分の欠陥を打ち明ける。右手の中指と薬指のあいだは、第一関節のところまで皮膜がのびている。蛙などに見かける水かきとそっくり。

Kがそっとその指にキスをすると、レニは声を上げた。「わたしにキスをした！」身をよじり、口を開けたまま、膝がしらでKの膝に這い上がり、Kの顔を両手で抱くと、「上からかぶさるようにして首すじを噛み、キスをした。さらにKの髪に噛みついた」。

どうしてカフカが観念的な作家などのことがあろう。ある朝、理由もわからずに逮捕され、へんてこな審問に追われたのちに犬のように殺される男の物語には、主人公の意識につかずはなれず、無意識のうちに性愛への欲求が執拗にはりついていて、奇妙な緊迫感をかき立ててくる。

カフカが小説を書いていたのは、フロイトが『夢判断』を刊行後、学問としての精神分析学を打ちたてようとしていたときである。フロイトは夢を手がかりにして、市民層の意識にひそんでいる潜在的な性願望をあばき出した。そこでは、たてまえとしての市民モラルと、欲望を発散させる「装置」としての性ビジネスとが、当然至極のようにして両立している。

カフカが書きさしにした『審判』ノートには、主人公のKと親しい検事のことが語られている。その住居にはヘレーネという女がいて、いつもだらしなくベッドに横になり、安っぽい雑誌を読んでいる。ヨーゼフ・Kが相談に訪れたときのことだが、Kの前で女が検事にいどみかかり、衣服をつけたままのセックスの際、二人はしきりにKに流し目をくれるのだ。

ヘレーネについても、カフカはいかなる説明もしていない。街にワンサといた娼婦の一人であることはあきらかだ。飽きがくると検事は「手のかかる獣」のように住居から追い出すだろう。カフカが説明を省いたのは、あまりにも自明のことであって、知人や上司たちに、しばしば一人のヘレーネがいたからではなかろうか

最後の長篇『城』では、主人公K《カー》は村に着いてまもなく、フリーダという酒場の給仕女と知り合った。その夜、床にはゴミがちらばり、こぼれたビールがたまっているなかで、二人は抱き合ったままゴロゴロころげていく。その間ずっとKは、「自分がどこかに迷いこんでいく」ような気がしてならなかった。

数日あとのベッドの情景。二人は猛《たけ》り立ち、顔をしかめ、相手の胸に顔をうずめて、しきりに求め合う。ひしと抱き合い、さらに激しく抱きしめ合って、求めることをやめない。疲れはてて寝こんだあと、ベッドの上の二人がどんなさまを呈していたか、部屋をのぞいた女中たちのひとことで想像がつく。「ごらんよ、なんてお行儀が悪いんだ」

そう言うなり、布ぎれを一枚めぐんでやった。

観念よりも官能を、ひそかな翻訳の指針にしたことは言うまでもない。

カフカは生涯、ごくつましいサラリーマンだった。半官半民の勤め先は労働者の傷害保険にかかわっており、事故の査定に工場へ出張する。たえず産業社会の現場から、経理のからくりにも立ち会った。ハプスブルク官僚体制の末端にあって、グロテスクなまでに肥大した管理システムを身にしみてよく知っていた。それは二〇世紀の作家たちに、およそない経歴だった。

勤めのある身のかぎられた時間に、命を削るようにして小説に取り組んだが、ほとんどを世に示さなかった。長篇一作目の『失踪者』三三五ページのうち、生前に発表したのは、第一章の三五ページだけである。『審判』は三一九ページ。発表したのは二ページ分の小さなエピソードだった。『城』四二七ページ分はすべてノートにとどまり、そっくり焼却を申し渡されていた。

それぞれの執筆時期は、カフカの私生活に特別な事情のあったときと重なっている。恋愛の進行と『失踪者』、婚約の解消、破約と『審判』、結核の進行と『城』。

カフカの場合、語られる人物が、しばしば語り手と重なってくる。広大なアメリカで行方不明となる『失踪者』は作者その人でもあって、当人が長篇小説のなかで往き暮れ、失踪した。二作目では先に終わりを用意していたのに、奇妙な審判に行き迷うヨーゼフ・Kと同じく、作者もまたたえず冒頭にもどってくる。『城』の主人公は一度も測量などしないのに測量士となっているが、それはたえず小説の進行を量《はか》りながら書いていった作者その人でもあるだろう。

私的な領分が巧みに変形されていて、読者はそれと知らず、張りつめたペンの進行をともにする。カフカに特有の奇妙な吸引力の秘密というものではなかろうか。

手稿版のカフカ全集を訳しながら、たえずメモをとっていた。一つはカフカの書き方をめぐるもの。もう一つは、カフカの生涯とかかわるメモ。それぞれのメモをもとに気づいたこと、考えたことをまとめれば、「不条理作家」などといった窮屈なレッテルから解放して、もっとおかしく、もっと興味深い、新しいカフカを示せるのではあるまいか。

このたびも幸運にめぐまれた。それぞれに興味をもつ人がいて、翻訳をすませたあと、連載の場ができた。そののち『カフカの書き方』（新潮社、二〇〇四年）、『カフカの生涯』（新書館、二〇〇四年）のタイトルで本になった。そのとき、なんとなく「ドイツ文学者」などの肩書で生きてきたのが、おつとめを果たし終えたような気がした。そこであわせて「エッセイスト」の肩書をそえて、わが晩年を生きることにした。職業上の二枚看板というのは、つねにどこかいかがわしいものだが、そこのところがわりと気に入っている。

おわりに　――Ⅰ・O氏の生活と意見

当人の話

――ハイハイ、何なりとおたずねください。多少のプライベートな隠しごとは大目に見ていただくとして、何だってお話しします。え？　どんなスケジュールで一日を過ごしているのかって？　簡単簡単、スケジュールなんてたいそうなものじゃなくて、ほぼ一日三等分の割りふりでしょうか。

朝は早いです。午前四時には、もう起きています。それで仕事？　とんでもない。仕事のための早起きではなくて、たのしみのため。まず階下の八畳間にきて、まだ暗いなかで、二方のガラス戸を開け放ちます。八畳間といっても畳はなくて板間、安物の絨毯が敷いてあります。天井に明かりが一つ。ガラス戸を開け放つと、一つの壁と、一つの仕切りをもつカラっぽの箱になります。

この無機的な空間がよろしいのです。無機的な空間というものは、なかにいる人間そのものも無機的な人体に引きもどすもので、一日のはじめに単なる物体としての自分をたしかめるのは、悪いことではないのです。頭というのは肩の上の重し、肺はフイゴ、心臓はモーター。モーターが止まるとスイッチの切れた機械と同じで、必ずやすべてがハタと停止して、一つの死物となりましょう。

板間にはただ二つの家具があって、一つは友人の木工師がつくってくれた肘かけ椅子です。みるからに頑丈なつくりで、尻の部分が丸くて大きい。もう一つは四〇年ちかく愛用してきた籐椅子で、当初は黄緑がかった優雅な色調だったのが、やがて陽灼けして茶色になり、ついで黒っぽいアメ色になり、当今は黒と黄と茶をこきまぜたようなフシギな色を呈しています。

季節にもよりますが、早朝の四時から五時にかけては、洗い立てのシャツのように空気が澄んでいて、ここちいいのです。地上はまだ熱をおびていなくて、世界はいまだまどろんでいる。さしあたり肘かけ椅子にすわり、CDを聴いています。足元に小型ラジオがあって、三〇枚ほどのCDが並べてあります。月ごとに入れ替わって奥からあらわれ、お役をつとめると奥に消えていきます。

わが家にはパソコンもケータイもテレビもなく、もとよりスマホもないけれど、CDはどっさりあります。モーツァルトだけで一年毎日聴きつづけてもあまるほどあります。そこから月ごとに選ばれて八畳間にお目見えするわけで、聴いても順に忘れていきますから、どれもつねに新品です。

いつのころからかピアノ曲が圧倒的に多くなりました。楽器のなかではピアノの音がいちばん好きです。もっとも美しい音だと思っています。ベートーヴェンもモーツァルトもシューベルトもピアノ・ソナタを何十となくつくっていますから、一番から順に聴いていって、三十数番ともなると、やはり一番はすっかり忘れていますから、いつも新曲を聴いています。

べつにクラシック鑑賞というのではなく、そうやって明るくなるのを待っているわけで、明るくなると、することがあります。小鳥用の木桶を洗って、きれいな水を張ります。

わが家には小さな庭があって、その向こうに広い畑がひろがっています。近くの農家の所有で、申し訳程度に耕してあります。この農家は一〇軒ばかりアパートを経営しており、農のほうは片手間、ときたまの土いじりといったふうにお見受けします。そのせいか畑の四方の隅は草が繁り放題で、わが家の庭にも草が繁っており、仕切りのスチール製の柵を双方から覆いかくしています。さらに出所はどちらかわからないのですが、ツル草がのびて、からみついて、いまやこんもりとした草の土堤のようなものをつくりあげました。柵が隠されたため、こちらからながめると畑のつきるところまで、わが庭がつづいているように見えて、なかなかオツなながめです。

草むらには小虫がどっさりいますから、おのずと小鳥がやってきます。メジロ、四十雀《しじゅうから》、ムクドリ、ヒヨドリ、野バト……。明るくなると、四十雀のツピ・ツピ・ツピがはじまりの音楽で、チュルチュルとカン高い鳴き声はメジロの親子です。ヒヨドリはピーピーの笛吹き。開発中の近くの林から逃げてきたらしく、ひところウグイスが朝のコーラスにまじっていました。ほんの数日でしたが、プリマ・ドンナの客演というものでした。

庭のまん中に長い四つ脚の台を用意して、木桶を据えます。毎朝、木桶を洗って水をとりかえます。飲む分はいいとして、水浴好きのヒヨなどが水あびをしていくので、けっこう桶が汚れるのです。

秋から冬は、水にそえて、ちょっとした食べ物を用意してやります。食パンの固くなったのを、こまかく砕いたり、くだものの三角切りをそえたり。餌の不自由な季節は、待ちかねたのが次々と舞い下りてきて、ムクドリ一家は興奮のあまり、舞い下りそこねてころんだりします。

小鳥というのは律儀者で、きっとお礼を返してくれます。小鳥の贈り物のおかげで、サンショウがあふれるほど実をつけ、植物事典でやっとお目にかかるような草木が芽を出し、小さな庭に、いつのまにか小さな花園ができました。

前の通りに早出の出勤の人の足音が聞こえだすと、八畳間を退出して仕事部屋に移り、三、四時間ばかり集中して仕事をします。その間に北の方がお目覚めになって、台所でトントン刻む音とか、シュンシュン煮える音がはじまりますが、いっさいかまわず仕事をつづけます。だいたい一〇時ごろにひと区切りをつけて朝食になります。

朝型になったのは三〇代の半ばからでしょうか。とても建てこんだなかのマッチ箱のような家に住んでいて、お隣さんの生活の音が手にとるように聞こえてきます。どうかして、生活の音から解放されて仕事をしたい。そのためには人さまの眠りの深い時刻に起きればいい、ということで始めたようです。午前四時が原則ですが、仕事の予定によって前にせり出す方式で、ときおり泥棒のようにウシミツドキに起き出すこともあります。自分で工夫して習熟したのでしょう、目覚しなど無用で、時計を見なくても予定時刻をまちがえないのは、私のような平凡な女から見ると神ワザです。そこから当人の格言が生まれました。

「今日できることは明日せよ」

仮に九日にお渡しする仕事があるとすると、八日に仕上げるものですが、神ワザ氏によれば、九日の朝に一日分の仕事時間があって、八日はノンビリしていてもいい――カレンダーが人より一日多いと、威張っております。

小鳥の水桶をどうとか申しておりますが、不器用な人で、洗い方がぞんざいなものですから、昼間に私がこっそり受け台もろとも丁寧にタワシでこすっています。なにしろカラスが獲物をくわえてやってきて、木桶を調理鍋のように使いまして汚します。主人は「クロスケ」と名づけ、仲間同士で鳴き交わす声を、しきりにメモしておりました。通常はカーカーだが、日によってアーアーもあり、アーがカーに転じるとき、きっと何かを伝えあっているというのですが、アテにはなりません。クロスケは顔なじみのよしみで、散歩中の主人の頭にのっかってきたそうです。この節とみに脳天が薄くなったので、砂場か何かとまちがえたのでしょう。

当人の話

カラスは害ばかり言われるが、鳴き交わしているカラスの声は、なかなか興味深いものがあります。庭の向こうの畑のことはお話ししましたが、その先にちょっとした小立ちがあって、カラスの寝ぐらになっているせいか、早朝から鳴き声がにぎやかです。

フランスの鳥類学者デュポンは、ながらくカラスを研究した結果、「カラス語」がわかるようになったといいます。デュポンによると、それは二五の語数より成り、それでほぼすべての意思を伝えることができるそうです。フランス人にはカラスの鳴き声は「カ」の音ではなく「ク」の音階で聞こえるらしく、「クラ、クラエ、クロ、クロア、クロナ、クロネ……」それぞれ、ここ、そこ、前、うしろ、人間、寒い、といったことを伝え合っているそうです。早朝の鳴き交わしをヒントにして、いずれわがカラス語の報告をしたいものです。

朝食は一〇時すぎと遅い上に、一日分の仕事をほぼすませたあとですから、胃袋が空腹でわないており、何でもおいしくいただきます。ごはんにミソ汁にメザシ、ナットウといった定番でも、天下の珍味というものです。ながらくごはん党でしたが、六〇歳を期してパン党にくらがえしました。和食はやはり炊く、焼く、煮ると手間がかかり、食器も五つや六つは必要ですが、パン食だとハムやソーセージにサラダをそえればよくて、北の方の手が省けるし、いずれどちらかが先立つわけですから、残された方が簡便式に慣れていることが必要です。人体というのは、いたっていいかげんなもので、一夜にして食材、調理が激変しても、何ごともなかったごとく受け入れて応対してくれます。

遅い朝食のあと、ふたたび庭に面した八畳間に移ってきます。午前の陽射しが眩しく、木の枝が青々とのび、あいだから青空がのぞいています。雨の日は水滴が数かぎりなく降り落ちてきます。どのような大ゴトをすませたというのでもないのに、労働と食事のあとのこころよい疲労と満足を覚えます。

「さァて、これから何をしよう?」

朝と夜にはさまれた昼の部は、とりたてて予定がありません。読みたい本、調べごと、見たい映画、ギターの練習、地図を開いて旅の計画、親しい人へたより……気ままに選べるのは、至福のきわみです。

このたびは椅子ではなく籐椅子で、籐椅子は構造上、四五度の角度で寝そべる姿勢になります。頭も四五度に傾くせいか、何か考えようとしてもまとまらず、思いが次から次へ移って、そのうち眠くなってきて、われ知らずウトウトします。眠っているのか起きているのかわからない、双方に両足かけたボンヤリした時間。どこか遠くへの郷愁、あるいは誰ともつかぬ人へのとりとめのない思い、そのヘンテコな哀感の時をたのしんでいます。アメ色の玉座に鎮座まします夢見る人というわけです。

夫人の話

朝食が和から洋にかわったのは、連れ合いへのいたわりからではなく、町においしいパン屋さんができたからです。それも一軒ではなく三軒も！　双方で買ってきて、食べくらべをしました。それから毎日のように、ちがう種類を買ってきて、一つ一つ講釈をして、最終的には二種類に落ち着きました。

ハムやソーセージは、近所にドイツで修行をしてきた職人肌の人がいて、本場で賞をとるようなのをつくっています。そこへパンが揃ったからには、恩恵を受けるのがスジだろう――そんな理屈がついていたように覚えています。主婦たるもの、ミソづくり、魚の見つくろいと料理、つけものづくり、野菜の調理法等々、腕を磨いてきたのが、一挙に無経験の駆け出しを強いられることになり、多少はまごつきましたが、台所方の誇りとして、ひと月もたたぬうちにすっかり新式になじみました。ハム、ソーセージについては、おりおりのビヤホールでおいしいいただき方を習いました。いったいにこういったことについて、主人はその道のプロに学べというのを信条としており、安くて料理の上手な居酒屋へ、ずいぶんつれていかれました。このあたりのコーチの仕方は、むかし教師をしていたせいか、「自分はたのしみ、他人には学ばせる」とか申して、実に巧いものです。

籐椅子でうたた寝しているところは見られたザマではなく、寝顔をカメラでとって見せつけてやりたいぐらいです。そもそも、すぐに眠りこむたちで、椅子で腕組みして考えごとをしているのかと思うと、単に寝ているだけ。電車に乗っているときも、すわるとたいてい寝ています。立っていても、うつらうつらぐらいはできるそうで、それでいて乗りこすことがめったにないのは、朝の早起きで眠りと目覚めのコツを会得したのかもしれません。

当人の話

――ハイ、からだですか。健康のこと？　おかげさまで、この齢（七五歳）になるまで、病気知らずできました。両親や兄がずいぶん早くに死んだものですから、その使わなかった寿命を預っているように思っています。

五五のときでしたか、旅先でヘンなことがありました。朝、目を覚ますと部屋がフワフワ揺れている。しばらくして部屋ではなく、自分が揺れているのがわかりました。ホテルの車で町の病院に行ったところ、血圧が２００をこえていました。ふだんはどれほどか問われても、測ったことがないので答えられません。

「昨日、立ちづめだったせいですか?」

血圧というのは立っていると上がり、横になると下がるのだろうと思っていました。無知を諭《さと》され、帰宅しだい近くの医者に相談するように厳命されました。

上が180、下が130の高血圧体質と判明しました。旅先でどうして200をこえるまでに上がったのか? 勤めをやめて自由になって二カ月ばかりのときだったので、はしゃぎすぎて血圧まで高揚していたらしいのです。

以来、ふた月に一度医者に通って、血圧の薬をもらっています。老医と息子の二人体制の町医者で、しばらくは老医に通い、それから息子にかわりました。せっかく知己を深めても、老先生が先に逝く公算が大だからです。

血圧を測って薬を受けとるだけなので、しごく簡単です。せっかくだから、なるたけこみ合う時間帯に出かけて、待合室の人をながめています。病気というものが、いかなるタイプの人間をつくるものか、病む人はどんなふうに考えるのか、いろいろタメになります。患者の大半が、自分で病気をつくっていることもわかります。

薬が切れて血圧が上がっても、即座にどうということもないので、薬の効能もためしてみました。薬をのまないで三日、五日、一週間と日をおいて診察を受けたところ、三日は変化なし、五日をすぎると、本来の180に近づくのがわかりました。

薬の名前にもなじみになりました。製薬会社はドイツ語、ラテン語、ギリシア語などの単語を分解して、そこに音のひびきの合う日本語の切れはしをくっつけて薬名とするようです。外国語のどれでもいいわけではなく、やはり「健康」「活力」「精力」「もどる」「返る」「再生」「復活」といった意味のものがお好きで、パートにバラしたのをくっつけるわけです。カタカナだとありがたそうですが、実は「活力もどれ」二週間分といったおクスリなのです。そんなわけで、いまも二カ月に一度の病院通いを待ち遠しく思っています。

どんなに辛いことをかかえていようとも、夜ともなると眠くなり、その日、また次の日と、眠りのあとには快い回復があります。「クヨクヨしてもはじまらない」とか、新しい見方がきざしてきて、気がつくと辛さがうんと薄れているもので、「三年寝太郎」や「ねむり姫」の話からもわかるように、眠りのあとには幸運がくると古人は考えたようです。眠りという空白がはさまって新しい局面が訪れる。眠りがそなえている忘れさせるという効用のせいと思われます。まるきり忘れさせるわけではないが、記憶を少しずつ侵食していく。少なくとも眠っているあいだは忘れていられる。いつのまにか、記憶がすっかり風化しているものです。

南方熊楠によると、「睡眠中に見た夢を記憶にとどめる方法」というのがあって、べつに難しいことではなく、要するにすぐに起き上がらず、寝たままの同じ姿勢でいること。起き上がると脳の構造に変化が生じ、それで記憶に到達しないというのです。

夢を見ている最中に寝返りを打つと夢がスッと消えたりしますから、熊楠説のとおりかもしれません。とりたてて記憶にとどめたいとは思わないので、かまわず寝返りを打ちます。夢は消えても、寝そべってまどろんでいるのは、ここちいいもので、昔の人が「魂が浮遊する」といったのは、このようなまどろみの状態をいうのでしょう。身は古ぼけた籐椅子にあっても、魂は天上を漂っているのです。

ドイツのことわざに「眠りは短い死、死は長い眠り」というのがありますが、さいわい短い死から目が覚めます。よみがえりであって、ささやかな復活劇です。珈琲を煮立てて、夕方の仕事部屋に入ります。

夫人の話

先にお伝えしたようですが、わが家にはテレビ、パソコン、ケータイといったものは何もありません。車もなく、セカンドハウスとか別荘などもむろんありません。だからといって貧しい暮らしでしょうか。

車はないが、夫婦各一台の自転車はあります。車検もガソリンも要らず、税金もかからず、タイヤがへこむと、近所の自転車のポンプを借りて補給をします。足でこいで、どんな小路にも入っていけます。

車はなくともタクシーがあります。どんなに乗りまわしても、年間一〇万円とかからない。くわしくは知りませんが、車一台保有していると、けっこう経費がかかると聞いています。タクシーは運転手つきの自家用車と思えばいいので、道路にくわしく、曲がり角で思案したりせず、遠ければ遠いほど機嫌がいいのです。

全国の旅館を、わが家の別荘とこころえています。執事、コック、お手伝い、庭師、ぬかりなく備ってあって、タクシーという自家用車で乗りつけると、磨き上げた玄関で一同が迎えてくれます。部屋もお風呂も万端用意がととのっていて、出発のときは全員でお見送りしてくれます。

これもくわしくは知りませんが、別荘一軒を維持していくのも、相当の経費と手間がかかるとか。年ごとの補修も必要でしょうし、掃除、洗濯、食事の用意、すべて当事者の負担です。それにどんな高級リゾート地でも、一カ所にかぎられます。

いっぽう、わが別荘は全国、津々浦々、とくに風光明媚なところには必ず控えていて、よりどり見どり。固定資産税もかかりません。自分たちではとても使いきれないので、アキのときは人さまの御用にゆだねていると考えています。

これだけモノがあふれている世の中ですもの、「モノをもたないことこそ最高のゼイタク」ではありませんか。夫唱婦随ではじまった家訓ですが、実践するのは主婦の領分です。生活が苦しかったことも幸いして、モノいらずが天性となったようです。

夕方の仕事部屋は、翌朝の仕事の準備というかね合いが強く、メモを書きとめてクリップでとめたり、コピーを読み返したり、必要になりそうな本をそろえたり。——え？　ハイハイ、いまも原稿はペンで書きます。ながらく愛用してきた万年筆のキャップが、手ずれでヒゲのような模様ができたのと、地色の濃い青のことから、愛用のペンは「青ヒゲ」と名づけています。

手書きとなると原稿用紙ですが、そういうものは使っておりません。まっ白なコピー用紙を用いています。五〇〇枚包みがウソのような安値でスーパーに置いてあります。

まっ白ですから好きなように使えます。最初の一枚の右半分（二〇〇字分）を二分割して、一方は相手方へのメッセージ、他方にはタイトルほかをあてて、左半分が本来のはじまりです。マス目がなくて、どうしてきちんと書けるのか？　下敷きがあるからで、裏からうっすらと四〇〇字分が浮き出ていて、目にやさしいのです。下敷きも手製ですから、上下、左右、まん中に適当なアキをもたせて、加筆や訂正にあてています。下敷き自体もコピー用紙でできており、汚れるとコピーすれば、即座の新品の下敷きになります。

書き出しが気に入らなければ、クルリと裏返します。ファクシミリで送りますが、これは表面しか読まない。裏に出来損ないがあろうと、とんちゃくしないのです。一枚の半分なり七分がた書いたのに、つづくところが気に入らないと、卓上の鋏とノリの出番になります。切り落とした書き損じより、やや幅のある紙切れをあてがい、ノリしろ約一センチで貼りつけます。あてがい用の紙切れは、大小さまざまに揃えてあって、そこから適宜選ぶのもたのしいものです。そんな手仕事のあいだに頭は考えているようで、かすかなノリの匂いとともに、新しいつづきが浮かんできます。機械はノリでくっついているとは夢にも思わないですから、呑みこむとき、ややノドをつまらせぎみにして表面の文字をひろっていきます。

一枚目の右半分のメッセージ欄には、メッセージのほかにカットをつけたりもできます。その点、手書きは自由です。紙を切るのも上手になって、このごろは用もないのに、寄席の紙切り芸のような模様を切り分けたりします。青ヒゲ公の遊びにつき合っているここちです。

そうこうするうちに夕飯の支度が進行して、トントンやグツグツにまじり、北の方のひとり言が聞こえてきます。胃袋を刺激する匂いとともに仕事部屋をあとにします。

夫人の話

夕食はわが家の大切な行事ですから、入念に準備をします。お酒のあてにあたるものを中心に魚、肉、豆類（含豆腐）、コンブ類、五品を目標に腕を振います。なにしろ一日二食で、夕飯もおかずのみという人ですから、過不足なくお腹をみたすのには知恵がいるのです。ま、それは女房の専権ですから、何ということはありません。メニューが週間でほどよくちらばるように気をつけることくらいです。

食卓がととのうと亭主がお出ましになって、その日のメインに合わせて、ウィスキー、ハイボール、日本酒、ワインなどから一つを選びます。ビールは気つけ薬という役まわりです。いずれも当人がストックのぐあいを見ながら、仕入れてきます。ワインならあの店、ウィスキーの安売りならこの店、日本酒はどこそことなじみの店があるようです。グラスを冷やすのから、おつまみ類すべてアルコール方の管理ですから、食事方はとても楽です。ただ一つ頭が痛いのは、「おまけ」に弱いことで、グラスのおまけがついていたりすると、必ずそれを買ってきます。おかげで食器棚は商標や商品名入りのグラスがあふれていて、酒屋の棚に似てくることです。夕飯のBGMはクラシックではなくて、映画音楽やラテン物やコンチネンタルタンゴ、大好きだが奏くのは下手くそなギター曲などで、この選曲もアルコール方の担当で、こちらはいっさい手出しをしません。

――ほかに何か仕事を手伝う？　めっそうもない。亭主は亭主、女房は女房。ときにはハラハラしながら、そっと見守っていればいいのです。それが女房の役まわりで、それ以上のことは、いっさいい必要ありますまい。

当人の話

おもえば当今の情報メディアをきれいさっぱり欠いています。新聞もとっていません。ときおり丸善に出向いて、ドイツの週刊誌「シュピーゲル」を買い求めるぐらいです。時代に遅れるどころか、とっくに置いてきぼりをくっているでしょう。

「まあ、いいか」と思っています。先頭集団に興味はなく、息せき切って駆けくらべをするガラでもなく、長距離レースによくあるように、一周か二周遅れで走っている、あれで結構です。おかげで、ほんのつかのま、ビリが先頭に立っているように見えたりします。トシをとっても、三年先にどんなものをつくれるか、たとえかすかであれ、自分の可能性に賭けていなくては、生きている意味がないのです。

あとがき

一〇歳のときの朝鮮戦争から、カフカ訳を終えた六〇歳までをたどっている。おぼつかない自分の人生の軌跡をたどって、何を実証しようとしたのだろう。念願としたのは私的な記録を通した時代とのかかわりだった。同時代の精神的な軌跡の証《あかし》立てだった。一つの軽はずみな生きものを、うっかりわが身に引き受けて、当然のことながら悪戦苦闘した。

物語性をもったエッセイという形をかりているが、情緒や感傷は一切禁じた。人間の内面は壊れやすいから、ズカズカ立ち入ってはならない。自分の分身が送ってくるサインは見逃さないこと——そんなことを考えながら書いていった。自分に許されたひとめぐりの人生の輪が、あきらかにあとわずかで閉じようとしている。そのまぎわに何とか書き終えた。

はじまりは月刊誌『ユリイカ』の連載だった。二〇一五年五月号から一八回つづけた。それから二年ちかく眠らせていた。このたび取り出して少し加筆し、かなり削除した。これまでさまざまな場に書いてきた小さなエッセイが、記憶の海の小島のようにちらばっている。それぞれを書いていたとき、いずれどこかに漂着するような予感、あるいは希望を感じていたが、思いがかなった気がする。だからそのときどきに書く機会を与えていただいた人々に感謝したい。発案者は元青土社の贄川雪さんだった。連載中から、そして本にするにあたって終始面倒をみていただいたのは、青土社編集部の横山芙美さんである。みなさまに心からのお礼を述べておく。

二〇一七年一〇月

池内紀

初出『ユリイカ』（青土社）二〇一五年五月号—二〇一六年一〇月号

著者略歴

池内 紀（いけうち・おさむ）

1940年、兵庫県姫路市生まれ。ドイツ文学者・エッセイスト。
主な著書に『ゲーテさんこんばんは』（桑原武夫学芸賞）、『海山のあいだ』（講談社エッセイ賞）、『二列目の人生』、『亡き人へのレクイエム』、『恩地孝四郎』（読売文学賞）など。編著に森鷗外『椋鳥通信』（上・中・下）、訳書に『カフカ小説全集』（日本翻訳文化賞）、『ファウスト』（毎日出版文化賞）、ジャン・アメリー『罪と罰の彼岸』など。大好きな町歩き、自然にまつわる本も、『日本の森を歩く』、『ニッポン周遊記』、『散歩本を散歩する』など多数。

記憶の海辺　一つの同時代史

2017年12月 5日　第1刷印刷
2017年12月15日　第1刷発行

著　者　　池内 紀
発行者　　清水一人
発行所　　青土社
101-0051 東京都千代田区神田神保町1-29 市瀬ビル4階
電話 03-3291-9831（編集） 03-3294-7829（営業）
振替 00190-7-192955

イラスト　池内 紀
装丁　　　細野綾子
印刷・製本　ディグ

ISBN978-4-7917-7023-6　Printed in Japan